The 수필

2023 빛나는 수필가 60

The 수필

2023 빛나는 수필가 60

Winter	Spring	Summer	Autumn
강표성	강이정	김경혜	강경신
김귀옥	강천	김산옥	김정화
김보애	김길웅	김용순	김희숙
김영훈	김만년	김정애	봉혜선
김응숙	김명희	김정태	송혜영
김주선	김영수	려원	신재기
민혜	노혜숙	안규수	심선경
박금아	문경희	안병태	안춘윤
박용수	송복련	유현주	윤기정
신현순	오승익	윤혜주	이조경
이상수	이춘희	장석창	정성화
장미숙	최미아	전미란	정태헌
최민자	최순희	정성록	최미옥
최이안	허경옥	하인혜	최진석
한경희	황진숙	한기홍	홍성순

도서출판 북인

『The 수필 2023』 발간사

이끌리는 것과 거슬리는 것

『더수필』 창간 5주년이 되는 2023년의 빛나는 60편의 작품들, 참 알찬 수확이다. 수필문단의 쾌거요, 우리 선정위원들의 기쁨이다. 매해 4분기마다 8인의 선정위원이 전국 수필전문지와 종합문예지, 신춘문예 작품 등에서 정성껏 추천해 올린 40편의 작품에 공정성을 기하기 위해 블라인드 채점으로 15편을 걸러내는데, 올해부터는 본인 추천작엔 그나마 채점을 하지 않는 것으로 공정성을 더했다. 총 4분기 15편씩 60편의 대어가 한자리에 모였다. 신선도가 펄펄한 신작들이어서 더 흐뭇하다.

다만 아쉬움을 한 가지 보태자면, 앞 분기에서 좋은 점수를 받아 15편 안에 들고나면, 나중에 더 빛나는 작품을 쓰더라도 다음 분기에서는 제외된다는 점이다. 총 60편으로 마감되기에 어쩔 수 없는 노릇이다. 나도 한 작가의 발표 시점이 다른 두 작품을 두고 아쉬움에 마음을 빼앗긴 적이 있었다.

요즈음은 수필문학이 몇 십 년 전에 비해서 얼마나 발전했는지 놀라움을 많이 느낀다. 작품 한 편씩 읽을 때마다 도대체 언제 이렇게들 공부를 한 거지? 이끌리는 작품이 한두 편이 아니어서 즐거운 고민에 빠지기도 한다. 매 분기에 다섯 편씩만 추천해야 하는데, 그 배수로 골라 놓고 몇 번씩 읽고 다시 읽는다. 수필은 나이와 함께 성숙하는 문학이라고 아주 자신 있게 말하곤 했다. 나이가 여물어가면서 삶에 대한 철학과 영성까지도 함께 여물어갈 수밖에 없다. 글이 곧 사람이니까.

그런데, 나이만 사람을 성숙시키는 것이 아니었다. 사람에 따라서는 각자가 겪어온 삶의 질곡으로 인해 인생공부가 단숨에 시공을 넘어버리듯 단축되는 경우를 작품 속에서 발견하게 된다. 그런 작품을 보면 단숨에 이끌려버린다.

글은 마음의 표상이다. 어려움을 겪지 않는 생이 어디 있으랴만, 생을 선물로 풀어가는 글이라면 응원의 박수를 보낸다. 부조리한 일을 당하며 나락으로 떨어지는 현실을 수없이 겪으며 우린 인생공부에 수업료를 만만치 않게 내고 있다. 문학, 그 중에서도 수필로 응어리를 풀어놓을 수 있어서 늘 감사하며 사는 내 경우엔 특히 수필을 통해 한결 편안해지고 아름다워지는 심상을 작품에서 만날 때마다 감사하며 이끌린다.

다음은 이끌림을 방해하는 요소를 말하려 한다. 자신의 인생을, 생각을, 느낌을 표현하는 글이니 각자의 개성대로다. 그 개성이 선정자의 취향에 맞고 안 맞고를 떠나서, 도저히 끌림을 느낄 수 없는 자갈밭을 만날 때가 문제다. 주어와 서술어의 맞춤은 너무 당연지사고, 토씨 하나에 따라 질서가 깨지고 호흡도 깨진다. 토씨 하나에 따라 흐름이 바뀌니 선택된 단어에 따라 글의 의미가 달라지는 것은 물론, 그 품격이 손상되는 경우도 허다하다. 감정 흐르는 대로 단숨에 써놓고, 잡초도 돌멩이도 물길도 터주지 않고 각 단어마다의 간격조차 조밀하게 해놓고 나면, 숨 막히는, 밭갈이를 전혀 모르는 완전 초보 농군의 농사가 되어버린다. 그런 글에선 호흡, 리듬이 살아 있을 수가 없다. 글도 생명체다. 이는 문장 길이와도 무관치 않다. 수식어의 남발도 글의 격을 떨어트리지만, 장문과 단문이 교차하며 완급률을 유지할 때 리듬이 살게 된다. 운문이 아니고 산문인 수필로 글을 쓸 땐 한글의 법과 질서를 반드시 지켜야만 한다는 생각이다.

우리글을 진짜 사랑하는 작가들이 되시기를! 그리고, 그보다 더욱 건강하여 이 고난의 시대를 함께 넘어가시기를 바란다.

2022년 12월 1일

선정위원
문혜영(글), 맹난자, 이혜연, 엄현옥,
조헌, 노정숙, 정진희, 한복용

| 차 | 례 |

2023 빛나는 수필가 60

Winter

Spring

The 수필

Summer

Autumn

The 수필

Winter

범람

강표성 kps750@hanmail.net

"쨍그랑!"

병 깨지는 소리가 들렸다. 외출에서 돌아오다가 나도 몰래 그쪽으로 뛰어들었다. 드디어 사건 현장을 덮치는구나 싶으니 심장이 쿵쾅거렸다. 양 손을 거머쥐고 세모꼴 눈이 되어 다가서는데 한 여자가 보였다. 우리 집과 잇닿은 골목은 경사가 심한데다 사람들의 왕래가 뜸해 밤이면 덩치가 큰 택배차가 차지하는데, 그 뒤에 길고양이처럼 웬 여자가 쭈그리고 앉아 있었다.

원피스 차림의 여자는 삼십대는 넘어 보였다. 주위에는 예리한 초록 조각들이 나뒹굴고 있었다. 병 하나가 깨지니 그토록 많은 파편들이 생긴다는 게 놀라웠다. 산산조각난 소주병 조각들이 날카로운 비명소리 같기도 하고, 파란 핏방울 같아 섬뜩했다. 자칫하면 살을 파고들 것 같아 조심스러워하는 나와는 달리, 그녀는 놀라는 눈빛이 아니었다. 갑작스런 침입자를 건너보더니, 무표정한 얼굴로 자신만의 감정에 다시 빠져드는 듯했다.

치워주세요, 단호하게 말하는 나를 무연한 눈빛으로 바라보았다. 그녀의 눈은 이미 초점이 흐렸다. 고개를 끄덕이는 것도 같고 아닌 것도 같더니 옆 건물로 휘적휘적 사라져갔다. 정신줄을 놓았나, 유령처럼 사라지는 여자의 뒷모습을 한참 바라보았다. 그야말로 닭 쫓던 개 신세였다. 기가 막혔지만 빗자루를 찾아들었다. 깨진 병 조각들이 우리 집 배수구를 막아버리면 나만 손해니까 어쩔 수 없는 노릇이었다.

"딱."

이번에는 병뚜껑을 따는 소리가 분명했다. 며칠 만에 그녀가 다시 골목에 나타난 것이다. 현행범을 눈앞에서 놓친 이후로 나는 작은 소리에도 귀가 나팔처럼 열리고 신경이 곤두섰다. 또 우리 집 담벼락에 술병을 내던지면 바람처럼 달려갈 테다. 그리고 동네사람들이 다 듣도록 외쳐야지. 어디 젊은 여자가 길에서 술을 마시는 것도 모자라 술병을 남의 집 건물에 내던지는가, 큰소리로 망신을 주고 말 테다. 상습범을 제지하기 위해서는 이런 강수를 두는 수밖에 없다고, 마른침을 삼키며 나는 다짐하고 또 다짐했다.

이번 가을은 흐린 날들이 많았다. 여기저기 은빛 화살이 내리꽂히고 세상은 회색빛으로 출렁였다. 건들마를 기다리다 지친 마음도 거리에 내몰린 의자처럼 젖어들었다. 이런 날일수록 사람들이 예민해지기 일쑤라서 이웃 간에도 조심조심해야 한다. 그런데 난데없는 소주병 세례라니.

한 손에는 술병, 다른 손에는 핸드폰을 든 여자가 보인다. 위에서 내려다보니 참 자그마하다. 누구와 통화하는 것 같지도 않고 스마트폰을 검색하는 것 같지도 않다. 폰만 만지작거리다 술병을 든다. 그리고 고개를 뒤로 젖힌다. 똑같이 반복되는 모습이 슬로비디오처럼 이어진다.

그녀는 어둠 속에서 핸드폰만 노려보고 있다. 술을 빙자하여 속엣말이라도 내뱉거나 넋두리라도 쏟아놓음 후련해지기도 하련만. 속절없이 자신을 놓아버린 것인지. 누군가에게 SOS를 치고 싶은데 쉽지 않은지. 아니면 진짜 속마음을 어쩌지 못해 저리 속만 바장이는 걸까.

여자가 마냥 방전되는 핸드폰 같다. 자신을 충전시켜줄 그 무엇이 필요한데 홀로이 견디고 있다. 말을 섞을 사람도 없고, 머리를 기댈 무엇도 없어 깨진 병 조각처럼 나뒹구는 모양새이다. 세상 모든 것들이 등을 돌린 것 같은 그 참담함이 내게로 전이되는 것 같다.

지난 여름, 나도 지독한 홍수주의보에 시달렸다. 장마에 흔들리는 담벼락처럼 젖어들었다. 사람을 잃었다는 슬픔에 마음붙일 데가 없었다. 다른 누구도 아닌, 가장 가깝던 이의 등을 보아야 했다. 완강하게 돌아선 등 앞에서 어떤 말도 떠오르지 않았다. 깨진 병 조각만 흉기가 아니다. 깨진 마음도 흉기가 될 수 있었다. 무너진 관계를 인정하고 그 상처를 받아들이기까지 스스로를 찌르고 또 찔렀다.

어디, 아무도 없는 곳에 가서 한없이 울고 싶었다. 그래야 숨을 쉴 거 같은데 마땅한 곳이 없었다. 목까지 차오르는 슬픔을 게워버리면 몸도 마음도 가벼워질 거 같은데. 술도 못하고, 남들처럼 노래방에 가서 노래 부를 기운도 없었다. 울다가 웃다가 넋두리 아닌 넋두리를 좌르르 쏟아버리고파 한없이 뒤뚱거렸다. 나만의 '통곡의 공간'이 필요한데 시장바닥에 내몰린 기분으로 아슬아슬하게 버티던 날들.

밤 12시경, 골목에서 혼술을 하는 저 여자. 혼자서 마음만 열었다 잠갔다 하는 모습이 안쓰럽다. 나도 저런 시간이 있었다 싶으니 여자가 달리 보인다. 얼마나 힘들면 저럴까 하는 데까지 생각이 미치자 조금 전까지의 날선 감정이 수그러든다.

저 골목은 그녀에게 어떤 공간일까. 혼자만의 도피처인지 아니면 간절한 기도처인지. 여자 안에 가득할 패배감과 모멸감, 그리고 자기 연민. 감정의 악순환에 북받치면 애꿎은 소주병에게 화풀이를 하며 스스로를 방전하나보다. 무례하기 짝이 없던 여자가 다시 보인다. 그녀 또한 어두운 터널을 통과하는 중이겠다.

갑자기, 골목의 그녀에게 내려가고 싶다. 혼술은 좋지 않다고 마른 오징어라도 건네주고 싶은 이 심사는 무엇인지. 그동안 현행범을 잡겠노라 온 신경을 곤두세웠던 감정이 안개처럼 사라지다니. 사람을 충전시키는 힘은 술이나 일탈이 아니라 영혼에 대한 공감이란 말이 생각난다.

"괜찮아요, 그럴 수도 있어요."

편하게 어깨를 다독여주고 싶다. 깨진 게 술병이라서 다행이다.

살다보면 우기를 지날 때도 있고 범람의 시간을 건너야 할 때도 있다. 사막이 그러하듯 비가 오지 않는 땅은 불모의 땅이 되고 만다. 우리 영혼도 때로는 젖어 질척이며 흘러넘치고 볼 일이다. 건조하고 메마른 사막에도 비가 쏟아지고 그 비로 인해 사막이 숨겨놓은 와디에 식물이 자라는 것처럼, 우리의 마음밭도 범람의 시간을 거쳐 새로운 바탕이 만들어지기도 하리니.

긴 가을비가 끝나고 회색 골목이 눅눅한 몸을 말리기 시작하자, 거짓말처럼 그녀의 술병도 사라졌다. 범람주의보가 걷힌 걸까. 아니면 무시로 전화해도 될 만큼 사람과의 관계가 회복된 것인지. 다른 배터리를 찾아서 스스로를 충전시키는지. 이유야 어쨌든 늦은 밤 여자 혼자 어두운 골목에서 술을 홀짝이지 않아도 된다니 반갑다. 그리고 고맙다.

오늘쯤은 그녀가 누군가와 통화하며 환한 얼굴로 이 골목을 올라올 지도 모른다.

인간과문학

The 수필

● 골목길에서 부랑하는 여인을 발견한 작가에게 연상과 추리가 일어난다. 연상은 작가가 지난 여름 가까운 사람을 잃은 것이 상기되는 것이고 추리는 부랑하는 여인을 보며 지난 여름 자신의 처지가 겹쳐지면서 그 여인에게 어떤 불행이 닥쳤는가에 대한 궁금증이다. 어두운 터널을 지나는 여인에게 연민을 느끼며 위로와 용기를 주려는 작가의 휴머니즘이 잘 드러났다./ 한복용

미루나무가 있던 집

김귀옥 kgo1225@hanmail.net

미루나무는 내 유년의 나무다. 냇가 둔치에 조성된 미루나무밭은 들에 있는 엄마에게로 가는 길목이었다. 아이는 햇빛에 반짝이며 바람에 팔랑이고, 바람개비같이 뱅글뱅글 도는, 나뭇잎의 움직임을 지켜보기를 좋아했다. 아이에게 익숙한 미루나무는 집을 벗어난 넓은 곳에서도 아이의 마음을 사로잡았다. 냇가의 미루나무밭은 집단적 아름다움의 발견이었다. 비릿한, 홍수로 아래쪽 부분의 잎에 달라붙어, 미처 떨어지지 않은 진흙이, 바람에 흔들리며 연한 흙냄새를 풍겼다. 정렬된 나무와 나무 사이의 공간으로 방해물 없이 빠르게 지나온 바람이, 냇둑을 오르며 내는 숨 가쁜 소리를 들었다. 상상의 동물이 냇가의 풀숲에서 졸고 있다, 시원한 미루나무밭으로 달려오며 내는, 음침한 울음소리를 상상하다, 진저리를 치며 빠른 걸음으로 걷기도 했다. 그러다 가끔은 실제로 송아지나 강아지의 모습이 나타나 놀라기도 했다. 나뭇잎이 만드는 그늘의 문양과 틈새로 통과한 햇살이 떨어지는 각도를 지켜보았다. 바람과 노는 잎들이 쉼 없이 소곤댔다. "스스스다다다." 서로 부딪

치며 깔깔댔다. 지켜보는 아이의 시선이 점점 위로 올라가고, 올라갈수록 잎은 더 반짝였다.

미루나무밭을 지나 들판 가운데로 난 넓은 길을 곧장 걷는다. 봇도랑엔 물이 흐르고, 물길 따라 제방 둑에 서 있는 몇 그루 큰 미루나무가 또 시선을 끈다. 꼭대기는 하늘이, 몸통은 들판이 배경이다. 그 모습들이 경이로웠다. 넓은 들판이 심심하지 않게, 점점 자라는 그늘을 드리우고, 힘차게 차오르며 팽창하는 잎들이 지칠 줄 모르고 에너지를 만들었다. 주변의 청록색 벼와 경쟁하듯 여름날의 광기로 존재감을 활활 태웠다. 바람은 미루나무 끝에서 생성되어 불기 시작했고, 잎사귀가 제일 먼저 반응하며 센박으로 때로는 여린박으로 환희의 손뼉을 쳤다. 아이는 훗날, 드뷔시의 〈목신의 오후〉를 들으며, 내[川]를 끼고 펼쳐졌던 고향 들판에 서 있다. 음악은 슬프면 더 슬프게 행복할 땐 더 행복하게 아이에게로 데려갔다.

아이의 집에는 마당을 지나 짚을 쌓아놓는 공간 끝에 미루나무가 있었다. 할아버지는 상처 많은 옛 집을 떠나 터를 옮겨 새 집을 짓고, 몇 년 후 미루나무를 심었다. 집터가 논이어서 수분이 많은 탓에 미루나무는 무럭무럭 잘 자랐다. 아이와 나이가 비슷한 미루나무는 아이가 존재를 인지했을 땐, 아이 키의 열 배도 훨씬 넘는 높이였다. 덕분에 마당을 가로지르는 긴 빨랫줄을 묶는 기둥이 되었다. 그러나 존재감이 너무 강했던 탓에, 아이가 성인이 되려면 아직이었을 때 베어졌다. 몸집만큼 그늘이 커져서 마당으로 들어오는 햇볕을 차단했기 때문이었다. 북향집의 동쪽 마당 끝에 서 있는 미루나무는, 여름날 잎이 너무 무성해 마당 전체에 그늘을 만들었다. 농가의 여름은 햇볕에 말려야 하는 것들이 많았다. 밀이나, 보리, 겨울을 날 소먹이 풀 같은 것들이 정오가 가까워져야 볕을 쬘 수 있었다. 그늘이 큰 미루나무는 어쩔 수 없이, 쓸모가 있었음에도 햇볕을 가리는 방해물인 것이었다. 미루나무가 사라지자 해가 뜨자마자 온 마당 가득히 빛이 들어왔다. 빛의 향연은 고맙지만, 잎들이 내는 바람 소리를 듣는다든가, 파르르 떨며 몸을 돌리는 춤사위를 보지 못하는 것은 아쉬움이었다. 그때는 이미 아이는 자라 미루나무를 바라볼 여유가 없어지기는 했다. 그래도 가끔은 미루나무에 이는 익숙한 바람 소리가 듣고 싶었다. 그때부터 아이의 세계는 사라지고 상실의 시대로 접어들었다.

미루나무는 바람이 불면 잎사귀부터 팔랑이며 집안으로 바람을 실어다주었다. 햇살이 막 태어나는 아침. 아이는 미루나무 잎사귀들이 바람에 팔랑대는 모습을 바라보았다. 커다란 싸리비 모양인 미루나무는 나무 끝으로 하늘을 부드럽게 쓸었고, 할아버지는 싸리비로 마당을 깨끗이 쓸었다. 싸리비 자국이 나 있는 마당에 아이는 서 있다. 나뭇가지 사이를 뚫고 들어오는 햇살의 노란 빛 한 줄기 마당으로 떨어지면, 신비감에 도취한 아이는 그 빛을 따라 밟으며 옮겨 다녔다. 그 가는 빛줄기가 아이 영혼의 빛이고, 빛에 아이의 영혼이 있는 것처럼.

아버지가 돌아가신 후, 할아버지는 아이에게 말했다. "지튼에 닭 댕기듯, 살아야 한다." 할아버지의 애틋한 눈빛과 돌아서던 슬픈 등을 기억한다. 아버지를 먼저 보내고, 허虛한 마음을 다스리기 힘들었던, 그래서 아팠던 할아버지도 돌아가셨다. 내 안의 아이는 부르면 언제나 냉큼 튀어나와 그 공간을 추억하는데, 같은 공간의 기억을 공유했던 사람들은 오래 부재 중이다. 미루나무 잎처럼 한때는 찬란했고 아름다웠던 내 유년의 뜰, 이제 공허하고 쓸쓸한 바람이 분다. 체화된 아픈 기억들이 다 낫지 않은 염증처럼 가려움을 유발한다. 손에 닿을 수도 없는 어딘가에서 시작해 온몸으로 번진다. 미루나무 잎들은 해에서 가장 가까운 높은 곳에서 아침 햇살을 즐겼고, 가장 먼저 바람을 만났다. 반짝였고, 흔들렸고, 빛났다. 수만 장의 나뭇잎 중에 흔들리지 않는 나뭇잎은 없었다. 해마다 봄이 되면 힘들게 키워낸 엄마 나무의 기쁨이었던 잎들. 조금씩 더 자란 가지들. 나무는 잎들과 함께 그 행복감을 즐겼다.

미루나무 자리가 휑한 지는 오래되었고, 베어진 미루나무로 인해 탁 트인 시야는 비워진 쓸쓸함이다. 과거의 사람들은 사라지고, 기억은 잊었던 기억에 덧입혀진 기억의 회로를 뚫고 미화되어 나타난다. 또 기억은 살아서 키가 자라고 날개가 돋아 그 영역을 넓혀간다. 확장된 기억이 때로는 슬픔으로 때로는 안타까움으로 눈시울을 적시고, 연민이 가슴을 먹먹하게 한다. 일제강점기, 농사를 짓던 할아버지는 일본인과 동행한 조선인에 의해 청력을 잃었다. 아이가 말을 하고부터 할아버지께는 큰소리로 말해야 했다. 아이가 말을 할 때면, 할아버지는 몸을 낮춰 귀를 아이의 입에 가져다댔다. 온전치 못한 청력으로 집중해 듣고는 웃으며 머리를 쓰다듬어주셨다. 자상한 할아버지였지만, 너무 큰 상처라 건드리고 싶지 않아서였던지 귀를 다칠 때의 당신 이야기는 절대 하지 않았다. 귀를 다친 후로 말수가 적어졌다고 했다. 가장 고통스러운 감각과 예리한 감정의 다스림은 침묵이 아니었을까.

미루나무가 있던 고향 집, 지금은 쓸쓸한 바람만 심심하게 드나든다. 고향 집은 누구에게나 유년의 우물 같은 곳이다. 지난 감정들이 퇴락한 풍경을 따뜻하게 몰고 와 가슴에 고인다. 아이는 마당에 서 있고, 미루나무 잎사귀가 춤을 추듯 바람에 흔들린다.

인간과문학

The 수필

● 미루나무가 있는 풍경 속에는 고향집 역사가 담겼다. 작가의 기억은 미루나무를 통해 과거의 유년으로 돌아간다. 우주 어딘가로 흩어진 찰나의 이미지들이 작가의 기억에 고스란히 존재한다. 우주에의 투시와 영혼의 비밀, 세상 모든 존재와 대상의 비밀이 이 작품 안에 들어 있다. 눈앞에 펼쳐진 풍경의 묘사와 시간의 흐름을 '아이'의 시선으로 처리한 참신함이 새롭다./ 한복용

푸시킨의 위로

김보애 sumile01@hanmail.net

중학교 1학년 가을 오후의 일이었다. 초등학교 6학년 때 우리 반에서 제일 이쁘고 똑똑한 Y가 불쑥 우리 집을 찾아왔다. 그녀는 대문 앞에 한참을 서서 머뭇머뭇 찾아온 용건을 이야기했다. 같은 반 반장이었던 H에게 책 한 권을 대신 전달해달라는 이야기였다. H는 이웃에 사는, 우리와는 먼 친척뻘이 되는 남학생이었다.

"사실은 내가, 그 친구를 좋아하거든. 너는 그 친구와 친척이니까 자주 만날 수 있겠지."

그 말을 듣는 순간, 내 가슴은 얇은 면도날이 스친 것처럼 아팠다. H와는 친척이라 허물없이 지낸다고 생각은 했지만 스스로도 몰랐던 어떤 감정이 흙 속의 작은 씨앗처럼 숨어 있다는 것을 처음 의식했다.

어느 순간 내 시선은 그녀의 눈길을 피해 다른 곳을 바라보고 있었다. 대문 바로 건너편 이발소 거울에 비친 붉은 노을이 그려져 있는 그림이었다. 거울 속에서 반대로 보이는 그 그림 속의 글이 어떤 글인지 나는 알고 있었다.

> 생활이 그대를 속일지라도 슬퍼하거나 노여워 말라/ 슬픔의 날 참고 견디면 머잖은 날 기쁨이 오리니/ 마음은 미래에 사는 것/ 현재는 언제나 슬픈 것/ 모든 것은 한순간에 지나가고/ 또 지나간 것은 다시 그리운 법이리니
>
> — 푸시킨

초등학교 때의 나는 '이상한 나라의 엘리스'처럼 토끼 구멍 같은 공간으로 들어가 놀았다. 그 속에서 체셔 고양이와 토끼를 만나고 움직이는 긴 시계추를 보았다. 그 공간은 때로는 골방이 되기도 했고 골목길이 되기도 했다. 현실과 꿈이 뒤섞인 상상으로 머리가 복잡했다. 어느 날 무거운 책가방을 메고 터벅터벅 걸어가는 나를 이발소 아저씨가 불렀다. 하얀 와이셔츠를 입고 짧게 머리를 깎은 그 아저씨는 왜 그렇게 힘없이 걷느냐며 두툼한 손으로 팥빵을 건넸다. 이발소 의자에 앉아 달콤한 빵을 천천히 뜯어먹으면서 나는 벽에 걸린 빨간 노을이 그려진 그림 액자의 시를 읽으며 물었다.

"아저씨! 푸시킨이 누구예요?"

"몰라, 미국 사람이겠지. 누가 줘서 걸어놓은 건데 저거 보고 있으면 손님이 없어도 화가 안 나네. 희망을 가지게 해주거든."

그림 속의 푸시킨 시를 처음 읽은 이후 학교를 오가면서 나는 그 시를 다 외웠다. 내가 외운 첫 외국 사람의 시였다. 그가 18세기 후반 에티오피아계 러시아의 대문호이며 귀족인 '알렉산드르 푸시킨'이라는 것도, 빼어난 미인인 아내 나탈리아의 부정한 소문 때문에 결투를 벌이다가 37세 젊은 나이에 비운의 죽음을 맞았다는 것도 어른이 되고 나서야

알았다.

그때부터였을까. 어린 마음에 무슨 고민이 그리 많았는지, 힘들 때면 늘 나는 그 시의 구절을 떠올렸다. 시가 뭔지도 모르는 나이에 가슴에 닿아온 잊히지 않는 그 시가 붉은 노을의 그림과 함께 내 인생 시가 되었다.

Y가 전해달라고 한 책 속에는 분홍색의 봉인된 편지가 있었지만 나는 그 내용이 궁금하지 않았다. 나와는 너무나 다른, 키도 크고 예쁜 그녀를 반장은 당연히 좋아할 것이라 생각했던 것이다. 잔뜩 주눅이 들어 기어들어가는 목소리로 나는 겨우 전해주겠다고 대답했다. 슬퍼하거나 노여워 말라는 푸시킨의 말만 귓가에 맴돌았다. H의 집에 찾아가 그녀가 준 책 한 권을 전하고 후다닥 달려 나왔다. "이게 뭐냐? 들어와!"라고 하는 H의 목소리가 그날 따라 낯설기만 했다. 부랴부랴 걸어나오는 골목길에 차가운 바람마저 그날의 나를 더 초라하게 했다.

평생 병원 안 가고 살 줄 알았던 내가 쓸쓸한 초겨울, 방사선 치료를 받기 위해 병원 대기실에 앉아 있다. 나는 지금 어디에 와 있나. 희뿌연 형광등 전광판에서 4번 대기자로 낯선 내 이름이 점멸하고 있다. 대학원 논문 등재 게재를 마치고 여유 있게 찾아간 병원에서 덜컥 의사에게 들은 말은 '유방암 1기'라는 엄청난 소식이었다. 유랑하는 영혼처럼 나는 혼란스러웠다. 힘든 몇 년의 시간을 보내고 이제 겨우 모든 것에 익숙해졌는데 또다시 쓰나미가 나를 덮칠 거라고는 상상도 하지 못했다. 살아간다는 것은 참 어렵구나! 생각했지만 다시 한번 이 현실을 목도하리라 마음먹었다.

다행히 수술은 간단하게 끝났고 항암치료는 하지 않아도 되었다. 그 대신 재발방지를 위해 석 달 동안 29번의 치료를 받아야만 했다. 의사는 내 목 언저리에서 배 부분까지 사정없이 푸른 선으로 줄을 그었다. 거미 여인처럼 내 몸은 푸른 선으로 둘러쳐졌다. 스카프로 목을 감춘 채 일상은 다시 시작되었다. 하루에도 몇 번씩 나는 거울 앞에 서서 말했다. 괜찮아. 할 수 있어. 아무리 화장을 하고 차려입어도 거울 속의 나는 우울했다. 집 거울과 병원의 거울은 달랐다. 우리 집 거울은 내가 혹시라도 우울한 생각을 하면 금세 "괜찮아!" 하며 토닥여주는데, 병원 거울은 낯선 시댁 친척들처럼 나를 위아래로 훑어본다. 우리 집 거울 속의 나는 그런대로 괜찮은데 병원 거울 속에서의 나는 초췌하고 나이든 여자였다. 거울 속의 겁먹은 모습이 현실의 나를 직면하게 했다.

그때야 거울 속에서 하나의 그림이 떠올랐다. 붉은 노을을 배경으로 한 푸시킨의 시가 적힌 그 그림이 내 기억 속에 남아 있었다. 힘들 때마다 주문처럼 읊조렸던 그 시, 붉은 노을의 강렬한 그림, 그 위로가 필요했다. 나는 다시 푸시킨을 불렀다.

"마음은 미래에 사는 것, 현재는 언제나 슬픈 것이라는 말, 맞는 거죠?"

삶이란 실타래 같다. 가지런하게 정돈되어 있다가도 어느새 헝클어져 어디가 시작인지 어디가 끝인지 알 수 없다. 하지만 가만히 더듬어 찾다 보면 실의 끝은 보이는 법이다. 어릴 적 무겁게 걸어다니던 그 골목길도, 팥빵을 건네주던 이발소 아저씨도 이제는 기억 속에서 사라지고, 헤어날 길 없이 괴로웠던 첫사랑도 세월이 지나 그리운 시간이 되었다.

내 전체를 뒤흔들던 사춘기의 고민도 싱거운 술처럼 이제는 나를 더 이상 흔들지 못한다. 살아갈수록 세상에 대해서 너그러워지고 나이는 들수록 슬픔에 대해 무뎌지는가 보다.

열심히 공부하여 의사가 된 친구 H는 가끔 만나 그날의 일에 대해 물으면, "야! 학생이 공부해야지, 무슨 연애냐?" 하면서 싱긋이 웃기만 했다.

밤 늦게 병원 탈의실에서 거울을 들여다본 지도 어느새 5년이라는 시간이 지났다. 수술의 상흔이 사라지면서 얼굴에는 주름이 몇 개 더 늘었다. 청운의 푸른 꿈을 안고 살리라던 우리가 어느새 삶을 살아내야 할 중년이 되었고 이제는 어떻게든 살아남아야 할 상황이 되었다.

어린 날, 나의 조언자였던 푸시킨 아저씨는 이제는 나보다 한참이나 어린, 청년 푸시킨이 되었다. 하지만 짧은 인생을 산 그의 시는 마치 인생을 다 아는 것처럼 여전히 든든하고 고맙다. 그의 말은 다 맞았다. 슬픔의 날 참고 견디면 머잖은 날 기쁨은 오는 것이다.

'모든 것은 한순간에 지나가고/ 또 지나간 것은 언제나 그리운 법'이라는 시인의 말처럼 앞으로의 삶도 생각보다 무난하게 흘러가지 않을까. 가끔은 생활이 때때로 나를 속일지라도.

한국산문

The 수필

● 한 편의 문학 작품은 한 사람의 일생을 이끌기도 하고 바꾸기도 한다. 푸시킨의 시「삶」은 숙명 같은 정언으로 작가의 삶의 고비마다 힘이 되고 위로가 되어주었다. 시구에 따라 자신의 아픈 체험들을 담담하게 풀어내며 삶에 지친 독자들의 공감을 불러낸다. 부드럽고 단단한 작가의 삶과 문학적 내공이 뒷받침되어 문학이 가진 위로의 힘을 제대로 보여주고 있다./ 정진희

걸음 연습

김영훈 sdcd2007@naver.com

"공부는 엉덩이로 하는 거지."

한국인이라면 한번은 들어봤을 이 격언은 적어도 의대 실습생, 학생 의사들에겐 반쯤은 부족한 말이다. 실습 공부는 엉덩이뿐만 아니라 하체 전체가 든든히 버텨줘야 한다. 실습생들에겐 바쁘신 선생님들을 온종일 따라 걷는 게 일상이고 공부이기 때문이다. 유급 위험을 간신히 피한 동기에게도, 교수님의 총애를 받는 동기에게도 실습 일정은 공평하다.

병원이 아침을 여는 순간부터 자기 자리를 두 다리로 지켜야 뭐라도 배울 수 있다. 바쁘게, 그리고 조금은 관성적으로 걸음을 옮기던 어느 날, 오른쪽 발바닥에 따끔한 통증이 지나갔다. 1㎝도 안 되는 작고 하얀 반점이 박혀 있었다. 티눈이 생겼나. 요즘 정신없이 돌아다니긴 했지.

통증은 시간이 갈수록 더 심해져 갔다. 대수롭지 않게 여겼던 티눈은 사실 사마귀였고, 그 부분이 마침 찢어지면서 세균에 감염돼 농이 생겼다. 무게 중심에 절묘하게 자리잡은 상처는 "나 여기 있소" 하고 오른발을 디딜 때마다 그 존재감을 드러냈다. 고통을 줄여보려고 이런저런 궁리를 하다가 결국 선택한 방법은 오른다리를 질질 끌며 걷는 것이었다. 교수님 뒤에서 절뚝거리며 회진을 따라 도는 실습생. 웃기는 모습이었다.

회진을 돌 때 고통과 부끄러움은 그나마 참을 만했다. 마침 외과 수술 일정이 내리 잡혀 있었다. 짧게는 서너 시간, 길게는 한나절 넘게 서서 수술 자리를 지키다보면, 오른쪽 무릎 아래가 내 다리가 아니길, 그리고 수술이 무사히 빨리 끝나길 빌게 된다. 수술 종료를 알리는 마지막 슈처가 끝났을 때, 예상 시간을 한참 넘어 있었다. 환자는 다행히 무사했으나, 내 다리는 아니었다.

신체 부위가 고통에 절어버리면 움직이라는 명령도 무시할 수 있다는 걸 처음 알았다. 기도는 닿지 않았다. 그래도 교수님의 친절한 눈에는 가련한 오른발이 밟혔나보다. 잠시 피부과 진료를 보고 올 시간을 주셨다. 농을 빼고 항생제를 먹자 며칠을 끌어온 통증이 서서히 가셨다. 다음 날부턴 조사를 끝낸 카이저 소제처럼 아무 일 없다는 듯 다시 걸을 수 있었다. 오른발은 체중을 버티는 제 역할을 해냈고, 나는 뒤처지지 않고 실습을 따라 돌 수 있었다.

불편함 없이 두 발로 서서 걷는다는 게 얼마나 소중한 것이었나. 한여름 대낮에 걸었던 순례길에도, 취기와 밤바람에 몸을 실어 걸었던 산책길에도 그 한 걸음 한 걸음이 값진 것인지 생각해보지 못했다. 쉽게 잊을 만큼 익숙하지만, 조금만 생각해보면 어렵게 얻은 자유였다. 마음대로 걷기 위해서, 신생아실에 누워 있는 아이는 얼마나 많이 넘어지고 일어나게 될까. 그 넘어졌던 순간들을 기억하며 살 수 있다면, 지루한 일상도 아름다운 여정이 될 것이다.

병원은 그 여정이 다양한 이유로 멈추는 곳이다. 발에 난 사마귀는 귀여운 에피소드였다. 당뇨합병증으로 인한 발의 괴사, 움직임을 감당하는 소뇌 출혈로 인한 균형감각 상실, 혹은 원인불명의 소뇌위축증. 걸을 힘마저 앗아가버리는 말기 암과의 사투. 실습생 가운을 입은 지 채 반 년이 안 되었지만, 교과서에서만 보았고 보통 사람들은 소설에서만 들어보았을 고난들이 병원에서는 일상이었다. 우리는 얼마나 연약한 두 다리로 버티고 있었나. 우리는 얼마나 쉽게 넘어지는가.

그즈음 돌게 된 신경과 실습에서 '자발적 두개뇌압 저하증'으로 입원한 환자를 만났다. 우리의 뇌는 두개골에 딱 붙어 있는 게 아니라, 그 안을 채우고 있는 뇌척수액 안을 떠다닌다. 자발적 두개뇌압 저하증 환자에게선 뇌척수액이 흘러나오게 되는데, 그때 환자의 뇌는 물 빠진 어항의 물고기처럼 바닥에 가라앉게 된다. 누워 있을 땐 척수 안 뇌척수액이 머릿속으로 흘러들어와 버틸 수 있지만, 똑바로 서게 되면 그마저 빠져나가면서 뇌가 쏟아지는 고통을 느끼게 된다. 오심과 구토, 어지러움, 목 뒤쪽 근육통, 각종 신경학적 증상은 덤이다.

환자는 아홉 살 난 아이의 어머니였다. 그는 두고 온 아이들 걱정에 빠른 퇴원을 원했다. 의학적으로 위급한 상황은 아니지만 아직은 안정이 필요한 시기였다. 퇴원하기 위해선 적어도 10분은 증상 없이 걸을 수 있어야 한다. 환자가 걷는 걸 아침마다 지켜보았다. 갓난아이가 걸음마를 배우듯이 조심히 걸음을 내디뎠다. 첫날에는 일어선 지 3분 만에 어지러움이 덮쳤고, 뒤이어 찾아온 두통에 온종일 침대에 누워만 있어야 했다. 교수님은 아직은 침상에서 안정을 취하길 권했지만, 다음날 환자는 다시 일어섰다. 부축을 받고서야 겨우 5분을 걸었다. 그렇게 날마다 걷는 걸 연습했다. 병실에서 병동 복도까지, 그리고 병원 입구까지, 환자는 예정보다 이틀 일찍 집에 갈 수 있었다.

환자의 차트를 적는 건 어렵지 않았다. 뇌척수액이 새는 부분을 찾아내 막는 시술을 했다. 이른 퇴원은 적절한 진단과 치료가 있어 가능했다. 질병에는 객관적인 원인과 결과가 있고, 그 사이를 분석해 해결책을 적용한다. 교과서와 논문, 차트에 아름다운 수식이 적혀진다. 밤마다 책상을 지키며 그 기술들을 배운다.

하지만 책상 앞에서 나와 실습 가운을 입는 동안엔 차트에 적지 못한 이야기를 배워야 한다. 머리가 쏟아지는 아픔에도 집에 두고 온 아이를 걱정하는 어머니, 그 옆을 묵묵히 지키며 응원하는 배우자, 쓰러질 것 같은 어지러움, 그럼에도 다시 내딛는 걸음. 병원은 걸음이 멈추는 곳이기도 하지만 다시 시작하는 곳이기도 하다. 오랜 침상 생활에 환자들의 두 다리는 약해졌지만, 그들이 약한 건 아니다. 추락하는 것엔 날개가 있듯이, 넘어지는 것엔 다시 일어날 힘이 있다. 병원 안의 모두가, 흰 가운을 입고 있든 환자복을 입고 있든 우리의 스승이다.

이곳엔 다양한 걸음이 있다. 병원 안 사람들은 다 각자의 보폭과 속도로 걷는다. 빡빡한 회진 일정을 맞추기 위해 시간을 아껴 걷는 교수님. 그보다 더 앞서 걷는 레지던트, 그보다 조금 더 뒤에서 따르는 실습생. 야간 근무를 마치고 퇴근하는 간호사의 지친 발걸음. 코드 블루 현장으로 뛰어가는 인턴 선생님, 수술 후 처음으로 병실 밖으로 나오는 환자와 그 위를 지키는 보호자. 차트와 교과서에서 잠시 눈을 뗀다. 그 모든 걸음을 바라보고, 따라 걷는다. 의사로 걷는 법을 배운다.

에세이문학

The 수필

● 태어나서 걸음을 걷게 되기까지 우리는 얼마나 많이 넘어지고 일어서기를 반복했을까? 의대 실습생인 작가는 발바닥에 난 1㎝도 되지 않은 사마귀 때문에 불편해진 걸음을 경험하면서, 신경과 질환으로 걸음을 제대로 걷지 못하는 한 환자의 눈물겨운 걸음 연습을 아픈 마음으로 지켜본다. 차트에 적지 못한 내밀한 이야기들을 품은 채 오늘도 다시 걷기 위해 안간힘을 쓰는 환자들. 그 환자들을 치료하거나 돌보는 사람들의 다양한 걸음 속에서 의사로서 걷는 법을 배워나가는 작가의 마음이 따뜻하다./ 이혜연

끝내주는 남자

김응숙 kimeungsook@naver.com

세상의 온갖 잡다한 소리들을 뒤섞은 것 같은 소음과 함께 파란 색 트럭이 아파트 입구에 머리를 내민다. 국기 게양대 밑에서 햇볕을 쬐고 있던 길고양이 한 마리가 슬며시 일어나 낡은 건물 뒤로 꼬리를 감춘다. 그 뒤로 또 한 대의 트럭이 따라오고 있다. 나는 손을 들어 신호를 한다. 트럭에서 네 명의 남자들이 내린다. 그들 중에서 대장으로 보이는 그를 나는 한눈에 알아본다.

땅속에서 울려나오는 것 같은 깊고 허스키한 음성이었다. 전화기 너머에서 생면부지의 그가 급한 일이냐고 물었다. 나는 기어들어가는 목소리를 겨우 끌어내었다. 네. 하루라도 빨리 일을 끝냈으면 합니다. 필사적으로 매달리는 느낌을 받았는지 그가 이틀 뒤 정오 무렵 현장을 찾아가겠다고 답했다. 나는 그의 말꼬리가 사라지기 전에 집안에 물건이 가득하다고 급히 덧붙였다. 그는 잠시 침묵했다. 그런 것은 다 괜찮습니다. 전화가 끊어졌다. 나는 쓰레기처리업체라고 등록된 그의 전화번호에 아파트 주소와 동 호수를 문자로 남겼다.

집안에는 물건이 가득했다. 아니 정직하게 말하면 그것들은 물건이 아니라 쓰레기들이었다. 20평 남짓한 실내에는 발 디딜 틈이 없었다. 용도를 알 수 없는 온갖 물건들과 옷가지들, 크고 작은 박스들과 플라스틱 용기와 병들, 뒤엉킨 비닐들, 때 묻은 이불과 나뒹구는 약병들, 방과 거실, 부엌에도 생활쓰레기들이 작은 산처럼 쌓여 있었다. 차라리 집안 자체가 커다란 쓰레기통이었다.

막상 눈으로 확인하고 나니 현관문을 열기 전에 느꼈던 두려움은 한결 줄어들었다. 그러나 그곳에서 내 혈육의 손길과 숨결이 느껴지는 순간 나는 망연자실해졌다. 혈관의 모든 피가 빠져나가고 비어버린 혈관으로 빽빽한 슬픔이 몰려들었다. 나는 쓰레기더미 앞에 주저앉아 한참을 소리죽여 울었다.

사실 짐작하지 못한 바는 아니었다. 지난 오 년 동안 이 집의 주인은 어둠 속에서 고립된 섬처럼 살았다. 먹기 위해 들여온 것은 있어도 내간 것은 없었다. 어느 누구의 접근도 허락하지 않았다. 창마다 두꺼운 천을 드리우고 한 줌의 햇살도 들어오는 것을 막았다. 혈육에 대한 원망과 자신에 대한 자괴감으로 항상 퍼렇게 날이 서 있었다. 몇 번의 폭력적인 상황들이 발생하자 우리는 서로의 접촉을 피할 수밖에 없었다. 속수무책의 시간이 흐르는 동안 그는 자신을 내면의 벼랑 끝으로 몰아갔지 싶다. 그는 살기 위해 산 것이 아니라 죽기 위해 살았을 것이다.

대장은 키가 크고 건장한 체격인데 뻣뻣한 곱슬머리를 길러 뒤로 묶고 있다. 검은 모자를 쓰고 검은 마스크로 얼굴을 가리고 있어 인상을 알 수 없다. 다만 길게 찢어진 두 눈의 깊이가 그의 목소리를 연상하게 한다. 두꺼운 장갑에 작업화까지 신은 그의 손에는 빠루라 불리는 기다란 쇠막대기가 들려 있다. 긁히고 우그러지고 앞 유리에 금까지 간, 어디 성한 곳 하나 없어 보이는 트럭들과 함께 나타난 그는 세상의 온갖 폐허를 거쳐온 전사처럼 보인다.

앞 베란다에서 뒤 베란다까지 집안을 둘러본 그가 남길 물건이 있는지를 묻는다. 나는 고개를 젓는다. 이 물건들의 주인은 지금 대학병원 중환자실에 있다. 벌써 보름째다. 보름 전 그는 생사의 기로에서 오 년 만에 전화를 해왔다. 119의 도움을 받아 가까운 병원에 갔으나 큰 병원으로 가라는 말만을 들었다. 대학병원에서는 몸속에 염증이 퍼져 성한 장기가 없다고 했다. 다급하게 수술을 했지만 패혈증까지 와 중환자실에서 장담할 수 없는 시간을 견디고 있다. 그런 그가 겨우 입술을 열어 집안의 모든 것들을 버려달라고 부탁했다. 하나도 남김없이. 나는 그의 눈에 마치 죽음과도 같은 새까만 절망의 빛이 드리워지고, 그리고 잠깐 희미한 희망의 빛이 어리는 것을 동시에 보았다.

빠루는 인정사정이 없다는 점에서 자애로운 도구이다. 절명의 순간을 그만큼 줄여주니 말이다. 큰 몸집의 장롱도 대장의 손길 한번에 아무런 저항 없이 무릎을 꿇는다. 모진 미련을 가차 없이 끊어주는 그의 카리스마에 존재의 끝에 서 있던 물건들은 조용히 순종한다. 때가 왔음을 알고 서럽고 아픈 시간이 배인 허물을 버린다. 그들은 형태를 버리고 색을 버리고 이름을 버리고 마침내 상처마저 버린다. 돌이킬 수 없는 경계를 넘어 스스로 쓰레기임을 자각한다. 마침내 물건에서 오욕칠정의 짙은 물이 빠진다. 물건들은 세상에 자신을 드러낼 때부터 소멸의 운명을 타고난다. 다만 인연에 따라 쓰이고 닳고 상처를 입으며 나름의 과정을 거칠 뿐이다. 그리보면 한 인간의 인생이나 한 물건의 여정이나 다를 바가 없다.

그가 큰 물건들을 처리하는 동안 다른 사람들은 자루에 잡다한 것들을 넣어 나른다. 이불과 베개가 자루를 채운다. 화장실에서 쏟아져나온 물건들과 마지막까지 손에 들려 있었을 약들을 한 자루에 쓸어 담는다. 버려지는 것은 물건들만이 아니다. 그것들과 함께 몸부림쳤던 시간들, 소통하기를 마다하고 용서하기를 거부했던 어둡고 핍진한 마음들을 긁어내어 버리는 것이다. 그 절망의 무게를 짊어진 남자들이 절뚝거리며, 휘청거리며 계단을 내려간다. 수없이 오르내리는 동안 그들의 얼굴은 땀범벅이 된다.

대장은 내가 따라준 한 잔의 물을 마시고 신발장을 뜯어낸다. 마지막 가구이다. 이리저리 쳐놓은 줄들을 걷고 못을 뺀다. 빗자루로 바닥을 쓸자 모든 것이 비워진 텅 빈 공간이 다가온다. 열어놓은 창으로 시원한 바람이 불어오고, 오후의 햇살이 서쪽 베란다를 통해 깊숙이 들어온다. 마침내 끝이 났다. 마치 죽은 이의 것처럼 모든 물건을 다 버렸다. 이제 삶은 새로운 탄생을 원한다.

차에 올라타 시동을 걸던 대장이 차 창문을 내리더니 검은 마스크를 턱 아래로 끌어내린다. 의외로 섬세한 입매를 가진 남자이다. 한 사람의 인생 뒤에는 그만의 이야기가 있지요. 그 이야기를 모두 이해하기란 어려운 일입니다. 깊고 허스키한 목소리이다. 이건 그저 제 직업에서 느끼는 생각입니다. 그는 피로해보이는 얼굴로 희미하게 웃는다. 나는 그에게 고개 숙여 인사한다. 끝내주셔서 감사합니다. 그가 차 창문을 올리자 트럭들이 출발한다. 타인의 절망으로 납작해진 타이어가 오체투지를 하며 천천히 굴러간다. 그들이 시야에서 사라지자 텅 비어버린 집안처럼 내 가슴도 텅 빈 것 같다.

나는 인테리어업체를 수소문해 집수리를 부탁했다. 이제 이 빈 공간으로 새로운 기운이 흘러들 것이다. 끝내주는 남자가 다녀가고, 사흘 후에 나는 병원으로부터 동생이 고비를 넘겼다는 전화를 받았다.

수필오디세이

The수필

● 새삼 자신의 주변을 둘러보게 하는 글이다. 삶의 행, 불행을 떠나서 숨결 멎으면, 우리가 소유했던 물건들은 모두 쓰레기가 될 운명이다. 난감한 일을 전사처럼 해내는 쓰레기처리업체 사람들, 끝내주는 일을 참 끝내주게 처리하고 떠나면서 대장이 던진 한마디, "한 사람의 인생 뒤에는 그만한 이야기가 있지요." 전사를 넘어 현자 같다. 고비를 넘겼다는 동생의 소식으로 결미를 맺은 작가의 필력도 참 끝내준다./ 문혜영

K-굿

김주선 jazzpiano63@hanmail.net

독일 뒤셀도르프에 사는 친구에게 한국의 '굿' 열풍을 들은 건 이삼십 년 전이었다. 사실 믿기지는 않았다. 베를린에서 진혼굿을 하는 김금화 소식을 들었을 때는 편견이 심해 남의 나라까지 가서 왜 저러나 싶어 심드렁했다. 무엇보다 기독교인이었고 미신이라고 터부시할 때라 별 관심이 없기도 했는데 오히려 독일인 친구들이 동양의 작은 나라에서 온 신비한 무녀 비단꽃(금화)에 열광했단다. 에너지가 폭발하는 매력적인 무속의식에 푹 빠져 한국으로 유학온 학생도 있었는데 관련 자료가 컨테이너 한 대 분량이라며 그 열의를 놀라워했다.

드라마, 가요, 영화, 심지어 음식이나 부동산에도 '케이K 콘텐츠'가 붙는 요즘, 한국 대중문화의 세계적 열기는 참으로 대단하다. 하지만 그 이전에 K-굿이 있었다는 사실을 아는 이가 많지 않을 것이다.

1982년 한미수교 100주년 기념행사에 초대된 문화사절단에 무당 김금화가 있었다. 한국의 전통 무속을 무대에서 소개할 참이었다. 무녀들이 차려입은 옷차림을 보고 영사관 직원이 나라 망신시키러 왔냐며 극구 말렸다. 다른 프로그램이 다 끝나도록 무대에 못 오르다가 카펫을 걷어낼 즈음 공연 관계자 한 명이 등을 떠밀어 겨우 공연하게 되었다. 김금화는 단 15분간 한국의 전통 무속문화를 보여주고자 죽기 살기로 굿을 하며 맨발로 작두를 탔다. 짧지만 강렬한 굿판이 센세이션을 불러일으켰다. 넋을 잃고 바라본 외국인들의 박수가 터졌고 자리를 떠난 관객들조차 다시 돌아와 춤추고 난리가 났다.

우여곡절 끝에 무대에 오른 계기로 장장 한 달 가까운 기간 동안 미국에서 굿을 공연하였다. 그 후 스페인 독일 프랑스 이탈리아 러시아는 물론 중국과 일본 등 세계 곳곳을 누볐다. 순회공연과 강의를 했고 한국 전통문화의 가치와 민속신앙으로서 우리 굿을 알렸다. 아마도 종합예술로 높은 평가를 받은 한류의 시초가 아닐까 싶다.

김금화는 음지로 숨을 것이 아니라 세상에 나아가 사람들과 더불어 마음을 정화하고 영혼을 달래고자 했다. 더더욱 사명감에 불타 세계를 누비며 굿을 했다.

그즈음 한국언론에서는 짧게 다루었지만, 외국에서는 한국의 샤머니즘을 하나의 문화현상으로 보고 한류바람이 일었다. 한국인은 나라 망신시키고 다닌다며 따가운 시선으로 바라볼 때 유럽은 무당을 불러 굿을 하는 가정도 있었고 한국 샤먼에 대한 선입견 없이 인정하였다.

유럽에서 금화가 공연 중일 때, 겅중겅중 춤을 따라하던 관객이 기절하다시피 쓰러지는 경우도 많았다. 땅바닥에 데굴데굴 구르는 등 별의별 사람들이 다 생겼다. 요즘 K-팝 아이돌 공연을 보면서 혼절하는 경우와 같다고 할까. 온몸과 마음으로 공연을 함께한 최고의 관객은 유럽인이었다. 심지어 파리 공연 때는 표가 없어서 되돌아간 사람들도 있었다. 국내에서 여전히 많은 사람이 미신이라며 괄시하고 천대할 때, 신비하고 강렬한 이방의 샤머니즘을 한국문화로 이해하고 존중해주었다.

그 중에는 굿도 하고 신딸이 되어 내림굿을 받은 독일 여성 안드레아 칼프도 있었다. 이탈리아 로마대학에서 교황 진혼굿을 할 때는 김금화를 이방의 한 종교인으로 존중하고 대우해주었다. 교황청에서 부르는 김금화의 수식어는 만신이요, 무용가요, 동양의 종교인이었다. 모든 한류가 그렇듯이 정작 우리는 우리 문화의 소중함을 잘 모르는데 세상 밖 사람들의 눈에 비추어진 한국문화의 우수성을 보고 그제야 따라서 열광한다. 참 아이러니가 아닐 수 없다.

과거, 굿은 우리의 민속신앙이었다. 마을의 안녕을 비는 제사였고 동네잔치였다. 굿이 열리는 날은 만사를 제쳐두고 함께 모여 기원하고 복을 빌었다. 그러다가 유신시절 새마을운동 때 미신타파를 앞세워 가정에서 시루떡만 올리는 안택굿도 못하게 국민을 계몽했다. 조그만 시골에 교회를 짓고 첨탑 끝에 십자가를 세워 서양 종교를 믿어야 천당 가고 미신을 믿으면 지옥 간다며 무녀를 쫓는 마녀사냥을 했다. 행정 관계자가 건달을 시켜 굿당을 깨부수고 불을 지르자 신을 섬기는 사제의 길을 마다하고 도시로 스며들었다. 젊은 사람들은 굿을 무서워하고 귀신 보듯 관람조차 기피했다. 사사로운 굿이나 하며 점치는 일도 겸한 돈벌이로 전락하자 무당의 이미지는 추락하였고 악의 축으로 보기도 했다.

부정적인 시각이 팽배한 이유는 무엇일까. 신의 이름을 빌려 잔꾀를 부리며 돈을 버는, 사리사욕에 눈먼 무당 때문은 아닐까. 비싸도 너무 비싼 굿 비용과 부적 값은 살림의 근간을 뒤흔드는 사례여서 전수자까지 싸잡아 욕을 먹는 현실이다. 지금도 전국의 굿판에는 많은 외국인이 찾아오는데 일부 종교단체에서 버스까지 대절하고 와 굿을 방해하는 것을 보면 무속은 여전히 대우받지 못하는 실정이다.

소설가이며 민속학자인 이원섭 선생은 신학대학을 졸업하고 불교에 심취했다가 다시 무속과 민속연구에 평생을 보낸 기인이다. 한때 그의 사무실에서 일하며 무속신앙과 관련한 다큐멘터리 제작 일을 도왔다. 나는 집사 직분을 받은 세례 교인이었지만, 굿을 종합예술 콘텐츠로 만드는 그의 집념에 샤머니즘을 바라보는 시각이 달라졌다.

'굿은 페스티벌이다'라고 정의한 그는 전통굿을 공연 예술화하는 일에 앞장섰고 K-굿을 세계에 알린 주인공이기도 하다. 일제강점기, 민족말살정책의 가파른 길에서 전통문화를 배척하고 타파의 대상이 된 무속신앙을 한국 대중문화의 반열에 올리고자 한 노고를 나는 안다. 그는 굿은 종합예술이고 즐기는 예술 콘텐츠로 바라봐주길 바라며 2년 전 작고한 중요무형문화재 김금화를 기리는 작업에 몰두하고 있다.

K-굿! 이미 K-콘텐츠 반열에 오른 풍물굿이나 사물놀이, 난타와 그 근원은 같다. 자손의 안녕과 복을 빌기 위하여 정화수를 떠놓거나 새로 지은 밥 한 그릇을 부뚜막에 먼저 퍼놓는 어머니의 마음도 뿌리는 같을 것이다. 친구에게 독일에서 우리 굿의 열풍 이야기를 듣고 의아했던 편

견은 이제 나에게 없다. 오래 전에 불었던 바람이 다시 한번 뜨겁게 불어오길 바라며 제2의 김금화가 세계의 굿판에서 한바탕 뛰어오를, 페스티벌이 열리기를 기대한다.

한국산문

The 수필

● 서사와 서정이 주를 이루는 수필은 지극히 개인적이라 미시적 관점에 머물기 쉽다. K-굿은 자기 경험에서 시작했지만 우리나라 굿의 개념과 시각, 굿이 해외에서 인정받게 된 계기와 사례, 그 중심에 있었던 중요무형문화재와 미래 K-콘텐츠에 대한 작가의 바람이 거시적 관점으로 펼쳐져 있다. 개인과 사회적 균형감각이 돋보이며 '문화'에 대한 통찰력으로 수필의 지평을 확장하고 있다./ 정진희

모르포나비 같은

민혜 moodnow@hanmail.net

엄마가 뭔가를 들고 오더니 방안에 넓게 펼쳤다. 알록달록한 정사각의 모티브를 이어 만든 털실 담요였다. 만화경 속엣것들이 뻥튀기로 튀어나온 것 같았다. 주홍과 연두와 노랑, 초록과 빨강을 비롯해 황토색과 회색이 배열된 담요는 꽃밭처럼 보이다가 원색의 캔디로 아롱거리며 어린 가슴을 설레게 했다. 젤리나 사탕을 먹을 때도 초록부터 빼먹었던 시절이니 첫눈에 들어온 건 단연 녹색일 수밖에. 칙칙한 회색은 왜 넣었나 싶었지만 연두와 주홍이 나란히 있는 걸 보며 예쁘다고 했던 게 생각난다. 초록을 유다르게 편애했던 대여섯 무렵의 이 광경은 흑백영화 속에 나온 컬러 장면인 양 뇌리에 깊게 남아 있다.

얼마간 그렇게 초록을 애호하며 성장했다. 그러다 내 관심은 점차 빨강으로 옮겨갔고 사춘기를 통과하고 있었다. 반항기라 그랬는지 빨강의 도발성에 현혹되었다. 기울어진 가세家勢에 대한 반작용으로 의식적으로나마 가슴에 불질을 하고 싶었던 건지도 모른다.

그 불씨를 꺼뜨리지 않겠다는 듯 적색에 대한 선호는 결혼 뒤까지도 얼마간 지속되었던 것 같다. 서른에 입었던 빨강 마직 원피스를 마흔 넘도록 지니고 있었던 걸 보면 한동안 적색을 끼고 살았던 모양이다. 하지만 빨강은 자주 입기엔 부담스러운 색상이라 내 옷장은 검정을 비롯한 무채색 계열로 변해가기 시작했다. 무난히 입을 수 있는 게 암회색이요 검정이었다.

블랙은 죽음처럼 적막하고 금욕적인 색채이면서도 도회적인 섹시함과 카리스마를 뿜어내는 이율배반의 빛깔이다. 상복喪服의 검정색이 파티드레스로 변환될 때의 그 치명적인 화려함을 보라. 화가 르누아르는 블랙을 색의 여왕이라고까지 치켜세웠다고 하지 않는가.

그즈음의 어느 겨울날이었다. 한 친구가 코발트블루 코트를 걸치고 나를 찾아왔다. 눈에 확 들어오는 그 빛깔은 친근하지 않은 색이었다. 유년기의 담요에도 청靑은 없었기에 나와는 애당초 거리가 있었다. 때문인지 친구 옷이 내 눈엔 춥게만 보였는데 친구는 입고 온 옷 색깔을 가장 좋아한다고 했다. 사람이 특정 색을 선호한다 해서 그게 일상의 옷으로 연결되지는 않는다. 자신의 피부색도 감안해야 하고 주변의 이목도 살펴야 하기에 좋아하는 색과 즐겨 입는 의상 색깔이 일치하지 않는 경우도 많은데 친구는 자신의 기호에 따르는 것 같았다.

이랬던 내가 청靑에 빠져들기 시작한 건 십여 년 전 일이었다. 하루는 나비 전시장엘 가게 되었다. 전시장에 머무는 동안 형형색색의 디테일한 아름다움에 빨려들었다. 평소 나는 나비를 곤충이라 부르지 않았다. 나비는 날아다니는 꽃잎 아닌가. 호랑나비, 노랑나비, 흰나비, 붉은점모시나비, 산꼬마부전나비…. 온갖 나비들이 시선을 끌었지만 어느 지점에 이르자 갑자기 뭔가가 나를 당기는 듯했다. 2미터쯤 떨어진 지점에서 뿜어나오는 현란한 청색들! 나는 그만 유인되듯 그곳으로 걸음을 옮겼다. 처음 보는 나비였다. 그들은 크거나 작은 날개로 저마다 청색을 띠었지만 색감은 각기 달랐고 '모르포나비'라는 이름을 달고 있었다. 청靑인 듯 녹綠으로, 녹綠인 듯 흑黑으로 분광하는 나비 날개빛. 이 빛깔을 대체 뭐라 불러야 할지 몰라 떠오르는 청색의 이름들을 모두 불러보았다. 머린, 인디고, 프러시안, 코발트, 오리엔탈…. 한데 저 나비들은 자기가 그런 색을 내뿜는다는 걸 알고나 있을 것인가.

그날을 계기로 내 집안엔 전에 없던 컬러들이 등장하기 시작했다. 찻잔이나 식기에 블루를 곁들이고 집안 소품에도 푸른 색상을 들여놓았다. 금기시했던 청색을 내 의상에도 불러들여 목엔 쪽빛 스카프를 두르고 대님팬츠를 장만하고 군청색 티셔츠를 사 입었다. 황인종의 전형적인 피부색을 지닌 내게도 청색이 무리 없이 받는다는 걸 그제야 알았다. 아쉽게도 모르포나비의 블루는 눈에 뜨이질 않았다. 그러던 어느 날 한 작은 가게에서 피콕블루(수컷 공작의 목과 가슴에서 볼 수 있는 녹색 같은 청색) 쿠션을 발견했다. 쿠션은 화학섬유였지만 실크 광택을 내며 방향에 따라 홀로그램처럼 색이 바뀌었다. 나는 두 개 남은 그 쿠션을 사들고 왔다.

돌이켜보니 내 삶은 색상의 층위로 연대가 나누어지는 듯하다. 초록과 빨강과 검정을 좋아했으며 뒤늦게 청색에 빠져 모르포나비 색감을 찾아나서기도 했다. 청에 맛들인 다음 비로소 무채색 옷의 틀을 깨뜨리게 되었고 더 다양한 시도를 펼쳐나갔다. 한정된 색상에만 갇혀 지냈다는 생각이 뒤늦게야 들었다. 오랜 세월 검정 위주로 옷을 입어왔던 때문인지 처음엔 내 정체성이 사라지는 듯했지만 그 복합성이야말로 인생 아닐까 싶었다.

며칠 전이다. 금년에 출간된 내 작품집을 읽은 J 선배로부터 이메일이 날아왔다. 그녀는 책을 완독한 뒤 내가 왠지 한 마리 모르포나비로 연상되었다고 썼다. 순간 내 안에서 뭔가가 날갯짓을 하며 파닥거리는 것 같았다. 선배의 속뜻이야 여하간에 과분하단 느낌이 들기도 했다. 하지만 모르포나비도 날개의 구조 때문에 그리 보이는 것일 뿐 날개엔 정작 그 환상적 색소가 없다 하지 않던가. 뿐더러 날개의 안쪽은 섬뜩한 눈알 무늬로 반전을 이루고 있지 않은가. 모르포나비의 생존전략이었을 것이다. 그렇다면야 못이기는 척 그 선배의 말을 수용해도 큰 무리는 없겠다 싶은 생각이 들었다. 누가 알랴, 실은 우리가 타인들에게서 보고 느낀 그 색채 또한 착시거나 환영이었는지.

현대수필

The 수필

● 색의 상징성은 보편적 정서에도 닿아 있어 색을 통한 전달은 빠르고 오래 남는다. 모르포나비의 색을 얻기 위해 분석한 결과, 본래 색을 갖고 있지 않고 빛을 받은 날개의 각도에 따라 환상적으로 보일 뿐이라고 한다. '없지만 보이는 색'을 통해 보이는 것 너머의 속살을 생각하며, 존재 확인의 시간을 갖는다./ 노정숙

가재미가 돌아오는 시간

박금아 ilovelucy@hanmail.net

바닷속보다 깊이 누웠다. 물살을 가르던 꼬리도 지느러미도 고조곤히 접었다.

도다리쑥국을 끓이려고 도다리를 사러갔다가 대나무 채반에 담긴 하이얀 가재미에 마음을 빼앗기고 말았다. 이삼십 마리쯤 되려나. 그곳 사람들이 '미주구리'라고 부르는 물가재미였다.

가재미를 손질하던 여인이 허리를 펴며 일어섰다.

"새빅에 잡은기다예. 만 원에 가져가이쏘오."

뼛속까지 들여다보이는 투명한 몸은 한때 목숨이었던 것 같지 않았다. 한참을 바라보았다. 아주머니는 내가 비싸다고 생각해서 망설이는 줄로 알았던 모양이다. 구워서 먹으면 고소하다며 대답도 듣기 전에 옆 채반에 담긴 것까지 담아주었다.

"알배고 낳니라꼬 예비서 그렇지 꾸 무모 꼬시다예."

알을 품고 낳느라 살이 다 빠졌다는 말에 가슴이 먹먹해졌다.

가재미를 좋아했던 북방의 한 시인이 떠올랐다. 가재미와 함께라면 가난해도 서럽지 않고 외로워할 까닭도 없고 세상 같은 건 아무래도 좋을 것 같다던 시인이었다. 시간은 여든 해를 훌쩍 넘어 함흥 옛 시인의 방에 닿았다. 1936년 즈음이었나. 스물다섯의 백석이 서울을 떠나 영어 교사를 하러 함흥으로 갔던 때가.

어시장을 더 걸어나오니 또 가재미가 보였다. 뼈째 먹어도 될 성싶은 작은 것들이었다. 장터 바닥에 쪼그리고 앉아서 홍합을 까던 할머니가 눈짓으로 플라스틱 채반 두 개를 가리켰다. 끝물이니 모두 팔천 원에 가져가란다. 조금 전에 들었던 "알배고 낳니라꼬 예비서…"라던 말이 떠올라 할머니 무릎 앞에 있던 가재미들을 다 샀다.

서울 집에 와서 가재미는 하루도 빠지지 않고 식탁에 올랐다. 시퍼런 배춧잎 두어 가닥 찢고, 구워서 고추장에 찍어 먹으면 세상 부러운 것이 없었다. 그렇게 먹다보니 한 달가량 지나자 다 없어졌다. 가재미가 없으니 여간 허전하지 않았다. 동네 시장에도 가보았지만 크고 넙데데한 모양새가 내 가재미와 달랐다. 어머니에게 가재미를 좀 사서 보내달라고 했다. 그런데 며칠이 지나도 소식이 없었다. 장에 나지 않는다고 했다. 나는 쓸쓸해졌다. 어느 날 찾아온 벗이 며칠 푸근한 정을 풀어놓고는 온다간다 말없이 떠나버렸을 때의 그 느낌이었다.

두어 달 후, 초여름 무렵이었다. 친정에 볼일이 있었다. 그때까지 가재미를 잊지 못하던 나는 당장에 내려갔다. 다음 날, 새벽 장을 샅샅이 뒤지다시피 했지만 볼 수 없었다. 아침밥을 먹고 다시 나가 찾아도 그리운 가재미는 만날 수 없었다.

장터 끄트머리에 어물전이 있었다. 들어가 가재미를 살 수 있냐고 물었더니 수입산뿐이란다. 순간, 함흥 시절 가재미를 사러갔던 백석에게 어물전 주인이 했다던 말이 떠올랐다. 가재미는 음력 팔월 초상初霜이 되어서야 온다던 말이었다. 주인 여자에게 언제면 우리 바다 것을 살

수 있는지 물었다. 가을까지 기다려야 한단다. 그제라야 봄에 낳은 알이 자라서 돌아온다고 했다. 그가 냉동고에서 뭉치 하나를 꺼내어 보였다. 식구들이 먹으려고 얼려둔 거라며 "이거라도 가져가겠냐"고 한다. 냉큼 받아들고 보니 오랜 친구를 만난 듯 반가웠다.

파장 무렵의 장터는 적적했다. 남은 물건을 하나라도 더 팔기 위해 전을 걷지 못하는 여인네들과 조금이라도 금낮게 사려고 늦장을 보러온 아낙들 몇뿐이었다. 작은 짐수레에 간신히 몸을 세운 할머니가 머리가 삼바구니 같은 할머니에게서 생미역 몇 오리를 사서 장바구니에 담았다. 곁에는 새우등을 한 할머니가 아직 팔지 못한 홍합을 까고 있었다. 홍합을 까는 손이나 물건값을 주고받는 손이나 마른 나무이파리 같았다. 실바람이라도 불어오면 금방이라도 날려가버릴 듯 가랑가랑했다. 생의 끄나풀을 붙잡느라 깔깔해진 손들이 영락없는 채반 속 가재미였다.

알배고 품느라 살이 빠지기는 가재미나 판장가의 아낙들이나 같아 보였다. 거친 파도에서 살아남느라 바다의 바닥만을 응시하다 외눈이 되어버린 가재미처럼, 어판장 바닥만을 바라보느라 외눈박이가 된 그들이었다. 모든 욕구를 묻어버린 채로 판장 바닥에 붙어 자식들의 뼈와 살을 키워낸 한 마리 가재미였다. 포구만큼 인간의 본능적 욕망이 거세되기를 강요당하는 곳이 있을까.

활어는 찾아보기 어려웠다. 대개가 말린 건어물이었다. 그 흔하던 볼락도 노래미도 갯장어도 살아 팔딱이는 것이라고는 없었다. 살이 통통오른 물고기가 채반 가득히 놓이려면 뜨거운 여름을 지나야만 한다는 것을 알기에 아낙들은 빈 채반 너머로 넘실대는 하얀 파도를 보며 신산한 시간을 애애히 견디어내고 있었다.

장에서 돌아와 어물전에서 사온 가재미를 옥상에 널었다. 한나절 볕에도 꾸덕꾸덕 잘도 말랐다. 해거름녘이 되어 가재미로 저녁을 지었다. 어머니는, 봄 가재미는 구워서 간장에 찍어 조밥이랑 먹어야 맛있다고 했다. 차조를 씻어 밥솥에 안치고, 장독에서 어머니가 오래 전에 담가둔 간장을 떠 실파 한 뿌리를 곱게 다지고 고춧가루와 깨소금을 넣어 파간장을 만들었다.

밥이 뜸들기를 기다려 가재미를 굽는다. 달구어진 팬에 눕히면 고집이라고는 없다. 순하디순하다. 순식간에 익은 가재미를 접시에 담아 머리를 떼고, 옆선을 따라 등줄기를 들어올려 살을 바른다. 쭉 쭉 발라낸 살점을 파간장에 찍어 조밥 위에 올려드리니 자식 여섯을 낳아 품은 어머니가 가재미 같은 낯빛으로 이르신다.

"야아야, 니나 마이 무라. 내는 오래 살아서 너무 마이 뭇다."

노랑노랑 가재미 익는 소리에 하늘의 잔별들 죄다 밥상머리로 모여드는 푸릇한 저녁이다.

먼바다에서는 가재미가 돌아오고 있을 것이다.

에세이문학

The 수필

● 모성은 눈물겹고 쓸쓸하다. 동물이건 사람이건 그렇다. 알 배고 낳느라고 여윈 가재미에서, 평생을 어시장에 눌러앉아 자식들 뼈와 살을 키워내느라 가랑가랑해진 늙은 생선장수 아낙의 모습을 읽는 작가. 여섯 자식 낳아 품은 작가의 친정어머니 또한 마찬가지다. 알 배고 낳는 봄을 위해 가을이 되어야 제 태어난 곳으로 돌아온다는 가자미를 기다리는 작가의 마음이 쓸쓸하게 읽히는 이유다./ 이혜연

낙타

박용수 toamm@hanmail.net

모래에 흙먼지까지 휘날린다. 희뿌연 모래바람 속에서 낙타 찾는 일은 쉽지 않다. 두꺼운 천으로 머리를 둘러싸서인지 누가 누군지 알 수 없다. 그래도 낙타들끼리는 익숙하게 척척 일해 나간다. 말이 현장이지 사막과 진배없는 공사판이다. 햇살은 뜨겁고, 바람도 후텁지근하다. 뜨겁게 달궈진 철근을 세우는 인부들 등짝 위로 땀이 뚝뚝 떨어진다.

친구는 별로 물도 많이 마시지 않는다. 내가 벌컥벌컥 물을 마셔대자 킥킥 웃는다. 일은 자기가 했는데, 왜 네가 물을 마시느냐는 표정이다. 그는 오래 전부터 사막에 적응해온 낙타다.

정형외과에 입원했다는 소식을 듣고 병원으로 달려갔는데 퇴원했단다. 녀석은 초원같이 안락한 침대보다 이글거리는 사막이 훨씬 편하단다. 몸은 괜찮으냐고 묻는 내 말에 대답을 준비한 것처럼 퉁명스럽게 쏘아댄다.

"다섯 명의 노동자가 죽어야 배 한 척을 띄울 수 있고, 우리 같은 사람은 이틀에 한 명씩 죽어, 인마. 그렇다고 하루 벌어 사는 놈이 놀면 뭐

해, 그나마 이렇게 일을 하면 두려움이 싹 사라져."

코를 벌름거리며 쓱 웃는 모습이 여지없는 못생긴 낙타다.

그 아버지도 낙타였다. 사우디 사막에서 돈을 벌어 보내왔다. 철부지였던 우리는 그를 아버지가 없다는 둥, 어머니가 작부라는 둥 놀렸다. 아버지가 없는 이곳 역시, 사춘기 친구에게 사막이었을 것이다. 녀석도 그렇게 이곳저곳을 떠돌며 몸부림쳤다. 절대 아버지처럼 살지 않겠다며 극구 사막으로부터 도망을 쳤는데, 어느 날 자신이 사막 앞에 서 있더란다. 그는 씩 웃으며 말했다.

"사자가 되겠어, 호랑이가 되겠어. 아버지가 낙타인걸."

깊숙한 사막으로, 모래산맥을 향해 깊이, 빨려들어가는 사막의 배를 본 적이 있다. 아지랑이처럼 출렁이는 모래파도를 헤치고 드넓은 바다에 줄지어 떠가는 낙타들의 항해, 날카로운 이빨도 매서운 발톱도 없고 날개도 없는, 하이에나처럼 집요하지도 눈표범처럼 기민하지도 않고 개나 고양이처럼 애교도 없어서 그냥 목숨만을 부지해준다면 자유도 행복도 심지어 사랑도 포기하고, 무거운 짐을 지고 모래폭풍으로 들어가는 순한 것들을 본 적이 있다.

외부의 대상과 대결하지 않겠다고 사막으로 도망쳤으니 내적 고통을 응당 감수해야 할 낙타의 몫이라고들 한다. 나는 고개를 젓는다. 아니라고, 아니라고! 그건 낙타를 몰라서 하는 말이라고, 거룩한 항해를 모독하는 말이라고, 오직 사막을 사랑하기 때문에, 진정 사막을 사랑해서 낙타는 거기로 가는 거라고 말이다.

휘몰아치는 모래폭풍. 작열하는 태양과 밤의 냉기. 그건 수도승에겐 당연히 견뎌야 하는 수행인 것처럼, 낙타에게는 그게 행복이라고, 세상을 사랑하는 방법이라고. 사막의 도망자가 아닌 지배자라고, 겁쟁이가 아닌 개척자라고. 물어뜯고 할퀴고 잡아먹는 그런 싸움이 싫어서 사막으로 간 것이 아닌 사막이야말로 진정 평화가 있는 곳이기에 평화를 사랑해서 사막의 고요가 너무 좋아서 거기 있는 것이라고.

사막을 사랑한 죗값인가. 죽어라 짐을 날라주고도 모자라 젖을 빼앗기고 털을 내주고, 가죽도 벗겨주고 고기까지 되어 삶아지는 인간의 휴대식량이라니. 비가 와도 절대로 젖는 법이 없는 사막. 설사 폭우처럼 돈비가 내린 데도 쌓이는 법이 없는 가난. 낙타 같은 운명을 대물림한 사람들, 검게 탄 피부, 뼈가 앙상하게 드러난 강파란 근육, 삶의 중심부에서 밀려나 변방에서 겨우 생존본능만 유지한 채 살아가는 노동자들, 공장으로 건설현장으로 논밭으로 밀려난 우리 시대의 낙타들.

녀석은 다친 허리를 내보이며 원청 직원이 다치면 구급차 타고 가지만 나 같은 하청업체 직원은 중상을 입어도 트럭 타고 간다며 키득키득 쓴웃음을 지었다.

문득 지금의 내 작은 행복이 혹시 녀석의 등을 타고 있는 데서 오는 것은 아닐까 하는 생각이 들었다. 우린 우리도 모르는 그 누군가의 땀과 노동력으로 인해 이익을 보거나 행복하다면 분명 낙타의 등을 타고 있을지 모른다. 낙타가 파놓은 오아시스에서 낙타의 피를 마시며 사막이 아니라고 웃고 사는지도 모른다. 그늘과 비바람을 막는 언덕이 있다면 누군가 모래와 시멘트를 나르다 쓰러지고, 철근을 세우다 찔리고, 벽돌을 쌓다 무너져 깔리고, 손가락이 잘리고 뼈가 부러지고, 추락사하고 압사하고 그렇게 수많은 희생이 있었기 때문이다.

사막에 등을 대고 살아가는 이들은 더 나아갈 수도 물러설 수도 없는 사람들이다. 날품팔이 노동자들, 비정규직 종사자들, 아르바이트를 하며 하루를 견디는 젊은이들, 끓는 물과 뜨거운 불 사이를 줄타기하는 급식소 여사님들, 경비원 아저씨들, 수레를 끌고 길거리로 나서지 않으면 안 되는 할머니들, 모두 모래바람 속에서 생을 뚫고 나가고 있는 이 시대의 낙타다.

"자, 자! 쉬었으면 다시 일들 합시다."

누군가 일을 재촉한다. 녀석은 다시 얼굴에 수건을 두르고 모자를 눌러쓴다. 흙먼지 속으로 터벅터벅 걷는 걸음새가 예전 지 애비 뒷모습이다. 사막에 산다고 그까짓 사랑과 꿈, 멋과 낭만까지 없으랴마는 궁지에 선 녀석에겐 사치다. 녀석은 무거운 짐을 지고 사막을 건너는 중이다.

수필미학

The 수필

● 어느 사회든 거칠고 메마른 사막이 있다. 그리고 그 속에서 묵묵히 견디고 버티는 낙타들이 산다. "다섯 명의 노동자가 죽어야 배 한 척을 띄울 수 있고, 우리 같은 사람은 이틀에 한 명씩 죽어, 인마." 퉁명스레 쏘아대는 그는 건설노동자다. 오래 전부터 모래바람과 흙먼지에 적응해온 낙타, 아버지가 낙타라 사자도 호랑이도 될 수 없는 못생긴 낙타다. '원청 직원이 다치면 구급차 타고 가지만 나 같은 하청업체 직원은 중상을 입어도 트럭 타고 간다'며 키득키득 쓴웃음을 짓는 그는 우리를 등에 태우고 힘겹게 사막을 건너는 이 시대의 슬픈 낙타는 아닐지./ 조헌

걸어가는 사람

신현순 marchelra5312@daum.net

전시 작품을 천천히 따라가다 한 장의 흑백 사진 앞에서 걸음을 멈췄다. 우산도 없이 자신의 머리를 덮기 위해 입고 있는 코트를 훌쩍 들어올린 채 구부정한 어깨를 하고 빗속을 걸어가는 한 남자의 모습은 모두를 해탈해버린 구도자 같다. 몽파르나스에 있는 그의 작업실 근처에서 혼자 비를 맞으며 길을 걷고 있던 자코메티의 생전의 모습이다. 앙리 가르띠에 브레송이 찍은 이 한 장의 사진은 그의 작품세계와 닮아 있어 사후 많은 사람들에게 화제를 불러일으켰다고 한다.

조각가이자 화가인 알베르토 자코메티(스위스, 1901~1966)를 처음 알게 된 것은 어느 미술강좌에서였다. 그의 누드 인물상의 조각품을 영상으로 만났을 때의 느낌은 낯설었다. 길고 앙상한 뼈대를 하고 걸어가는 모습의 조각상은 이전에 보았던 인물상과 달랐다. 형상미라고는 어디에도 찾을 수 없었고 비쩍 마른 모습에서 혐오감마저 느껴졌다. 가느다란 골조에 흙을 성의 없이 덕지덕지 발라놓은 조각상은 걸어가는 미라 같았다. 그러나 그의 작품에 담긴 의미와 그가 살아온 삶을 이해하면서부터 조금씩 매료되었다.

아버지가 화가인 자코메티는 어려서부터 예술에 관심이 많았다. 예술가로서의 꿈을 키우던 스무 살 자코메티는 어느 날 피터판 뮈루스라는 노신사와 함께 베니스를 가던 중 노신사가 심장마비로 사망하게 되는 상황을 목격하게 되었다. 그는 밤새 시체와 함께 있어야 했고 조금 전까지 분명 살아 있던 존재가 일순간 생명이 없는 오브제가 되는 죽음에 대해 쇼크를 받았다. 그때 그가 받은 트라우마는 그림자처럼 늘 따라다녔다. 연이어 1936년 이후 1, 2차 세계대전의 엄청난 폭력과 대량학살까지 보게 되면서 죽음이라는 주제에 더욱더 집착하게 되었다. 한때 초현실주의 조각가로 주목받던 그는 고대 이집트 조각의 인물상에서 기대할 수 있는 삶의 충만함과 풍요로움을 과감하게 제거하며 인간 존재 이외의 다른 것을 모두 걷어낸 본질에 통찰했다. 매일 같은 인물의 두상을 붙잡고 씨름했지만 마음에 들지 않아 대부분 파괴해버리는 작업의 연속이었다. 마침내 10여 년 만에 도달한 것은 5㎝까지 축소된 아주 작은 인물상이었다. 작아짐으로써 한눈에 들어왔고 파악할 수 있었다. 그러나 그 존재감이 너무 작아서 마침내 자코메티의 인물상은 비루하고 미소하지만 길쭉한 형상으로 진화해갔다. 드디어 1945년부터 마르고 길쭉한 인물상이 등장했다.

자코메티가 보는 인간의 모습이란 영혼을 담는 용기로 해석하며 그 영원의 무게에 비하면 신체는 너무 가벼워서 마치 부서질 것 같다고 생각했다. 인간의 눈에 보이는 모습이 약해지면 약해질수록 영혼의 크기는 크기가 어딘지 측정할 수 없을 정도로 광대하다고 여겼다. 그래서 그의 말년에는 인물상을 오로지 영혼을 담아내는 시선에 집중했다. "거리의 사람들을 보라. 인간이 걸어다닐 때면 자신의 몸무게를 의식하지 않으며 가볍게 걷는다. 그들은 무게가 없다. 어떤 경우든 죽은 사람보다도 의식이 없는 사람보다도 가볍다. 내가 보여주려고 한 것은 바로 그것 가벼움이다." 〈걸어가는 사람〉은 자코메티를 상징하는 작품이자 20세기 미술의 대표적인 작품이다. 비정상적으로 길게 늘어뜨린 거칠고 앙상한 인체의 모습을 한 이 작품은 극한에 놓인 인간의 고독과 실존을 형상화했다. 특히 세상과 본질적인 고독을 응시하는 깊은 통찰력이 돋보이며 숙명적인 인간의 고통을 극복하려는 굳은 의지가 보인다.

마음에 두고 있었던 자코메티의 작품 전시가 2018년 국내에서도 소개되어 전시장을 찾았다. 위태로운 삶을 살아내려는 인간의 모습을 표현한 그의 작품 앞에서 숙연함이 느껴졌다. 전시된 작품이 끝나갈 무렵 전시장 한편에 어두운 조명으로 가득 메워진 침묵과 묵상의 공간이 따로 마련되어 있었는데 그곳에는 1m 80여㎝나 되는 실제 작품인 〈걸어가는 사람〉과 그것을 캐스팅한 절반 크기의 청동 작품 여섯 점이 함께 있었다. 주인공인 걸어가는 사람은 정면을 응시한 부릅뜬 눈과 몸에 비해서 거대한 발. 부스러질 듯한 약한 형체를 가지고도 걸어가려는 의지, 그리고 굳게 내디딘 한 발은 세상을 향해 있었다. 그것은 어렵고 힘든 고난에도 불구하고 외로움을 이겨내며 오롯하게 걸어가려는 한 인간의 의지였다.

나는 바닥에 놓여 있는 방석에 주저앉아 어두운 공간 속의 거대한 조각상과 마주했다. 인간의 고뇌와 숙명을 표현한 자코메티의 깊은 의도를 좀 더 분명히 알 수 있었고 걸어가는 사람이 곧 나임을 깨달았다. 끝도 보이지 않는 어두운 터널을 부릅뜬 눈으로 안간힘을 쓰며 걸음을 옮졌던 내가 그곳에 있었다. 힘겨운 시간들이었다. 외롭고 쓸쓸하게 걸어갔던 지난 날의 나와 참으로 오랜만에 조우하는 시간이었다.

세상은 온통 불확실성 투성이다. 바이러스 횡포로 어느 때보다 예측할 수 없는 불안한 삶을 살고 있는 요즈음이다. 혼란 속으로 몰아붙이는 코로나팬데믹으로 온 세상이 휘청거리고 있다. 입구를 예측할 수 없는 어둡고 지루한 터널을 지나는 중이다. 모두가 위태롭다. 하지만 생명이란 광장을 묵묵히 걸어가야 하는 것처럼 우리는 지금의 불확실한 삶의 세계를 받아들이며 나아가야 한다. 오늘도 한사람이 흔들리며 걸어가고 있다.

수필과비평

The수필

● '자코메티'의 조각 작품을 만난 작가의 경험은, 단순한 서사 구조나 평면적 구성 방식을 넘어, 의미를 부여하는 구조화 과정에서 다층적인 사고의 확장을 거친다. 불확실의 삶을 살아가는 인간 존재의 숙명으로 고독하게 "걸어가는 사람이 곧 나"라는 사실에 이르러 명백해진 주제는, 조각상의 이미지와 다르지 않다. 현상 너머의 현상과 세상과 인간을 바라보는 시선은 추상적인 이념보다는 사회의 구체적 현실에 깊은 관심을 쏟는 작가의 기본 소임에 충실하다./ 엄현옥

라그랑주점

이상수 soo8562@hanmail.net

단체톡방 숫자 표시는 아직 1이 남아 있다. 곁에 있는 남편은 조금 전에 확인하는 걸 봤고 큰아이는 간간이 댓글을 다는 걸로 보아 작은아이가 아직 안 읽은 것 같다. 그동안 잘 유지되고 있던 가족 간의 라그랑주점이 흐트러지고 있는 걸까?

라그랑주점點은 두 개의 천체 사이에 작용하는 힘이 '0'이 되는 곳이다. 그렇기에 어느 한쪽으로 끌려가지 않고 제자리에 머물 수 있다. 프랑스의 수학자이자 천문학자인 조제프 루이 라그랑주가 1772년에 이 점의 존재를 밝혔다고 하여 붙여진 이름이다. 태양과 지구 사이에는 다섯 군데나 있다고 한다.

아이 방문을 벌컥 열고 냅다 고함을 지른 것이 그저께였다. 해가 중천에 떴는데도 기척이 없는 것은 게임을 하느라 매번 새벽에야 잠들기 때문이었다. 제대한 지 얼마 되지 않았을 때는 그동안 고생한 것의 보상심리이겠거니 이해했지만 복학한 후에도 별반 달라지지 않아 속이 상했다. 긴 잔소리와 함께 학교로 돌아간 아이는 이틀이 지나는 동안 아직 메시지 확인을 하지 않는다.

남편의 에너지는 주로 외부로 향하고, 내 에너지는 내부로 향할 때가 많다. 그가 자신에 대한 확신으로 가득하고 타인의 삶에 자주 개입하는 편이라면, 나는 내 안을 들여다보고 스스로 소소한 즐거움과 만족을 얻는다. 내 눈에는 그가 가벼운 사람으로 보여 못마땅하고, 그 사람 눈에는 내가 이기적이고 답답해 보였을 것이다.

사람을 좋아하는 남편은 거의 매일 집에서 술자리를 벌였다. 조용한 친정집 분위기에 익숙한 나는 떠들썩한 상황에 적응하기가 쉽지 않았다. 시어머니는 남편을 두고 잘 다루면 매우 좋은 성격이라는 모호한 말을 남기고 돌아가시고 말았다. 어머님 말씀을 나름 해석해보면 내가 싫어하는 행동을 일깨워 빨리 고치라는 종용 같은 것이 아니었을까. 그러나 술자리는 갈수록 늘어났고 시끌벅적한 시간은 길어졌다.

균형은 처음부터 완벽한 대칭을 요구하지는 않는 것 같다. 타인끼리 만나 한 가정을 이루고 사는 것이 어디 쉬운 일인가. 신혼 때는 선호하는 음식이나 말하는 방식, 옷 입는 취향 어느 하나 맞는 게 없었다. 오지랖 넓은 남편은 일을 만들어서 했고 개인적 성향이 강한 나는 해야 할 도리도 그냥 넘겨버릴 때가 많았다. 그 간격으로 인해 우리 사이는 자주 삐걱거렸지만 어쩌면 극복해야 할 당연한 과정이었는지도 모르겠다.

세월이 흐를수록 어머님의 수수께끼 같은 말이 하나씩 풀리기 시작했다. 동갑이라 친구처럼 편하게 지내고 싶은 나와는 달리 남편은 가장으로 대해주길 바랐다. 집안의 대소사에 폭넓게 관여하고 가족에게 일어나는 변화도 의논해주기를 원했다. 그제야 묻혀 있던 당신의 다음 말이 들렸다. "모든 일은 둘이 잘 의논하여 결정하렴."

시부모님 생전에 다투는 모습을 본 적이 없다. 아버님은 머리에 반지르르하게 포마드 기름을 바르고 흰 구두를 즐겨 신는 멋쟁이였다. 반면에 어머님은 너른 집안에 팔남매 대소사를 책임지는 맏며느리라 손에서 물 마를 날이 없었다. 젊었을 때는 두 분에게도 몇 번의 전쟁이 지나갔겠지만 조금씩 양보하며 접점을 찾았으리라. 언젠가 나이 들면 나도 저렇게 살아야겠다며 다짐하곤 했다.

놀이터에서 자주 시소를 탔었다. 무거운 내가 뒤쪽에 앉으면 아이쪽 시소가 들려 높이 치솟았다. 무게 중심을 맞추려면 내가 조금 앞쪽으로 옮겨가야 했다. 아이가 앉은 곳은 중심에서 멀고 내가 앉은 곳은 중심에서 가까웠다. 균형은 같은 거리에 놓일 때 지켜지는 것이 아니라 알맞은 거리를 유지할 때 이루어진다는 걸 시소를 타며 알게 되었다.

라그랑주점에 있는 물체가 이동하게 되면 주변 천체들은 스스로 움직여 다시 다른 곳에 그 위치를 만든다고 한다. 균형의 아름다움은 영구불변 고정된 것이 아니라, 끊임없이 타자를 위한 움직임으로 적당한 거리를 만들어간다는 데에 있다는 것을 말해준다. 상호 소통과 배려를 통하여 다른 사람을 포용해야만 가능한 일이다.

남편은 이제 술자리도 많이 줄였다. 집에 손님을 초대하는 일이 생기면 일찍 자리를 파하고 뒷정리도 도와준다. 나도 그를 가장의 자리에 세워두고 작은 일이라도 상의하며 의견을 묻는다. 나이가 들어가면서 우린 조금씩 균형을 찾아가는 중이다.

아이가 어릴 땐 행여 넘어지고 다칠까 끌어당기느라 내가 가진 중력은 매우 컸다. 그러나 점점 자라면서 원심력도 커졌다. 행동반경이 넓어질수록 나는 더 세게 당기려 했고 아이는 끌려오지 않으려 버티기 일

쓰였다. 나무도 큰 그늘에선 제대로 자랄 수 없다는 걸 알면서도 행여 궤도를 벗어날까 전전긍긍하는 사이, 아이는 자신의 라그랑주점을 찾기 위해 애쓰고 있었나보다.

합주할 때 처음에는 불협화음이 난무한다. 연습이 반복될수록 옆사람과의 타이밍이 조율되고, 드디어 각자의 음은 제자리를 잡아 완성도가 높아진다. 신영복 교수는 붓글씨를 쓸 때 한 획의 실수를 다음 획으로 감쌌다고 한다. 앞의 실수는 뒤에서 보완하고 한 행의 결함은 다음 행의 배려로 고쳐 완성된 서예 작품을 얻었다.

살면서 나는 끝없이 라그랑주점을 찾곤 했다. 그러나 내 지점 찾기는 번번이 실패의 연속이었다. 바쁜 부모님은 자꾸만 나를 밀쳐냈고, 남편과 아이들을 지나치게 끌어당겼다. 사회에서 관계를 맺은 사람들과도 기울기가 맞지 않아 자주 삐거덕거렸다. 나이 들고 시간이 흐르면서 균형을 찾는 것이 조금 수월해진 것을 느낀다. 그것은 내 거리를 지키려고 할 때가 아니라 내어줄 때 찾아오는 것임을 어렴풋이 알게 되었다. 상대방에 따라 조금씩 내 영역을 양보할 때 관계는 편안해졌다.

가족 단체톡방의 숫자 1이 사라졌다. 작은아이가 문자를 확인한 것이다. 우리 가족의 라그랑주점은 변함없이 자리를 유지하고 있었다. 비록 며칠간 작은아이의 방황으로 그 간격이 흐트러졌지만 다른 이들이 다시 거리를 조정해주었다. 단톡방에 다시 글을 남긴다.

"우린 각자 가족별자리를 구성하는 행성이란다."

에세이부산

The 수필

● '라그랑주점點'은 두 개의 천체 사이에 작용하는 힘이 '제로'가 되는 곳을 지칭한다. 가족 단톡방에서 오래 머물던 메시지를 아들이 확인하자 숫자 1이 드디어 '0'으로 바뀌었다. 가족 간의 심리적 거리를 '그랑주 점'에 빗댄 발상이 매우 독특하며 최적의 평화는 '0'이라는 통찰도 가볍지 않다. 이 작가를 주목하게 되는 이유다./맹난자

익어감에 대하여

장미숙 erigeronf@naver.com

빵집의 하루는 냄새로부터 시작된다. 지난 밤 잘 발효된 반죽이 오븐에서 노릇하게 익어가면 고소함은 슬금슬금 공기 속에 섞여든다. 오랜 시간 참아왔던 존재들의 함성이 매장을 빠져나가 사람들의 발걸음에도 스민다. 빵집 앞을 지날 때 냄새가 건드리는 건 식욕보다 감성이다. 배가 고프지 않아도 잠시 머뭇거리는 그 찰나로 감성은 드나든다.

비가 오는 날, 빵집 앞에 서면 누군가가 흘린 이야기와 마주하게 된다. 어쩌면 자신이 남긴 흔적을 다시 만날지도 모른다. 지나치는 사람마다 남겨놓고 간 생각이 발효되어 또 다른 이야기가 탄생한다. 돌고 도는 생각처럼 돌고 도는 기운들, 감성을 자극하는 맛이 서사적일 수밖에 없는 건 냄새는 사람이라는 등식이 성립되기 때문이다.

밀가루 반죽에 불과한 빵이 뜨거운 오븐 안에서 부풀어오른다. 열과 함께 최대치가 되었다가 살포시 가라앉으면서 제 모양을 찾는다. 처음과 전혀 다르게 변하는 빵의 세계는 짐작할 수 없는 시간의 다양성을 담고 있다. 발효라는 과정을 거쳐 원래의 모습을 과감하게 버리고 새로움으로 거듭나는 빵이 단순할 수는 없다.

순식간에 만들어내는 음식과는 다른, 시간을 함축한 맛은 빵의 본질이다. 다양한 종류의 빵은 세월을 따라잡으려는 듯 진화해간다. 고유한 맛을 지키며 오래도록 유지해온 것도 있지만 새로운 맛을 찾는 사람들을 위해 변화를 거듭했다. 견과류가 토핑으로 올라간 게 있는가 하면 각종 채소나 과일을 다져넣은 것도 있다. 소시지나 치즈, 초콜릿이나 시나몬, 혹은 커피 등을 첨가한 것들은 진한 맛을 낸다. 모양과 재료에 따라 냄새는 약간씩 다르지만 익어야 한다는 것으로 귀결된다.

익어가는 것들은 뚝기를 담고 있다. 절정을 이루는 꽃이 그렇고, 마지막 색을 모아 한꺼번에 터트리는 과일이 그렇다. 색이 팽팽하게 부풀었을 때 꽃은 미련 없이 허공에 몸을 던진다. 익는다는 건 소멸을 뜻하기도 한다. 소멸과 생성의 경계이며 교류의 시간이기도 하다. 색의 채도가 원색에 가까워지면 과일은 무거움을 견디지 못하고 떨어진다. 모든 익어가는 것들의 함성이다.

밥 냄새는 오감보다 가슴속으로 먼저 들어온다. 빵의 익음도 절정을 생각하게 한다. 그 속에는 따뜻하고 말랑말랑한 시간이 담겨 있다. 혹은 거칠고 투박한 앵의 껍질도 숨어 있다. 잊힌 얼굴들이 있고 분잡지 못한 시간이 있다. 어딘가에 멈추어 섰던 기억, 누군가의 이름을 부르고 싶었던 간절함이 녹아 있다. 익어야만 존재가 뚜렷해지는 것들은 고유한 색이나 냄새를 품는다.

한때 가장 강렬하게 현실을 일깨워주던 게 있었다. 밥이 익어가는 냄새였다. 구황작물에 질려 뱃속이 가라앉아 있을 때 보글보글 가마솥에서 끓어 넘치던 밥물은 기운을 솟게 했다. 수제 모든 냄새의 대명사 같았다. 가난이 허술한 집안을 무시로 드나든 때였으니 절망을 물리치는 강력한 무기이기도 했다. 냄새라고 하기조차 밋밋하지만 풀기의 따뜻함과 물큰함은 정의 다른 이름이었다.

나눔으로 묶인 가족, 친구, 동료, 그리고 좋은 사람들까지 밥 냄새는 슬프고 나쁜 감정을 쓸어내는 힘이 있다. 자식을 위해 밥이 익기를 기다리는 어머니의 마음은 그 절실함이 하나의 문장으로 일단락된다. "밥 먹었냐?"라는 짧은 문구가 함의한 지극한 사랑과 간절한 염원은 세월이 흘러도 변하지 않는다. 냄새가 가진 강렬한 힘은 사람의 마음을 움직이고 변화시키는 데도 인색하지 않다.

잔잔하게 물결처럼 스며드는 밥 냄새에 비하면 빵 냄새는 좀 더 자극적이다. 여러 가지 재료가 섞여서 조화를 이루는 그 접점이 맛의 결정을 이룬다. 구수하고 달콤하고 담백하다는 걸 통틀어 설명하기는 어렵다. 그저 '아, 이 냄새야' 하고 고개를 끄덕이는 것으로 통한다. 말을 하지 않아도 통하는 맛이라니, 익어가는 것들이 가진 따스함이다.

진열된 제품만 보다가 빵이 익어가는 과정을 지켜본 지 십 년이 되어간다. 진한 갈색 옷을 입은, 겉이 반질반질한 단팥빵은 단박에 여러 이미지를 불러온다. 겹겹이 쌓인 지난 기억을 들추기가 무섭게 달콤함이 먼저 비어져 나오는 것처럼 말이다. 정겨움으로 정의되는 행위의 순간이 가슴에 머물렀다 사라지곤 한다.

열두어 살 적, 기억의 한편에 외할머니가 존재한다. 오일장에서 콩나물을 팔았던 할머니의 시간이 단팥빵 속에 꽉 차 있다. 웃음만큼이나 푼푼한 고쟁이 주머니에서 꺼낸 꼬깃꼬깃한 돈은 단팥빵을 사는 데 주로 사용되었다. 콩나물 한 소쿠리의 의미를 알지 못했지만, 단팥빵 맛은 신세계였다. 모양이 똑같지는 않아도 그때의 감성이 변하지 않는 건 빵이 정을 타고 세대를 거쳐왔기 때문이다.

유난히 달콤한 냄새를 풍기는 곰보빵은 80년대의 산업현장과 공장의 칙칙한 환경을 재생한다. 학교에서 공부해야 할 시간에 공장의 컨베이어벨트 앞에 앉아 생산품의 불량을 고를 때 시간은 더디게도 흘렀다. 꼼짝않고 사물을 들여다보면 어지럼증이 일고 눈앞이 아찔했다. 그래서였을까. 유난히 배가 고팠다. 열 시간이 넘는 노동에 몸은 환한 햇빛에 대한 갈망으로 비칠거렸다.

권리는 약하고 의무는 강했다. 그걸 당연하게 여길 만큼 세뇌의 힘에 끌려다녔다. '산업일꾼'이라는 번지르르한 단어에 속아 생산성 향상에 열을 올렸다. 말을 제한당하고 꿈을 잃어버린 시절이었다. 간식으로 주어지던 곰보빵 하나가 허기를 채워줄 리는 만무했다. 하지만 그 구수한 맛은 어두웠던 서사의 중심으로 남았다. 불합리함에도 저항을 꿈꾸지 못했던, 개인의 개성이 통하지 않던 획일화된 시대의 앙금이다.

꾹 누르면 납작해지던 단팥빵은 속은 부드러웠으나 곰보빵은 시간이 지날수록 퍽퍽해졌다. 그래도 단맛은 변하지 않았다. 무언가를 견뎌야 할 때 단맛은 퍽퍽함을 뛰어넘는 위로가 돼주었다. 이제는 소보로빵으로 더 친숙한 곰보빵 맛은 예나 지금이나 어금지금하다. 단지 곰보빵이 오븐에서 갓 나왔을 때의 강렬한 냄새에 끌려 익어감의 의미를 인식한다. 그때의 허기는 사라진 지 오래지만, 이야기는 남아 줄곧 감성을 건드린다.

빵이 익어가는 것처럼 사람도 나이를 먹으면서 익어가는 것일까. 변해가는 것과 익어가는 것의 차이만큼이나 익어간다는 말에 무게가 실린다. 빵이 삶의 한 지축이 되면서 새로운 서사가 다시 이어짐을 느낀다. 단순한 물질이 아닌 정신, 영혼의 익어감, 그건 결국 사람다움이다. 노릇하게 잘 익은 사람으로 살고 싶지만 쉬운 일은 아니다. 쉬울 수가 없다.

발효가 제대로 되지 않은 빵은 마틀마틀하다. 결이 가지런히 흐르지 않고 뭉쳐서 진득하다. 섞이지 못하고 겉돈다. 식으면 쉬이 딱딱해지고 모양도 볼품없다. 빵을 보며 사람도 발효의 시간을 잘 거쳐야 각을 세우지 않고 동글동글해짐을 알 수 있겠다. 반죽 자체만으로는 짐작할 수 없는 빵처럼 사람의 겉모습만으로 내면을 헤아리기는 어렵다. 익어야 비로소 냄새를 풍기고 모양이 완성되는 세상의 모든 것들, 그 중심에 시간이라는 비밀이 고여 있다.

에세이문학

The 수필

● 발효는 시간의 응축이고 서사다. 이 발효의 과정을 제대로, 또 잘 거쳐야 숙성에 이를 수 있다. 제빵 일에 관여하고 있는 작가는 밀가루가 빵으로 익어가는 과정을 지켜보면서 인생을 관조한다. 변해가는 것, 익어가는 것은 모두 시간을 필요로 하지만 결과는 다를 수 있다. 발효가 잘 되지 않은 빵의 경우가 그렇다. 인생 또한 그렇지 않은가./ 이혜연

다시 외로움에 대하여

최민자 cmj1208@hanmail.net

그 사막에서 그는
너무도 외로워
때로는 뒷걸음질로 걸었다
자기 앞에 찍힌 발자국을 보려고

오르텅스 블루의 짧은 시가 요 며칠 자꾸 뇌리를 맴돈다. 눈앞의 공허를 맞닥뜨리기보다 지나간 발자국이라도 돌아보는 일이 그래도 덜 외로운 일일까. 글쓰기도 그런 것일지 모르겠다. 지나쳐온 궤적을 돌아보는 일로 잡히지 않는 현존을 확인해보려는.

쓰는 일을 내 존재의 동력이라고, 덧없는 삶에 대항하는 덧없는 부적이라고, 어쭙잖게 규정했던 적이 있다. 일상의 상투성과 동일성을 미학적 시선으로 변주해내므로 존재론적 허무를 상쇄해보려 했던, 나름 진지한 허장성세였겠다. 그러나 요즘처럼 원고지도 한글파일도 아닌 페이스북 같은 데에 캐주얼로 올리는 일상의 족적들을 존재의 동력이라고 밀어붙이는 일은 시쳇말로 좀 허접해보인다. 존재의 동력이 글쓰기가 아니라 글쓰기의 동력이 존재의 허망함 또는 외로움이라는 게 더 타당한 진술일 듯도 싶고.

골목 어귀, 잡풀 더미 속 스티로폼 박스에 겨우겨우 피어난 구절초 앞에 멈추어 있다. 섬과 섬의 뿌리가 대륙붕 아래에서 잇닿아 있듯, 존재란 어쩌면 한 뿌리의 거대한 고독에서 싹이 터 제각각의 바람결에 흔들리다 사위는 천만 송이 외로움 같은 것 아닐까. 결국 지고 말 꽃이라 해도 목숨의 한때, 생명의 저 안쪽으로부터 길어올린 광채를 누군가 응시하고 주목해준다는 것, 스러져갈 생명끼리 소통하고 교감하고 위무하고 찬탄하며 사는 일의 헛헛함을 잠시 잊어본다는 것, 글쓰기도 내게 그런 의미쯤이겠다. 대상이나 사물을 도구적 유용성의 층위로 지나치지 않고 질료적 본성을 들여다보며 교집합을 찾는 존재론적 성찰이 문학이라면 말이다.

썩 친하지도 않았던 친구를 편들어 황제에게 진언했다가 사형선고를 받은 사마천은 『사기史記』를 완성하라는 부친의 유언에 따라 사형보다 못한 궁형을 택한다. 그가 그렇듯 치욕스러운 상황을 견디어가며 글쓰기를 포기하지 않은 이유는 제 안의 문채文采를 후세에 전해 실추된 명예를 복원해보려는 확고한 결기가 있어서였을 것이다. 사마천 같은 절절함도 없거니와 죽은 뒤의 영광 따위는 털끝도 관심이 없는 내가 왜 시시한 일상의 이야기나 영혼의 미미한 지문 따위를 중인환시리衆人環視裡의 광장 같은 공간에 시나브로 발설하고 있는 것일까. 하등 중요하지도 않은 서사를 습관적으로 문서화하는 고지식한 필경사처럼. 스러짐에 대한 항명, 소멸에 대한 저항 같은 것인가.

소통이라는 이름으로 둘러대는 관계의 저변에는 외로움이라 이름하는 가축 한 마리가 후미진 귀퉁이에 제각각 순치된 채 출구를 모색하고 있는지도 모른다. 촘촘하게 교직된 전全 지구적 초인류, 그 거대한 매트릭스 속 미미한 점으로나 존재하는 우리에게 외로움은 교착을 파기하고 혈맥을 소통시키는 비장의 전해질이나 은나노 와이어 같은 것 아닐까. 디지털과 코로나의 그늘 속에서 갈수록 파편화 단자화되어가는 세상이지만 존재란 기실 차갑게 객관화된 '있음'만은 아닐 것이다. '외로우니까 사람'이 아니라 연결됨으로써 사람이다. 외롭지 않으면 소통하지 않을 테고 소통이 없이는 교감도 없을 터, 외로움은 떨쳐내야 할 부정적 감상이나 존재의 어떤 불순물이 아니다. 불완전한 개별자인 인人을 인간人間으로 접속시켜 완성하는, 존재의 원형질이고 상생의 질료다.

에세이문학

The 수필

● 존재와 외로움의 상관관계는 어떤 것일까? 작가는 물밑으로 연결되어 있는 섬과 섬처럼, 존재란 한 뿌리의 고독에서 탄생한 것이라 한다. 그렇게 보면 글쓰기란 결국 존재의 외로움을 물 밖으로 드러내 보이는 것이며, 존재의 덧없음을 동력으로 존재를 증명하는 모순적 행위인 셈이다. 외로워서 소통하고 소통할수록 외로워지는, 홀로이되 홀로가 아니고 홀로가 아니되 홀로인, 우리는 사람 인人이다. 글쓰기의 본질을 더듬는 작가의 시선이 담담하면서도 웅숭깊다./ 이혜연

색 아닌 색

최이안 graeso@hanmail.net

별을 보러갔다. 도시의 드문드문 희미한 별이 아닌 촘촘히 영롱한 별무리를. 처음 가본 봉화의 만리산에서 올려다본 어두운 하늘에 박힌 별들이 아래를 내려다보며 눈을 맞춘다. 깜박깜박 암호를 보내며 해독을 하라고 한다. 난해한 별빛을 바라보다 말 없는 어둠에 눈길이 갔다. 어둠 때문에 별은 빛나고, 저 어둠이 없으면 별 볼 일도 없다. 넓이와 깊이를 알 수 없는 어두운 색이 블랙홀처럼 시선을 빨아들인다. 밤하늘의 활기찬 침묵이 오케스트라 연주처럼 공간을 가득 채우며 흐른다.

'하늘 천 따 지 검을 현 누를 황….' 천자문의 첫 부분에 나오는 '검을 현'이 왜 '검을 흑'이 아닌지 예전부터 얼핏 궁금하기는 했다. 얼마 전 박대성 화가의 수묵화 전시회에 갔다가 해설 문구에서 "작가의 먹색은 흑색이 아닌 현색"이라는 표현을 보았다. 현색은 사전에 없지만 존재한다. 그냥 검은 색이 아닌, 그윽하고 아득하며 어두운 하늘의 색이 현색玄色이다. '가물가물하다'는 의미의 '가물 현'이 언어 변환에 의해 '검을 현'이 되었다는 주장은 그럴 듯하다. 흑색과 현색은 비슷한 것 같지만 다르다.

흑색이 까만색이라면 현색은 깜깜한 색이다. 흑색은 모든 빛이 흡수되어 나타나는 색이고, 빛을 없애기에 악과 죽음, 소멸의 의미를 지닌다. 반면 현색은 모든 빛을 품고 있는 색이라 할 수 있다. 마치 태아를 위한 자궁 속 어둠 같다고나 할까. 만물의 씨앗을 품고 있는 우주의 자궁인 현색 안에서는 무언가 일어나고 있다. 배우와 장치가 있는 채 조명이 꺼진 무대처럼 언제 어디서 무슨 일이 벌어질지 가늠하기 힘든 어둠이다. 잠잘 때 눈 감으면 나타나는 현색은 잠이 깊어지면 상상 이상의 총천연색 동영상을 빚어낸다. 긴장과 기대 속에 지켜볼 수밖에 없는 현색은 이런 변화무쌍하고 심오한 신비를 담고 있다.

현색은 까마득한 색이다. 창세기에 보면 신이 빛을 창조하기 전에 "흑암이 깊음 위에 있었다"라고 나온다. 빛보다 먼저 존재했던 이런 어둠을 표현하려면 흑색이 아닌 현색이어야 한다. 그러므로 현색은 최초의 색이기도 하다. 만물이 창조되고 드러나기 전의 에너지 가득한 어둠은 흑색으로 표현할 수 없다. 흑색은 모든 빛을 흡수한 색이므로 빛보다 나중에 생겨야 하는 것이다. 창세기의 첫째 날도 저녁으로 시작해 아침이 되어 이루어졌다. 하루는 빛이 나오기 전의 어둠으로부터 빛이 비추는 아침의 순서로 진행되었다. 시간에서는 어둠이 먼저인 것이다. 흑색에 앞서, 만물 창조에 앞서 태초에 존재했던 어둠을 칭하는 색이 현색이다.

현색은 궁극의 색이다. 색이지만 실체를 가늠할 수 없는 공간을 표현한다. 색즉시공 공즉시색의 원리가 현색에도 해당된다. 만물은 현색 안에서 나왔고 그 속으로 돌아간다. 현색은 기류와 순환, 생성과 소멸을 품은 영원의 상태를 나타낸다. 색상표에도 없는 추상적인 색이다. 먹색을 현색이라고 표현하는 이유도 수묵화가 드러나지 않은 것에 대한 상상을 자극하기 때문일 것이다. 먹이 물의 농도에 따라 달라지는 변화는 저녁에서 새벽까지 어둠이 빛의 농도에 따라 보여주는 오묘함을 닮았다. 그러나 먹도 현색을 대신할 수는 없다. 현색은 다른 색이 모두 사라져도 남아 있을 색이며, 삼라만상의 색을 다시 만들 수 있는 색이다. 모든 시간과 공간을 담고 있는 색, 현색은 색 아닌 색이다.

현대수필

The 수필

● 햇살 쨍쨍한 대낮에 검은 종이 위를 비추는 확대경 놀이, 동그랗게 머리를 맞대고 끈기 있게 비추다보면 그 열기에 연기가 모락모락 피어오른다. 동네 꼬마들은 환성을 지른다. '색 아닌 색' 현색이 결국 궁극의 색이라는 걸 조곤조곤 야물게 알려준다. 확대경 아래 선 자세로 숨을 죽이고, 그저 끄덕이게 만든다. 작가의 내공이 깊다./ 노정숙

늙음

한경희 lupinus2@empas.com

혼자서 밥을 먹거나 긴 적막이 싫증 날 땐 TV를 켠다. 오늘 점심은 노인요양병원의 3일간을 다룬 다큐멘터리와 겸상한다. 요양사와 의료진, 호스피스 봉사자들의 헌신적인 보살핌에 초점이 맞춰져 있다. 내 눈길이 가는 쪽은 환자들이다.

종이를 힘껏 구겼다 펼친 것과 별반 다르지 않은 얼굴이다. 삶과 격렬하게 맞선 흔적이 굽은 허리로, 휘어진 관절로, 듬성듬성한 머리칼로 드러난다. 누가 누군지 구분이 안 될 정도로 비슷하다.

자력으로 돌아다니는 노인은 치매 환자 몇뿐이다. 대부분 침대에 붙박이가 되어 있거나 휠체어로 이동한다. 메트로놈 같은 일상이다. 비스듬히 기대앉아 죽 한술 뜨고, 죽보다 많은 양의 약을 삼킨 후 링거를 맞는다. 다시 누웠다가 죽과 약을 먹고 주사 맞고, 내내 앓다가 잠이 든다. 냉정히 말하면, 이미 떠났어야 할 육신이 의학의 힘으로 연명하고 있다.

얼마 전 외할머니가 돌아가셨다. 여든 중반부터는 잘 듣지도 보지도 걷지도 못하셨다. 육체의 감옥에 영혼이 갇힌 채 하루하루를 삭일 뿐이었다. 급속도로 산화되어가는 생의 마지막을 지켜보는 건 무기력하고 괴로운 일이었다.

할머니는 몇 해 전부터 몹시 추워했다. 별의별 약을 다 써봤지만 소용없었다. 웃풍 센 신혼집에서 한기를 호되게 겪어 봤던 나는, 뵙고 올 때마다 그 통각이 전이되어 힘들었다. 할머니의 추위는 외로움과 맞닿아 있는 듯했다. 뼈마디에 들어온 고독이 점점 얼음으로 변해버린 것이리라. 요양병원 노인들도 한기에 떨고 있는 것처럼 보인다.

누군가는 그랬다. 나이 들어간다는 것은 늙어서의 몸 상태에 서서히 익숙해져 가는 과정이라고. 그래서 말년에도 잘 살 수 있는 거라고. 나는 이 말에 동의할 수 없다. 인간은 불편과 고통에 좀체 익숙해지지 않는다. 어쩔 수 없어서 견디는 것이다. 어느 장기 하나 성한 데 없이 하루를 살아내는 일, 난 자신 없다. 두렵다.

오래 살고 싶은 건 인간의 보편적 욕망이라고 여겨져 왔다. 먹고 살 만해진 사회일수록 욕망은 증가하고, 그것을 바탕으로 한 시장 또한 크다. 그 연장선상에 노인요양병원이 존재한다. 과연 살고자 하는 욕망이 죽음을 목전에 둔 시기까지 끈질길까.

할머니는 거동을 못하게 된 후로 하루도 빼지 않고 죽었으면 좋겠다고 말했다. 가족들은 탈무드의 3대 거짓말 중 하나라고 치부했다. 그 근거로 할머니의 수술 거부를 든다.

할머니는 어쩌면 생애 마지막 수술이 되었을지도 모를 골반 수술을 완강히 거부했다. 수술 도중 사망할 수도 있다는 의사의 진단을 듣고 나서부터였다. 난 가족들처럼 할머니가 죽음이 두려워 그랬다고는 생각지 않는다. 오히려, 더 살겠다고 수술대에 오르고 싶진 않았을 거라고 추측한다. 어쩌면 둘 다 맞을 수도 있다. 그게 할머니의 진심이었을지도. 할머니는 더 살고 싶기도, 죽고 싶기도 했을 것이다.

다큐멘터리가 막바지에 이른다. 한 달에 한두 번, 자식들은 바리바리 싸 들고 부모를 찾아온다. 자식들도 머리가 희끗하다. 상당수의 환자가 눈만 끔뻑거린다. 이 의례적인 소란이 빨리 끝났으면 하는 기색이 역력하다. 반면 자식들은 부모를 유기했다는 어쩔 수 없는 죄책감으로 눈물 콧물을 찍어낸다.

나는 남편보다 오래 살길 바랐다. 마지막 곁을 지켜주고 싶었다. 방송을 보고 나니 마음이 흔들린다. 병든 노년에 혼자임을 견디는 일이 얼마나 큰 형벌인지 어렴풋이 짐작되기 때문이다.

말년에 배우자를 잃는 것은 가장 의리 있는 동지를 잃어버리는 일이다. 아무리 자식이라도 삶의 끝자락을 온전히 이해할 순 없다. 제일 큰 위로는 이해고, 이해는 동일한 경험에서 깊어지기 마련이다. 할머니는 가족들 누구에게도 온전히 이해받지 못한 채 마지막 길을 혼자 걸었다.

TV를 껐다. 적막이 밀려온다. 문득, 아주 오래 살아서 지인과 가족들이 다 떠나고 나 혼자 남겨지는 상황이 그려진다. 머리카락이 쭈뼛 선다. 내 의지와 상관없는 일이기에 더욱더 그러하다. 적막의 무게가 가없다.

수필오디세이

The수필

● 노인요양병원의 3일간을 다룬 다큐멘터리를 시청하며 홀로 점심을 먹는 작가, 늙음이 무엇인가에 대한 밥상을 먹먹하게 잘 차려냈다. 늙음이란, 적막과 외로움이며 뼈마디까지 얼음이 드는 한기이며, 사그라지는 육신에서 오는 불편과 고통을 어쩔 수 없이 견디는 것이며 죽는 날까지 이해받지 못하고 가는 것임을 많이 늙어보지 않고도 너무 잘 안다. 간접 경험만으로 예지 공감력을 갖는 사람, 그것이 작가이다./ 문혜영

The 수필

Spring

그네를 타다

강이정 k2jung2021@gmail.com

그 시절엔 동네마다 하나쯤 있었다. 호리낭창 유연한 몸에 힘 좋고 기술 좋아 누구보다 높이 날아오르는 아이, 그네 챔피언 말이다. 흐름에 몸을 맡겨 순간적으로 반응하는 감각을 지닌 이들이다. 두려움을 다잡아 자기를 밀고 나가는 배짱의 소유자들이기도 하다.

그날의 광경을 기억한다. 열 살 남짓 되는 상급생 하나가 눈을 의심케 하는 360도 회전묘기를 펼쳐보인 것이다. 자신이 본 것이 무엇이었는지 가늠할 겨를도 없이 관객들은 입만 떡 벌렸다. 아무 일 없었다는 듯 무심하게 손목을 털며 고수가 자리를 떴다. 저녁밥 익어가는 냄새가 이 집 저 집에서 흘러나오자 홀린 듯 하나둘씩 아이들도 사라져갔다. 비로소 그네는 빈자리가 되었다. 구석에서 기웃대던 내가 다가가 슬그머니 앉아보았다. 오락가락, 흔들흔들. 초보의 그네가 서툴게 비틀거렸다.

엄마 지청구에 눈이 그렁그렁해진 어느 저녁, 대문 밖을 서성일 때였다. 골목 끝 놀이터, 거기 그네가 있었다. 그네는 삐걱삐걱 목이 쉬어서 '괜찮다 괜찮다' 달래주었다. 속울음이 잦아들었다. 연거푸 동생들을 맞이하느라 엉겁결에 맏이가 돼버린 터였다. 그네 품에선 나도 요람 속 아기가 될 수 있었다.

연습을 거듭하자 당당한 자세로 그네 위에 서는 순간이 왔다. 오르면 하늘이 손에 잡히고 물러서면 땅이 일어섰다. 그네 배우기는 몸 전체로 호흡하는 법을 연마하는 것과 같다. 도약의 시점과 내려와야 할 때가 있다. 언제 허리와 배를 내밀어 호기롭게 튕겨야 하는지, 또 어느 지점에서 슬그머니 엉덩이를 빼야 하는지 알고 나면 그네는 두 공간을 오가는 자유로움이 된다. '이쯤이면 되었다' 싶었다.

세월 지나 다시 그네에 마음을 의지하는 날이 왔다. 30대 중반, 늦봄이었다. 외할머니 상을 치르고 돌아온 주말 아침, 동네 뒷산 체육공원에서 외진 모퉁이에 시선이 끌렸다. 바스라질 듯 낡은 나무 그네 하나가 숨죽여 놓여 있었다. 이끌려 다가가 앉아보았다. 울적한 마음이 들었다. "할머니, 이제 안 아파요? 할아버지 만났어요?" 대답 돌아올 리 없는 질문을 하늘 향해 거듭 올려보냈다.

며칠째 그 일이 머리를 떠나지 않고 있었다. 장례미사 내내 외할머니 목소리가 귓가를 맴돌았던 일이다. "잘 되았다, 다 잘 되았다." 목소리는 잔칫날처럼 흥겨웠다. 어쩌면 내 무의식이 만들어낸 환청이었는지도 모르겠다. 하지만 나는, 떠나는 외할머니가 자신의 생生에게 주는 작별 인사라고 믿었다. 믿고 싶었다, 당신 삶도 이 장례식도 다 잘 되었다고.

아주 어렸을 적 3~4년 동안 외갓집 근처에서 살았다. 그 짧은 유년이 외할머니와의 추억의 대부분을 차지한다. 그때 당신은 저고리치마 차림에 은비녀로 머리를 쪽진 단호한 성정의 여장부였다. 우리 엄마를 벌

벌 떨게 하는, 엄마의 무서운 엄마이기도 했다. 또한 든든한 내 뒷배였다. 이후로는 국토의 반대편 끝으로 떨어져 대여섯 번 만난 것이 전부이다. 몇 마디 대화, 몇 장면의 편린으로 당신을 기억한다. 유난히 새카만 쪽머리가 세련된 은발 커트머리로 변모하는 동안 외할머니 표정 또한 세상만사를 품을 듯 온화하게 변해갔다. 등허리가 점차 굽어지셨는데 앞이 아닌 뒤로 휘는 특이한 자세는 굽힘 없는 당신 성정을 닮아 있었다.

내가 스무 살 무렵이던 어느날 우리 집을 깜짝 방문하신 적이 있다. 그때 나는 긴 좌절에 지쳐 입을 다물고 있었다. 외할머니는 며칠간 엄마 살림살이를 꼼꼼히 살펴보고 아침이면 신문을 오래 읽는 무심한 일상을 보냈다. 떠나는 날 아침이 왔을 때 비로소 한 말씀을 건넸다. "내 애기, 기죽지 마라, 암것도 아녀." 그 다음해 나는 좋은 소식을 들고 외갓집을 향하게 되었고 온밤 내내 덜컹거리는 밤기차 안에서 비로소 알아차렸다. 위로 한마디 전하려 고된 여정 마다않았던 당신 마음.

가장 뚜렷한 기억은 외할아버지 장례에서 당신 뒷모습을 오래 보았던 일이다. 외할머니는 시종일관 낭랑한 목소리로 재래식 장례의 대소사를 지휘했다. 산에 올라 하관을 하고 마침내 봉분이 완성되었다. 그러자, 지아비를 떠나보내는 한 여인이 벼랑 끝을 향해 비척비척 느린 걸음으로 나아갔다. 그녀는 위태로운 그곳에서 하늘을 우러르며 고개를 높이 들었다.

"재순아~ 재순아~ 재순아~" 평생 벗이었던 그이의 이름이었다. 목놓은 초혼이 하늘에 가득 찼다. "잘 가거라~" 몸이 앞으로 꺾어지도록 기운을 다 토해내었다. 하직인사에 화답하듯 아주 멀리로부터 메아리가 들려왔다.

차마 헤아릴 수 없었다. 근현대사의 질곡 속에 무너져내린 한 집안의 비극, 내외가 짐을 나눠지고 넘어온 환난의 굽이굽이, 자신 또한 성치 않은 노구로 반려의 간병을 오롯이 감당해온 마음 또한.

다만, 흐느끼는 당신 등을 멀찌감치에서 한참 바라보았다.

장녀상속의 모계사회였더라면 가족의 지휘봉은 외할머니와 엄마를 건너 나에게, 나중에는 내 딸에게 전해졌을 거라는 상상을 하곤 한다. 우리 4대는 각자 친탁하여 타고난 외모, 성격, 식성까지 판이하다. 그럼에도 초년의 고난, 버텨낸 끝에 기어이 일어서는 인생그래프가 묘하게 닮아 있다. 내림이라는 말을 가끔 듣는다. 지난 십여 년간 아버지를 간병하며 신앙생활에 매진하는 엄마의 모습에 외할머니의 70대가 투영되어 있다. 노년으로 갈수록 마음 영토를 넓혀간 외할머니 존재는 나이 먹는 것을 두려워하지 않게 하는, 내 '믿을 구석'이다. 사후에도 여전히 짱짱한 뒷배로 남아 있는 당신.

영혼이 이승을 떠날 때 마음에너지가 땅에 남겨진다고 누군가 말해주었다. 마음에너지는 강해서 오래 가고 멀리 간다고도 했다. 그 말을 들은 후 대를 이어 건네지는 마음의 힘에 대해 자주 생각한다. 힘센 마음이 이승 저승의 경계를 능히 오가는 모습도 그려본다. 거기 있는 당신과 여기 있는 나, 다르되 다르지 않을 두 세상, 그네를 타듯 말이다.

나는 아직도 가끔 그네를 타고 싶다. '괜찮다' 위로가 필요한 밤이면 집 앞 놀이터에 나가본다. 그네 위에 앉아 하늘이 다가올 때 별에게 길을 묻고 땅이 가까워지면 숙여 내 안을 들여다본다. 언제쯤 능란한 자세로 자유자재自由自在한 그네를 탈 수 있게 될까.

휘익, 그네 한 바퀴 돌아내니 한 세상이 지나갔다.

하나의 생애가 죽음으로 완성되던 날, 아찔한 곡예도 겪어보니 별일 아니더라고, 다 잘 되얐다, 명랑한 마침표 찍으며 훌훌 손 털고 떠난 사람이 있다.

그네에 앉을 때면 자기 생生에 당당하려 애쓰다 간 한 영혼의 그림자가 내게 드리운다.

에세이문학

The 수필

● 타는 법을 익히기 전에는 두렵지만 익숙해지면 별 것 아닌, 그네 타기와 같은 것이 인생이다. 하늘 높이 솟아오르다 땅으로 곤두박질치는 그네처럼 수없이 환희와 좌절 사이를 오락가락하기 때문이다. '도약의 시점과 내려와야 할 때'를 알면 자유로워질 수 있고, 떨어지면 다시 솟아오르게 되는 이치를 알고 나면 '별 것 아니'고 '다 잘 되게' 되어 있는 것이 인생이다. 외할머니 이야기로 시너지를, 그네에 대한 통찰로 설득력을 얻었다. / 이혜연

국화를 위하여

강천 gomarikr@naver.com

나는 꽃. 전시장에 놓인 거뭇한 화분이 나의 보금자리. 갖가지 모양과 색상으로 조작된 가면이 나의 얼굴. 사람들의 환호와 탄성은 나의 밥벌이. 유식한 척하며 자랑삼아 휘갈겨놓은 율시 몇 구가 나의 상징. 족보를 잃어 가설만 분분한 탄생 비화가 나의 정체성. 본디 것이라고 할 만한 속성은 눈을 씻고 보아도 찾을 수 없는, 이런 나를 두고 사람들은 국화라 부른다.

나의 선조는 아주 소심한 성격이었던 모양이다. 다른 푸새들이 왕성하게 자라는 봄, 여름에는 기죽어 있다가 서릿발 성성한 가을 끄트머리에서야 겨우 비집고 들 틈을 마련했다. 아니, 오히려 슬기로웠다고 하는 편이 맞겠다. 다른 종과 경쟁하지 않고, 터를 같이하는 이웃에 거의 피해를 끼치지 않으니 말이다. 집안은 혹독한 환경 속에서도 그 지혜를 활용해 성공적으로 자손들을 번성시켰다. 거기에다 누구에게도 뒤지지 않는 고운 외모와 향내까지 유산으로 물려주었다.

자긍이었던 향긋함과 아름다움이 도리어 독이 되어 일족을 속박하는 족쇄가 될 줄이야 그 누구라서 알았겠는가. 인간의 눈에 띈 탓이다. 다툼을 피해 서리 밟으며 고군분투하는 삶을 두고 '절개를 지키느라' 저런다는 사람들이 생겨났다. 다 늦은 계절 멀리 있는 곤충을 유인하고자 내뿜는 향기를 '고매하다'며 곁에 두려는 이도 있었다. 작은 꽃으로는 도저히 중매쟁이의 눈길을 끌 수가 없었다. 궁여일책으로 만들어낸 혀꽃부리를 보고 '아름답게 치장했다'라며 찬탄하는 예기치 못한 일들이 벌어졌다. 비록 오해에서 비롯되었다 하더라도 사람들 입에서 오르내리는 정도로 끝났으면 무슨 상관이 있겠는가. 어느 날부터 자연의 이치대로 살아가는 우리를 정원으로 끌어들여 제 입맛에 맞게 조작하기 시작했다.

그러고는 '사군자'라는 거창한 명분까지 덧씌워 유림의 표상이라고 떠받들었다. 척박하고 황량한 환경에서도 고고한 도를 잃지 않는다 하여 '은자'라 칭하며 서화를 짓기도 했다. 선비의 미덕이라며 '오상고절'이라는 관념의 옷을 입혀놓고 터무니없는 충절을 강요했다. 삶아먹고, 고아먹고, 말려먹어서 불로장생했다고 아예 '장수화'라 떠들면서 괴롭히기 다반사다. 어디 그뿐인가. 망자의 영혼이 저승에서도 평화롭기를 바란다며 내 허리를 분질러서 바친다. 죽음으로써 죽음을 위로하니, 나의 희생은 누가 위문해줄 것인지 어찌 되묻지 않을 수 있겠는가. 근래에 들어서는 더욱 가관이다. 앵벌이를 위해 생체실험당하듯 해부되어 아예 실험실에서 배양된다. 자기 복제로 똑같은 형제가 헤아릴 수도 없이 탄생했으니 누가 참 나인지 스스로도 알 수 없는 지경에 이르렀다. 잘나면 토막내서 나눠지고, 못났다는 이유로 도태되어 사라져버린 일족도 부지기수다. 자기네들의 취향을 위하여 나 스스로 후대를 이을 길마저 막아버리는 행위를 아무 거리낌없이 자행한다. 이제 우리는 수족관의 돌고래와 온실 속의 난초와, 곡예단의 원숭이처럼 구경거리 신세가 되어버렸다.

자아와 주체성을 잃어버리고 시장통 판매대의 상품으로 나앉아 있게 된 것이다. 하 많은 푸념을 널어놓았지만, 이 모든 사달의 원인은 '명분'이라는 것이 내게 들러붙은 탓이다. 명분이 무엇인가. '각각의 이름이나 신분에 따라 마땅히 지켜야 할 도리'라는 말이다. 신분이나 도리는 사람에게나 필요한 것이다. 식물인 나에게 무슨 인격이 있으며 도덕이 있다고 유생들이 내세우는 이상향을 뒤집어씌워놓는다는 말인가. 내가 무슨 공맹을 안다고 충절과 기개의 본보기가 되어야 한다는 말인가. 입신양명을 그리도 원하는 당신들이나 붓끝에다 힘주며 살아가면 되지 않겠는가.

지금은 선비도 없고 군신도 없는 세상이니 이제 그만 나를 잊어주면 어떨까. 그대들이 걸어놓은 상징성이라는 목걸이의 무게 때문에 나는 제대로 고개를 들지도 못한다는 사실을 알아주었으면 좋겠다. 나는 꽃, 계절에 발맞추며 나의 자유의지대로 살 수 있기만을 바랄 뿐이다. 나에게 국화라고 부르며 헛된 의미를 덧씌우지 말라. 무욕에 유욕을 덧칠하지 말라. 내 삶에 당신의 뜻을 강요하지 말라. 자신의 바람을 타자를 통한 대리만족으로 채우려 하지 말라. 나는 오로지 생존에의 필요로 서리를 뒤집어쓴 것이지, 고절을 위한 오연함이 아니다.

사람들이 국화라고 이름 붙여주기 훨씬 이전에도 나는 이 계절을 지키고 있었다. 윤리와 도덕을 입에 올리기 한참 전부터 나는 시린 바람 맞을지언정 이미 행복했었다. 그대, 정녕 실현하고 싶은 이상이 있다면 자기의 몸으로 직접 도달해보라. 모든 생명이 한가지 이치에서 나왔음을 그대는 기억하라. 의미나 명분에 얽매이지 말고, '만물이 제물齊物'이라는 말로 그대의 가슴을 채우라.

수필과비평

The 수필

● 장자莊子가 도달해야 할 궁극점은 만물 일체의 무차별 평등 상태다. 그의 「제물론齊物論」은 모든 형상은 유기적 연관을 가진 하나의 전체이므로 기능의 우열을 논할 수 없는 평등한 견지에서 만물을 관찰해야 함을 강조한다. 국화를 페르소나로 내세워 존재의 진실에 다가서려는 참신한 의도는 의인화된 국화에게 투사한 인간의 행동을 객관적 위치에서 통찰했다. 화자의 시각에 한계가 없음을 극적 아이러니로 구사한 긴장감으로 3인칭 수필의 미학을 보여준다./ 엄현옥

새의 뒤를 따르는 눈

김길웅 kimku918@naver.com

공중을 나는 새가 눈에 들어오던 아잇적부터다. 막연히 새를 좋아했다. 공중을 나는 것만으로 충분히 좋았다. 이후로 내 눈이 줄곧 새의 뒤를 따른다. 따라잡지 못할 걸 뻔히 알면서도 쫓는다. 새에게 끌려다닌다 해야 할 것인데, 그래도 상관없다. 활기차게 양 날개를 치며 하늘을 향해 잽싸게 치솟는다. 그러고서 구름 따라 수평으로 흐르는 새의 날갯짓은 신비에 싸여 있었다. 자라면서 비행기가 새의 낢을 모방한 것이라 해 혀를 찼다. '새의 비상은 인간의 과학을 능가하는구나.'

만물의 영장이라는 인간도 새에게만은 군림하지 못한다. 새에게 총을 겨누는 것은 열등의식의 노출일지도 모른다. 비행기는 만들었지만 대리만족일 뿐 인간이 새처럼 날 수는 없기 때문이다. 이런 시각에 갇혀 있는 한 인간은 새에게서 오는 열패감에서 전혀 자유롭지 못할 것이다. 새의 뒤를 따르는 내 눈이 날이 갈수록 집요해질 수밖에 없는 이유이다.

나는 새의 무한자유에 넋을 놓는다. 날개 파닥이며 허공을 차고 오르다 전진하다 선회하며 내려다보던 지상으로 내려와 숲속을 넘나들다

마당에 내렸다 다시 치솟아 구름을 뚫고 구만 리 장공을 유영하듯 자유자재한 저 비행, 세상에 저런 자유의 진제眞諦를 누리는 것은 새밖에 없을 것이다. 알프스의 주봉 융프라우요흐 그 만년설에 뒤덮인 계곡, 눈보라 속을 나는 한 마리 까마귀를 본 적이 있다. 낙엽보다 작은 한 점으로 나부끼고 있었다. 불안정했지만, 놀랍게도 새니까 가능한 날갯짓이었다.

새는 설산 준령을 넘고 수만 리의 강과 바다를 종횡한다. 새를 막아설 장벽은 실재하지 않는다. 장애를 넘고 건너는 새의 운신이야말로 초월적이다.

여행 중 로마에서 일박한 뒷날 아침, 호텔 뒤뜰 잔디 마당에 떼지어 종종대는 참새들을 보는 순간, 며칠 떠나 있는 집 정원을 떠올리게 됐다. 녀석들이 이곳까지 수륙 만 리를 건너온 건 아닌가 착각할 만큼 정겨웠다. 종 특유의 암갈색 머리에 한동안 눈이 꽂혀 떨어질 줄 몰랐다.

아득히 뜸과 나아감과 내려옴, 상승과 하강의 신비로움, 새가 날 수 있는 그 가벼움을 생각한다. 가벼워지던 과정과 그러기 위해 일찌감치 기울였을 안간힘에 감탄한다. 몇 끼 굶어서 되는 일이 아니다. 어느 날, 통통하게 살찐 몸뚱이의 중량에 겨워 멀리 또 높이 날지 못하는 꿩을 보며 의외라 놀란 적이 있다. 꿩 새끼는 알에서 나오는 순간, 적의 공격을 피해 날개를 요란하게 치며 숨는 연습으로 나는 것에 집중한다고 한다. 날려면 가벼워야 하는 이치를 태어나자마자 꿰차고 있어 놀랍다. 생래적 방어기제일 것이다.

그냥 날 수 있는 게 아니다. 새는 뼛속 골수까지 비운다. 날기 위한 비움에 상당히 공을 들여 거둔 성과다. 대나무가 속을 비워 곧은 게 필연이듯, 새는 뼛속을 비움으로 거뜬히 난다. 새의 몸에 장착된 한낱 작은 엔진 따위도 본 적이 없다. 날다 날개가 꺾였다고는 하지만 부품이 낡거나 녹슬었다는 얘기는 들어보지 못했다. 새는 자체로 정밀하게 제작된 비행체이고 끝없이 항진하는 작은 선체이다. 뼛속을 텅 비워냈지만 골다공증을 앓는 새는 없다. 그런 질병은 오래 살아 늘그막에 겪는, 인간에게나 주어진 고통일 뿐이다. 새에게 끝까지 열등한 게 인간이다.

타고난 소리꾼인 천재성에 또 전율하곤 한다. 미성에 만인이 귀기울이는 제주휘파람새만이 아니다. 거친 파찰음으로 공중을 찢어놓는 까치나 직박구리 소리도 듣노라면 정이 간다. 하루에도 수십 번의 내왕인데, 그 소리가 귀에 거슬리겠는가.

한적한 봄날 오후, 누군가의 전화 한 통이 그리울 때, 헛헛한 마음자리로 조용히 일렁여오는 몇 이랑 새소리의 파문은 흔찮은 파한破閑거리다. 악보 없이 운율을 타다 날아간 뒤 하늘거리는 나뭇가지의 여운은 바라보는 마음을 달뜨게 한다. 천래의 기어가 아니면, 신이 선사한 천연덕스러운 시의 리듬 같다. 시종 새의 뒤를 따르는 내 눈의 전리품이 바로 이런 것이다.

새는 처음부터 끝까지 숲이다. 숲은 집이고 삶이다. 꿈이고 로망이고 서정이고 서사다. 숲에서 태어나 숲에서 한생을 살다 때를 알아 숲을 찾아 눈을 감으며 날개를 접는다. 멧새 한 마리 울 안 영산홍 작은 숲에 내리는 걸 보고 다가갔다. 눈 지그시 감고 파르르 온몸으로 떨고 있다. 제 명을 알고 있었나. 세상에서 가장 평화로운 임종을 지켜보았다. 새의 마지막은 존엄했다. 삽으로 흙을 떠 그곳 꽃그늘에다 깊이 묻어주었다. 나만을 앞세워온 내게 소소한 일이 자신을 돌아보게 했다.

아잇적 포롱포롱 한 마리 새의 날갯짓에 넋을 빼겼던 순간은 황홀했다. 아이들은 덫을 놓고 새총을 겨눴지만 나는 한 마리도 포획한 적이 없었다. 평생을 두고, 내 눈은 줄곧 공중을 나는 새의 뒤를 따르기만 했다.

지금도 새는 내게 외경의 대상이다. 새의 날갯짓 앞에 쉬이 눈을 떼지 못한다. 신비롭다. 눈이 뒤를 따르고 마음이 뒤를 따른다. 내 영혼이 새를 혹독히 그리워하는지도 모른다.

내 눈앞으로 융프라우요흐의 한 마리 까마귀가 날아오고 있다. 그곳이 어딘데, 어쩌다 거기까지 갔던 것일까. 단순한 모험인가. 자신에게서 일탈하려 한 걸까. 왜일까. 암만해도 내 생각이 미치지 않는 세계에 새는 있다.

좋은수필

The 수필

● 아잇적부터 내 눈은 공중을 나는 새의 뒤를 따랐다는 작가의 눈에 어느 날 까마귀 한 마리가 날아온다. 알프스의 융프라우요흐 눈보라 속을 나르던 까마귀. '어쩌다 거기까지 갔던 것일까. 자신에게서 일탈하려 한 걸까. 왜일까.' 작가의 독백에서 우리는 그의 무의식을 읽게 된다. '새의 마지막은 존엄했다'는 일구와 '암만해도 내 생각이 미치지 않는 세계에 새는 있다'는 결구에서 함의된 여러 의미를 상상해보게 된다. 긴 여운의 끝이 싫지 않다. / 맹난자

채마밭 소묘

김만년 sanha3000@hanmail.net

어느 푸른 사람에게 편지를 쓸까. 아홉 이랑 채마밭에 밑줄을 긋는다. 한 소쿠리의 봄 햇살을 이랑 가득 받아놓고 깨알 같은 자모들을 자근자근 눌러쓴다. 아직은 비밀스러워 까뭇한 입술들을 꼭꼭 다문다. 두 자 혹은 세 글자씩 촘촘히 묻고 행여 문맥이 틀어질까 이름표를 달아준다. 흡족한 마음으로 밭둑에 앉는다. 겨우내 보이지 않던 할머니가 밭고랑에 앉아 있다. 겨울을 잘 나신 모양이다. 쑥대기 같은 저 손으로 올해도 부추 꽃을 파다하게 피우지 싶다. 새들이 상수리나무 가지 위에 앉아서 휘파람을 분다. 손톱만 한 애순들이 첫 문장을 내민다. 봄이다.

사월 내내 마른바람만 불어왔다. 긴 가뭄 탓에 채마밭은 아직 답장 한 줄 없다. 움씨를 뿌려야 하나, 조급한 마음에 열무 심은 자리를 손가락으로 조금 긁어보았다. 아뿔싸! 파릇한 싹들이 제 몸피만 한 발가락을 달고 빛을 향해 달음질치고 있는 중이다. 무안한 마음에 얼른 도로 묻고 시침을 뚝 떼고 며칠을 더 기다렸다. 비가 왔다. 삼단 같은 고운 빗님이 오셨다. 퇴근하기가 바쁘게 밭으로 내달렸다. 아하! 그새 채마밭이 초록 글자들로 빼곡하다. 씨앗들이 연초록 돋음체로 성큼 발아되었다. 매사에는 때가 있는 법이라고, 성급하게 보챘던 나를 타이르듯이 재잘재잘 일어서는 초록 깃발들! 태양이 한 뼘 더 기울면 또 푸른 수다들을 일제히 대지로 타전시킬 모양이다.

하지 햇살을 등에 이고 감자를 캔다. 흙의 가슴팍에 호미를 깊숙이 찔러넣는다. 줄기를 당기자 어미 감자의 쪼글한 반달 젖을 물고 토실한 알감자들이 오종종 달려나온다. 늦잠 자던 땅강아지 한 마리도 눈이 부신지 덩달아 기우뚱거린다. 울퉁불퉁 못생긴 놈 훌쭉한 놈 영악스레 동그란 놈, 모양들이 제각각이다. 어쩌면 그 옛날 올망졸망하던 형제들처럼 생긴 모양들이 모두가 개구지다. 저렇게 육 남매를 애지중지 품어안고 줄기차게 땅 밑으로만 달려왔을 게다. 일찌감치 꽃대 꺾고 젖은 땅 맨발로 걸어왔을 게다. 묵정밭이 영근 감자밭이 되기까지 홀로 누대의 가계를 기우며 그믐처럼 사위어갔을 게다. 여섯 남매 어린 자음子音들 햇살 아래 풀어놓고 오래 전에 음지로 돌아앉은, 썩어야 열매 맺는다는 옛 엄마를 지금 보고 있는 것이다.

바람난 여자처럼 유월 땡볕에 앉아서 금분만 찍어바르는 게냐! 간들거리는 몸매로 오가는 버나비 불러들여 만화방창 꽃만 피우는 게냐! 낳아놓은 새끼들 오달지게 키울 줄 모르고 오뉴월 뻴때추니 같은 서방질로 방울방울 새끼만 퍼질러놓은, 방울토마토 순을 친다. 하늘 가까이 달아난 꽃의 문장부터 분내 풍기는 여린 음절까지 모조리 가지치기를 한다. 사족이 된 잎들도 미련 없이 따준다. 훨씬 넓어진 음역을 따라 햇살이 차지게 들이친다. 염주알 같은 토마토가 한 됫박은 됨직하다. 불임시술을 마친 손마디가 꽃물로 샛노랗다.

칠월 장맛비에 채마밭이 쓰러졌다. 성한 문장들이 문맥을 잃고 둥둥 떠내려간다. 누이의 부고장이 채마밭으로 왔다. 오래 앓던 누이의 보랏빛 입술도 장맛비에 떨어졌다는 소식, 병 나으면 쉰 고개 너머로 열린 청산같이 한번 휘 둘러보자던, 누이는 혼자 청산으로 갔다. 구성진 달구소리에 소낙비 한 줄기 지나간다. 그토록 잡고 싶었던 생이었을까. 바르르, 누이가 움켜쥐었던 하늘이 멍울멍울 푸르다. 흰 새 한 마리 누이의 전생을 물고 서녘으로 사라진다. 채마밭을 떠난 사이 장다리꽃이 피었다. 성근 잡초들을 뽑고 엉킨 행간을 바로잡아 무씨를 묻었다. 열매는 썩어 다시 움트건만 사람의 생사는 어찌 무씨만도 못할까. 자늑자늑 몇 줄의 설움도 함께 묻는다. 등 뒤로 바람이 산산하다. 어느새 여름이 저만치 물러나고 있다. 지금쯤 먼데 누이의 햇봉분도 고들하게 말라가겠다. 차츰 구월이 오고 있다.

매미가 떠났다. 한철을 밭둑 어귀에서 울던 매미들이 약속이나 한 듯이 일제히 울음판을 닫았다. 붕붕 허공을 선회하다가 어디론가 종적을 감췄다. 어디로 갔을까. 매미는 내 엷아진 귀를 뒤척이며 며칠을 더 울었다. 우연히 느티나무 아래서 매미의 행방을 찾았다. 나무 밑동이 그의 무덤이었던 것일까. 개미들이 묘혈을 파놓고 분주히 매미의 시신을 운구하고 있다. 고래古來의 풍습처럼 사지를 헹가래치며 그의 마지막 울음을 수습하고 있다. 울음을 참아 날개를 얻었지만 또 울음을 탕진한 죄로 사랑마저 잃었던 것일까. 매미가 우는 동안 사랑을 했고 환청처럼 그 나무 밑동에 앉아 깜박 조는 사이 내 젊음도 갔다. 그 청춘의 밑동엔 아직 그리움이 자라는지, 들판엔 꼭 그맘때 같은 비가 내린다.

해질 무렵 밭둑에 앉았다. 바람의 기척에 풀잎이 흔들린다. 쇠뜨기

명아주 여뀌 풀들이 푸른 휘장을 두르고 야외 음악회를 준비하고 있다. 나는 숨을 죽이고 풀잎 뒤로 몸을 낮춘다. 어둑발이 내리는 고즈넉한 들녘, 푸르스름한 바람이 풀잎 악보를 더듬는다. 풀무치의 선창일까, 호르릉, 찌륵찌륵 쉬링쉬링…, 풀벌레들이 일제히 목청을 돋운다. 어느 먼 나라에서 온 모국어일까. 말석에 앉은 나도 숨소리를 낮추고 화음을 조절해본다. 차츰 풀이 되고 풀벌레가 되고 쫑긋거리던 두 귀마저 초록 울음으로 물든다. 이슥고 멀리 천체를 돌리던 숨은 손 하나, 구름 장막을 제치고 배불뚝이 달을 점등시킨다. 대지가 푸르스름한 달빛으로 서늘하다. 가을이 깊었다.

푸른 지장紙帳을 휘둘러 천수경을 찍었을까. 녹의장삼을 두르고 하안거를 했던 걸까. 까만 사리똥 잎새마다 갈겨놓고 수도승처럼 동심원으로 꼬부라져 있던 배추벌레, 오늘 아침 우화등선했다. 꼬물거리던 무명의 시간 하얗게 돌아 사뿐히 청공을 날아오른다. 오! 깃털보다 가벼운 몸짓, 배추흰나비들이 노란 햇살 한 소절씩 물고 일제히 허공을 자맥질한다. 하얀 명주날개를 나부끼며 둘, 혹은 셋씩 짝을 지어 춤사위를 벌인다. 고깔 쓴 무희들이 원무를 그리며 나풀나풀 가을을 부추기고 있다. 아홉 평 채마밭이 나비들의 춤사위로 소소炤炤하다. 배추들이 실팍하게 살이 오른다.

빈들이다. 품안에 자식들 다문다문 익혀 멀리 떠나보낸 어머니의 빈 가슴이다. 떠나지 못한 배추 몇 포기 늦둥이처럼 서 있다. 만져보니 단단하다. "더도 덜도 말고 배추속만 같아라." 옛사람의 말씀처럼 겉은 허접해도 속은 실한 놈이다. 배추 한 포기를 쩍! 갈라본다. 연노란 꽃술이 오지게 찼다. 오상고절傲霜孤節 견딘 꽃이 어디 국화뿐이랴. 누가 배추

속을 꽃이 아니라고 할 것인가. 한 잎 씹으니 입안에 노란 단물이 고인다. 영락없는 조선의 꽃이다. 꽃을 꽃인 줄 알고 먹어야겠다. 배추꽃이 야무지게 피었다.

채마밭을 일군 지도 올해로 열여섯 해가 지나간다. 채마밭은 하늘 우레 바람 풀벌레들의 조율로 쓰여진 아홉 행간 초록 시편들이다. 삶의 날씨가 건조해지거나 마음의 결이 곤두설 때면 나는 이 채마밭을 찾는다. 밭둑에 앉아서 파릇한 문장들을 읽다보면 더러는 세상살이가 원경으로 보일 때가 있다. 미로 같던 길이 명료해지기도 하고 완강하던 집착을 내려놓을 때도 있다. 한들거리거나 살랑거리거나 찌르륵거리는, 그 작은 신神들의 전언을 채집하다보면 어느새 팍팍하던 마음의 행간도 푼푼해지는 것이다. 심전경작心田耕作, 나는 밭을 갈았지만 실은 저 채마밭이 나를 일군 것이리라.

차츰 일몰의 양기가 빈들로 번진다. 채마밭이 푸른 문장을 닫고 동면에 들 시간이다. 나는 또 긴 기다림에 밑줄을 긋는다. 그 파릇하고 촘촘한 글귀들이 움터오는 봄까지.

에세이문학

The 수필

● 채마밭은 채소들의 삶의 현장이자 원고지다. 채마밭은 채소만이 주인이 아니다. 하늘, 구름, 바람, 온갖 생명체를 아우른다. 그들이 쏟아내는 내밀한 언어를 포착해 문장으로 풀어내는 작가의 감수성이 놀랍다. 의인법, 직유법, 은유법 등 여러 수사법과 감칠맛나는 단어를 활용해 문장에 탄력을 더하고 서사마저도 서정으로 만든다. / 이혜연

오래 가는 취미

김명희 jinjumom@hanmail.net

나의 취미는 '읽기'이다. 아침에 눈을 떠서 전화기를 들고 시간을 확인하면서부터 글자를 읽기 시작한다. 신문에 딸려온 광고 전단지부터 책상 위에 구르는 영수증들과 메모된 종이조각도 한번 더 훑어준다. 틈틈이 뉴스와 짧은 글을 읽고 요리법이나 작가들의 인터넷 블로그를 읽기도 한다. 가만히 앉아서 무언가를 읽으며 하루를 보낼 때도 있다.

'읽기'는 능동적인 행동이다. 무언가를 확인하기 위해서는 움직여야 한다. 읽기는 '보기'와는 다르다. 차에 앉아 거리를 달리면서 풍경을 바라보거나 바닷가에 앉아 바다를 바라보는 것은 그냥 보기이다. 이 또한 나의 즐거운 취미이지만 읽기라는 행동이 동반되지 않는다면 그것은 지극히 수동적일 수밖에 없다. 읽기는 보는 것만으로 할 수 없는 '나'를 현상에 적용하는 일이다. 보는 것과 읽는 것의 차이는 '분석과 판단'의 유무에 있다. 보기는 그것이 무엇인지 확인하려는 나의 의지가 동반되지 않아도 나에게 전해진다. 하지만 읽기는 보이는 풍경 그 가운데로 걸어들어가야 하는 활동이다.

십여 년 전 우리 가족은 인도에서 두어 달 머물렀다. 낯선 곳이라 힘들고 곤란한 경우가 많았다. 그때만 해도 인도는 아직 많이 낙후된 환경이라 생활하다보니 불편해서 빨리 집에 돌아가고 싶다는 생각을 많이 했다. 하지만 그 기간을 잘 보냈고 돌아와 긴 시간이 지났고 지금은 인도여행이 즐거웠던 기억과 사진으로만 남았다. 사진 속의 인도에는 낯설면서도 아름다운 풍경들, 색 고운 사리를 걸치고 사람을 향해 방긋방긋 웃던 짙은 눈매의 아름다운 여인들, 눈이 커다랗고 눈매가 무척이나 예뻤던 아이들이 있다. 사진을 보면 화사하고 즐거운 모습들이 가득하다. 가끔 가족이 모여 이런저런 이야기를 하다보면 그때의 기억들로 아직도 재미난 추억놀이의 소재가 된다.

사진의 힘은 위대해서 버스에 다닥다닥 위험하게 매달린 사람들의 모습도 정겹고, 자기 몸의 몇 배 크기 짐을 아래 위 양 옆으로 주렁주렁 매달고 위태롭게 달리는 자전거도 신기하게만 보인다. 오로지 사람의 힘으로만 달리기에 비인간적이라고 느꼈던 사이클 릭샤를 탔을 때의 사진도 있다. 땀을 흘리며 모는 릭샤에 앉아 느꼈던 어색하고 애매한 감정은 사라지고 지금은 사진 속 미소를 지으며 릭샤를 몰던 릭샤왈라의 모습도 행복했던 기억 속 평화로운 풍경이 된다.

하지만 사진과는 달리 기억 속 실제 그들의 모습과 풍경은 빛나는 만큼 빠르게 색이 바랬고, 그네들의 반짝이는 얼굴에는 윤기가 없었다. 푸쉬까르의 낙타시장을 구경하고 사막투어를 하고 작은 파티와 별을 보고 잠든 날, 불편한 모래 위에서 뒤척이다 잠을 깨 텐트 밖으로 나왔던 사막의 새벽에 우리 텐트 옆에 말갛게 서 있던 아이의 사진도 있다. 산이라고는 보이지 않는 사막이었다. 편평한 지평선 위로 솟는 새벽 햇살을 등 뒤로 맞으며 우리를 바라던 너댓 살이나 먹었을까 싶은 그 아이는 아름다워 보이기까지 했었다. 하지만 알고 보니 마음 아프게도 하룻밤 사막의 별을 보러온 여행객에게 동전 몇 개를 구걸하러 보내진 어른들의 전령사일 뿐이었다. 바라나시의 갠지스 강가에서는 길을 가다 색색의 천을 길게 당기며 늘어 서 있던 여인들을 만났다. 명절이면 강강술래를 하며 긴 오색 천을 들고 흥겹게 천을 꼬는 친근한 풍경이 떠올라 더 눈길이 갔다. 그 모습은 아름다워 보였지만 흥겹지 않았다. 나중에 들은 이야기는 그 여인들은 세탁한 천이 마르기를 기다리는 인간 빨랫줄이라는 것이었다.

반대로 바라나시 강가에서 장례를 치르느라 여기저기 불타며 피어오르는 검은 연기들, 강 위에 떠다니는 타다만 시신과 잔해들은 우리에겐 무섭고 피하고 싶은 장면이었다. 하지만 그것은 사랑하는 이들이 죽음에 이르러 신의 강이라는 갠지스에서 평온하기를 바라며 치르는 자손들의 성의를 다한 의식이었다. 관광을 위해 쪽배를 타고 강을 따라 흘러가면서 나는 그 강물에 손이 닿을까 몸을 움츠렸다. 하지만 일행 중 한 명은 집에서 주방일을 돌보던 이와 집 앞의 작은 초소에서 경비를 섰던 쪼끼다르를 위해 작은 생수병에 몇 병인가 물을 떠 담고 있었다.

내가 자세히 읽는다면 한 줄의 글이나 한 장의 그림도 다르게 읽힐 것이다. 직접 보았기에 알 수 있는 것도 있고 반면 보았기에 또 모르고 넘어간 것도 있다. 읽기라는 취미는 여전히 나를 즐겁게 하지만 요즘은 부쩍 읽는다는 것에 부담이 느껴진다. 예전에는 생각지 못했던 이면을 다시 생각해야 하는 경우도 잦아졌다. 잘 읽고 싶다면 이 글이 무슨 이야기를 하고 싶은가에 대해 한번 더 생각해야 한다.

보는 것과 보이는 것은 다르다. 인도에서 찍은 사진들을 보면서 나는 다시 생각해보게 되었다. 보이는 것이 넘쳐나는 세상이다. 보고 나면 그것을 열과 성을 다해서 읽어야 한다. 그러지 않으면 이해하고 알 수 있는 것도 놓쳐버리고 오해하게 된다.

그냥 눈으로 글자를 보는 것만으로는 아무것도 알 수가 없다. 읽기는 글자 속으로 사진 속으로 혹은 그림 속으로 내가 걸어들어가야만 하는 행위다. 그래야만 알 수 있는 것들이 있다. 많은 것들이 읽는 이의 마음의 넓이와 깊이에 따라 서로 다르게 읽히기에 더 공부하고 내 이해의 폭을 넓혀야 한다는 부담도 있다. 요즘 부쩍 읽기를 고민한다. 이 글이 무슨 이야기를 하고 싶은가에 대해 한번 더 생각하면서 내가 과연 바르게 이해하고 있는 것인지에 대해서도 생각을 다시 할 때가 늘었다. 그럼에도 나는 지금 열심히 읽는다. 친구의 카톡도 읽고 남편의 목소리를 읽고 광고 속에서 작은 진실과 큰 과장도 읽어본다. 부모님의 전화 속 밝은 목소리도 찬찬히 들어보면 그리움과 섭섭함이 읽히고 아이들의 애교 섞인 목소리에서 투정도 읽힌다. TV 속 광고에서도, 책 속 이야기에서도, 정치가의 반짝이는 눈빛에서도 무언가가 보이는 것 같다.

내 속이 좀 어지러워졌다. 내게 세상은 평화롭고 아름답게 보였다. 이면의 모습을 같이 읽어야 한다는 것은 세상을 한참이나 살고 난 이후에야 조금씩 알게 되었다. 그리고 조금씩 더 알고 싶으면 그만큼 더 능동적으로 세상을 바라보아야 한다는 것도 뒤늦게야 알게 되었다. 세상을 보는 내 눈이 침침해지면 제대로 읽을 수가 없다고 핑계를 대려 한다. 나의 취미는 여전히 무언가를 '읽기'이다. 다행도 내 눈이 좀 더 천천히 어두워지기를 원할 만큼 오래 가져갈 취미인 것 같다. **한국산문**

The수필

● 보는 것과 읽는 것의 차이를 작가는 경험 위에서 적는다. 작가의 읽기 방식은 또 다른 감각 행위다. '읽기'는 '내'가 대상 안으로 침잠해야만 만날 수 있는 깨달음이다. 대상과 가까워지기 위한 수단으로 '오래 가는 취미'에 '읽기'를 포함시킨 시도가 신선하다. 읽기는 좀 더 사유적이다. 수필이 사유의 문학이 맞는다면 이 글의 목적을 그쪽에 걸어두고 싶다. / 한복용

모탕, 액자를 나오다

김영수 yyss0506@hanmail.net

나의 시선이 사진을 한참 붙들고 있다. 오래된 사진이다. 사진 속에 앉아 있는 네 이름을 물어보자 너는 모탕이라고 답한다. 장작을 팰 때 밑에 받쳐놓는 나무토막이 너이고, 그게 너의 존재 의미다. 나는 고개를 돌려 네 눈빛을 피하고 너는 알 수 없다는 표정으로 나를 바라본다. 모탕의 쓰임새를 모르느냐고 묻는 것만 같다. 나는 그게 왜 너야 하는지 묻고 싶었지만 그러지 못한다. 너를 닮은, 잊히지 않는 얼굴이 생각나서다.

그날 그는 실험실 철제 캐비닛 속에 그 큰 몸집을 욱여넣고 수업이 끝나도록 견뎠다고 했다. 밖에서 누군가 문을 열어주지 않는 한 나올 수 없다는 것을 동급생인 그들도 그 자신도 모르지 않았다. 사방이 막힌 폐쇄된 그곳에서 그는 무슨 생각을 했을까. 어둠의 냄새가 그의 몸 깊숙한 곳까지 배어들었을 한 시간이란 대체 얼마나 큰 공포였을까.

"너 저 안에 들어갈 수 있어?" 하고 장난삼아 묻는 그들에게 그는 표정 없이 고개만 끄덕였다. "정말?" "정말?" 그 '정말'이냐는 여러 명의 다

그침이 그를 캐비닛 안으로 '정말' 밀어넣었던 것이다. 그러니까 겉으로 보이는 것만으로 판단한다면 피해자는 있어도 가해자는 없었다. '정말?'이라는 단어와 물음표가 범인이 되고 말았지.

대부분의 학생과 달리 그의 시선은 다른 먼 곳을 향해 있다는 걸 담임교사인 나는 학년 초부터 눈치채고 있었다. 내가 그의 마음 내밀한 곳까지 챙기지 못한 일에 대해서는, 이제 겨우 학년 초인데 오십 명이 넘는 학생을 하나하나 속까지 들여다볼 수는 없었다고 변명하는 것으로 눙쳐보려 했다. 아직 갈 길이 먼데 어느 세월에 반 발짝씩 걷겠느냐고, 대충 건너뛰기를 하더라도 끝까지 가야지 않겠냐고 합리화하면서도, 나에게 그는 풀어야 할 어려운 과제였다.

그는 자기 몸을 수시로 급우들에게 빌려주었다는 게 밝혀졌다. 여름이 오기 전이었으니까 서너 달 동안의 일이었고, 그의 몸은 그들이 움직여야 할 자리를 아무도 모르게 대신했다. 대신 화장실 청소를 하고, 대신 주번을 하고, 대신 심부름하고. 그는 무구한 눈을 끔벅이며 뻔한 거짓말로 할머니로부터 용돈을 타내어 그들에게 갖다바치기까지 했다지.

유난히 큰 키와 기다란 목과 긴 얼굴이 순한 초식동물을 연상시키는 데다가, 느릿하고 어눌한 말투가 그런 인상에 덧붙여져 그라는 이미지를 완성했을 터. 어쨌거나 가해자라는 친구들의 변명은 하나같았다. 호기심에 그래 본 거라고, 시키면 시키는 대로 말을 잘 들어서 캐비닛에 들어갈 수 있는지 그저 한번 물었던 거지 나쁜 의도는 없었다고. 잘못하고도 잘못을 모르는 그들이 쓴 반성문으로 책 한 권을 만든들 무슨 소용이 있을까 하면서도 나는 곧이곧대로 믿고 싶었다.

담임선생인 나는 그 사건이 얼른 수습되기만을 바랐다. 그의 부모를 만나고 돌아오는 길, 그 아이 얼굴이 떠오르자 다리가 휘청거렸다. 하지만 잘못을 저지른 급우들 또한 질풍노도의 청소년기를 지나며 저마다 상처를 부둥켜안고 어쩔 줄 모르는 나의 아픈 손가락들이었다. 결국 그는, 고개 숙여 바닥을 응시하며 두려움 가득한 어둠 속에 홀로 남겨졌고, 가벼운 처벌을 받은 급우들은 별일 없었다는 듯 밝은 곳으로 걸어나갔다.

가을바람이 불어올 무렵 그는 내 학급을 떠났다. 나는 그렇게 그를 잃었고, 그는 교실 한쪽에 걸린 봄소풍 사진액자에 들어가 하나의 점이 되었다. 불의를 보고도 방관하는 많은 사람이 그렇듯이, 나는 그를 가두었던 벽을 허물기보다는 그 안에 남은 그의 그림자를 외면하려 애썼고, 그의 존재를 밀어내버린 선생으로 남았다. 움직여야 할 내가 있어야 했지만, 거기에는 바라보는 나만 있었다. 꿈속에서처럼, 내가 거기 있는데도 행동하는 나는 없었던 것이다. 나는 그때 어디에 있었을까. 나를 지켜보는 나의 시선을 느꼈었지. 그건 누구였을까.

기억은 모탕 사진으로 돌아온다. 퍽, 퍽, 환청처럼 장작 패는 소리가 들린다. 오늘도 모탕이라는 이름의 네 몸 위에서 장작이 쪼개진다. 의연한 침묵으로 받아내는 것 같아도 너의 속은 숨이 차다는 걸 나는 안다. 너는 매 순간이 아프고 두렵다. 서툰 도끼질을 믿을 수가 없어서, 누구에게도 털어놓을 수 없고 세상 누구도 지켜주지 못하는 고통이 끝나지 않을 것만 같아서라는 걸 나는 안다.

'도끼날을 받아낸 모탕의 상처와 눈물의 의미는 무엇이었을까.' 회한 어린 독백이 아스라이 들려오는 날엔 습관처럼 내 눈길이 액자 속 사진을 향한다. 자의에서든 타의에서든 모탕으로 살아가는 많은 이들의 삶을 미화하고 부추기는 세상을 믿고 싶지 않은 네 뒤에 아무도 없었던 가. 옹이 없는 나무 없듯이 상처 없는 사람 없다는 것을 네가 알았는지 몰라도, 자존감을 다친 상처가 얼마나 깊은지 나는 너의 빈자리에서 읽는다.

문득 고개 들어 액자를 다시 보니 너는 이미 어디론가 사라지고 보이지 않는다. 사진은 공허 속 바람을 견디고 있고 네가 놓였던 자리에 깊게 팬 흔적만이 네가 한 시절 거기 있었음을 말해준다. 어쩌자고 나의 시각과 청각은 그 빈 자리에 놓인 너의 환영을 보는 것이며, 허공에 흩어지는 도끼 소리를 아직도 듣는 것일까. 액자에서 나온 너를, 그리고 네 삶을 닮았던 모탕의 한때를.

계간수필

The 수필

● '모탕'이라는 단어를 액자에서 불러낸 것만으로도 이 작품은 이미 대어를 낚은 것이다. 문학을 창작이라 말함은 시간을 소환하여 그 서사 속 사건을 새롭게 의미 부여하는 것이 가능하기 때문이다. 옹이 없는 나무 없듯이 상처 없는 생이 어디 있으랴. 그런 상처를 품는 시간이 있기에 사람은 더 사람다움에 다가가는 것이리라. 어떻게 삶을 보듬어가야 하는지 오래 생각하게 하는 수작이다. / 문혜영

곰탱이

노혜숙 jwnhs@hanmail.net

나는 곰탱이다. 친구들도 이따금 같은 말을 한다. 칭찬인지 흉인지 아리송하다. 여러 함의가 있겠지만 선의로 해석한다. 곰탱이라서 더 좋다는 그 말을 믿고 싶은 것이다.

곰탱이엔 종종 '미련'이 따라붙어서 미련퉁이가 되기도 한다. 미련, 딱 끊지 못하는 그 마음이 곰탱이와 닮은꼴이다. 결국 곰탱이와 미련퉁이는 한통속인 셈인가. 사전적 의미로 느리고 둔하고 어리석은 것이 합쳐 곰탱이일진대 너무 맥없이 그 말을 받아들였나 싶다.

원래 곰탱이는 '곰의 잠자리'를 뜻하는 말이라고 한다. 세월의 부침을 겪으면서 이런저런 의미가 덧입혀지고 변형되었을 것이다. 이덕무의 『이목구심서耳目口心書』에 보면 곰이 미련함과 어리석음의 대명사가 된 배경이 나온다.

"곰과 호랑이가 싸울 때 호랑이는 발톱과 송곳니를 드러내고 위협하는 반면, 곰은 사람처럼 몸을 일으켜 세우고서 대뜸 큰 소나무를 꺾어 힘껏 내려칩니다. 한번 내려치고 나선 쓰지 않고 버리고 다시 소나무를 꺾는데, 고생만 많고 힘이 분산돼 결국 호랑이에게 잡아먹히게 됩니다. 그래서 세상에서 어리석은 자를 놀릴 때 반드시 곰이라 일컫는다에서 유래되었습니다."

믿거나 말거나 한때 동물의 제왕 혹은 원시 신앙의 신으로 추앙받던 곰의 입장에선 꽤나 억울한 오명일 듯싶다. 곰탱이 입장에서 나도 한번 낱낱이 따져보지 않을 수 없다.

느리다- 그건 확실하게 말할 수 있다. 난 결코 느리지 않다. 밥 한 공기 먹는데 5분이면 충분하니까. 어느 날 남편이 참다못해 한마디 던진 적 있다. "같이 밥 못 먹겠네!" 덧붙인 말이 가관이다. "누가 뺏어먹나, 그렇게 교양이 없어서야…." 황당해서 동생에게 일러바쳤더니 "교양하면 언니 아냐? 잠자는 시간 빼곤 책을 달고 사는 사람인데! 근데 언니가 좀 급하긴 하지." 아군인지 적군인지 분간 못할 말투다. 여하튼 곰탱이의 느림과는 상관이 없다는 말이다.

둔하다- 이 또한 내게 해당되는 말은 아니다. 말은 느린데 행동은 왜 그렇게 급하냐는 지청구를 종종 듣기 때문이다. 감성도 여려 터져서 드라마인 줄 뻔히 알면서도 삼각관계로 접어드는 긴장된 상황을 견디지 못하고, 중상모략이 절정에 이를라치면 눈과 귀를 닫아버린다. 지나치게 예민한 거울신경을 갖고 있다는 게 탈이라면 탈이다. 문자적으로도 새가슴이니 둔함과는 사돈의 팔촌도 되지 않을 것이다.

어리석다- 이 대목에선 망설임 없이 고개를 끄덕인다. 어릴 적 어머니가 그러셨다. "그렇게 어수룩해서 세상 어떻게 산다니!" 그 어수룩이 어리석다라는 말과 한 끗 차이라는 걸 알게 된 건 그리 오래지 않다. 돌아보니 맞는 말씀이다. 세상 물정에 밝지 못하고, 잇속 없는 일에 열정을 바치고, 겨우 제 앞가림하면서 사는 처지에 턱없이 이상을 좇아 살았다. 업적이라곤 이 나이 되도록 살아냈다는 사실뿐인데 그다지 뼈아픈 후회도 없다. 허허.

자신이 곰탱이라는 걸 알고도 자족하는 데는 나름 이유가 있다. 길을 가다보면 '곰탱이 고깃집', '곰탱이 찻집' 등등 꽤 많은 상호가 곰탱이에 기대고 있다는 걸 확인할 수 있다. 아이들도 곰탱이 인형은 만만히 여겨 즐겨 가지고 논다. 게다가 나는 곰탱이를 알아보는 따뜻한 눈을 가진 분들 덕에 은혜를 입은 적이 많았다. 때로 말은 인간사와 희로애락을 같이하면서 문자적 의미보다 속뜻이 더 웅숭깊어진다. 곰탱이든 여우든 말에 따라붙는 호의와 악의의 관건은 결국 자신에게 달렸는지 모른다.

그렇다고 언제나 그 별칭이 흔쾌하기만 했던 건 아니다. 예민함과 곰탱이는 서로 친한 관계가 아닌데 어쩌다 그리되었을까. 배경을 추적하다보니 루쉰의 소설 속 인물 '아큐'가 떠오른다. '아큐'는 부당한 폭행, 부당한 대우를 받아도 늘 "맞을 만해서 맞았겠지, 내가 문제가 있으니 그랬겠지" 합리화를 해버린다. 맞은 이유를 따지지도 저항도 하지 않는다. 현실에선 졌으나 정신세계에선 이겼다고 자위한다. '아큐'의 반복된 정신승리법은 노예의식으로 굳어지고 마침내 그를 죽음으로 내몰았다.

돌이켜보니 나도 비슷한 경험이 있었다. '내가 참고 말지. 똥이 무서워서 피하냐 더러워서 피하지.' 억울하면서도 그렇게 도피했다. 왜 내가 그런 부당한 대우를 받아야 하는지 묻기보다 '아큐'처럼 자기합리화의 정신승리법을 앞세웠던 것이다. 속내야 피투성이가 되건 말건 겉으론 아닌 척 의연한 척 심지어 '아큐'처럼 웃고 다녔다. 필경 정신승리법으로 위장된 허세였을 것이다. 내게 일말의 패배의식이 있다면 거기서 비롯되지 않았나 싶다. 다행인 건 '아큐'는 왜 죽는지도 모르는 채 총살형을 당했지만 나는 아직 살아서 반전의 역사를 쓸 시간이 남아 있다는 거다. 비겁하게 정신승리법으로 도피하는 것은 진짜 곰탱이의 근성이 아니다.

곰탱이의 실상을 선언처럼 가슴에 담는다. 스스로 곰탱이임을 아는 자, 곰탱이가 아니다. 곰탱이의 은유를 즐기며 사는 자, 더 이상 패배자가 아니다. 속도에 미친 세상에서 둔하게=느리게 사는 건 여유다. 창보다 강한 게 공감이고 원천은 섬세한 감수성이므로 예민함은 장점이다. 어수룩함은 숫되고 되바라지지 않은 내 성격의 껍데기일 뿐이다. 곰탱이지만 곰탱이가 아니라는 모순어법, 이 얼마나 흐뭇한 역설인가. 에헤라디야!

수필오디세이

The 수필

● 반전과 반전의 쾌미, 별칭이 '곰탱이'인 화자는 부당한 폭행에도 자기합리화의 정신승리법을 내세우며 원인도 모르게 죽음을 당한 '아큐'(루쉰의 소설 주인공)에게서 자신의 모습을 발견한다, 그러나 아직 살아서 반전의 역사를 쓸 시간이 남아 있다는 깨달음. 비겁하게 정신승리법으로 도피하는 것은 진짜 곰탱이의 근성이 아니라는 자각. 곰탱이긴 하지만 곰탱이가 아니라는 반전에서 멈짓 웃음기를 거두게 된다. / 맹난자

카오스적 생존기

문경희 haidy92@hanmail.net

각다분한 오늘을 언어의 춘추전국시대라 일컬어보랴. 자판기를 굴러나오는 캔음료처럼, 각양각색각미의 신어가 뚝딱뚝딱 창조된다. 귀로, 눈으로 채집되는 그것들은 막 잡아올린 생선처럼 내 안을 퍼덕거린다. 입보다는 SNS라는 소통의 창구에서 주로 애용되는 그들의 말맛은 새콤달콤쌉사레. 그것은 한때 청춘이었던 기성세대를 낡고 닳은 구시대의 유물쯤으로 규정지어버리는, 돌도 거뜬하게 소화시킬 MZ세대들의 입맛에서 비롯되었을지니.

나는 아주 가끔 그것들을 씹고 뜯고 맛보지만 피와 살로 체화하지는 못한다. 그들과 나 사이의 아뜩한 불능의 거리는 야릇한 자괴감으로 채워지기도 하나니. 목에 걸린 가시 같은 그들, 불편유발자를 겨냥하여 유치하게 꿰맞춘 '아무말대잔치'라 구어박아 보기도 하는 것이다. 그러나 그 새뜻하고 기발한 착상에 혀를 내두르는 적도 드물지 않으니, 고작 신포도라는 비겁한 논리를 이불처럼 끌어덮은 채 구시렁거리기나 하는 주제랄까.

젊음을 소장한, 세상의 주류들이 생성해내는 언어는 입안에서 매양 달그락거린다. 잘근잘근 씹어삼킬 수 없는 그것들 때문에 속이 더부룩한 날이 많다. 설사 그 이질감이 마뜩치않을지라도, 소통의 도구로서의 언어가 불통 내지는 난통의 단초가 되어버린 아이러니에 토를 달지는 않는다. 나 또는 나와 엇비슷한 부류들의 고충과 상관없이 카오스적 언어들은 나날이 확대 재생산될 것이므로.

나라마다 문턱을 낮추었고, 하늘길 물길을 동원하면 못 가는 곳이 없어진 지 오래다. 한 술 더 떠, 두 발이 아니라도 가고오는 방도가 생겼으니, 문명의 쾌거라. '이리 오너라' 손가락만 까딱거리면 사이버라는 기가 막힌 세상이 넙죽 코앞으로 대령하는 마당 아니랴.

사이버가 어떤 곳인가. 선 없는 선이 인도하는 그곳에는 산도 있고 바다도 있고 어제도 있고 오늘도 있는, 광대무변이 멍석처럼 깔렸으렷다. 딸깍, 로그인되는 세상은 눈 코 입 없는 익명들이 혓바닥 없는 발설로 저마다의 필요를 홍정하느라 복닥복닥 분주할지니. 수많은 제후들이 할거하던 춘추전국만 못할까.

차마 눈맞추고는 뱉지 못할, 지나치게 보들보들하거나 우락부락한 언어들이 아무렇지 않게 구사된다. 하여, 활자라는 언어를 매개로 피를 나눈 형제가 되었다가, 박터지게 치고받으며 철천지한을 쌓기도 하는 요지경이 무시로 상영된다 한들 그러려니. 가식의 너울을 덮어쓴 채 세상에 존재하지 않는 나로 둔갑을 할 수도 있고, 엉덩이만 무거우면 잡학다식의 거드름마저 가능케 만들어주는 곳. 만나지 않아도 말을 섞고 생각을 나누는 바, '우리는 하나'라고 케케묵은 구호를 외치지 않아도 세상은 이미 한통속일 수밖에 없으려니.

본디 언어란 내가 너에게 가는 지름길이 아닌가. 하여, 사람이 행차하는 곳이라면 말의 초롱부터 앞장세워야 한다. 생판타지에서도 핵심 단어 몇만 달달 외우고 있으면 소통이 가능하다던 어느 여행자의 경험담을 고증하듯, 밑도 끝도 잘라먹은 말의 뼈다귀들이 얼기설기, 본때 없고 예의도 없다. 꿰는 자는 꿰고, 밑천이 시원찮은 자들은 불통으로 건너뛰어도 괘념치 않겠다는 그네들의 배부른 수작이 마뜩찮기는 하나…. 문법이나 어법의 논리를 사그리 무시한, 죽도 밥도 아닌 언어들이 횡행한들 막아설 방도가 없을 뿐이라. 그것을 두고 이른바 대세라고 하는 것이렷다.

까치발로 대세를 탐할 것인가, 말귀 어둔한 노인네로 주저앉을 것인가. 허옇게 백태 낀 혀로 시답잖은 화두나 캐고 앉은 내가 못마땅한지, 내 안에서 마냥 찌그러져 있던, 눈곱만큼 남은 혈기가 분연히 떨치고 일어서는 것이다. 고구마 백 개를 먹은 듯, 턱턱 말문이 막히는 일이 다반사라. 내 요놈의 것들을 오달지게 간파해보리라며 지피지기까지 끌어다붙였겠다. 자청해서 거칠고 험악한 말의 호구虎口로 들어가는 일에 이만한 분기면 면치레는 될 테다.

슬슬 그들을 간보자면, 치느님, 이생망, 소확행 정도는 애교다. 꾸안꾸, 워라밸, 갑분싸, 솔까말, 넘사벽, 본케, 부케, 역시 가뿐하게 넘어선다. 그러나 뇌피셜, 낫닝겐, 고스팅, 갑통알, 이렇게 본색을 드러내기 시작하면 머리부터 지끈거린다. 할말하않, 많관부처럼 친절한 단서를 주는 경우도 있기는 하다. 그러나 뷁, #G, H워얼v 같은 난삽한 조합에서는 무엇을 읽어내야 하는지. ㄱㅇㄷ이나 ㅈㅂㅈㅇ와 같은 초성체 또한 해독을 요하는 난수표와 다를 바 없다. 뿐인가. 롬곡옾눞, 괄도네넴띤,

부모 죽인 원수 대하듯 엎어치고 메치고 글로 주리난장을 틀어놓은 고약한 뱃심 앞에서는 무작정 난감해진다. 그들과의 통通하려면 미적분처럼 언어를 풀어내야 한다는 결론이다. 광화문 광장의 대왕, 세종께서 대노할 행태 아니랴.

보기에 따라 다분히 실용적인 화법처럼 보이나 사람을 골라 사랑하는 묘한 악취미가 그 속에 심어져 있으려니. 나처럼, 그들만의 리그에서 배제당한 자에게는 복잡다단 이해불가, 난관의 연속일 따름이라. 파지처럼 꼬깃꼬깃 자존심이 구겨지고, 최대한 긍정을 섞었던 첫 마음까지 느적느적 꽁무니를 뺀다.

하긴, 세상이 혼동의 도가니인데, 무시로 일어나는 언어의 교잡쯤이야. 말과 글의 품격을 운운하고 정도를 들먹이면 대책 없는 '꼰대라떼'의 낙인을 피치 못할지니. 시대를 앞장서지는 못할지언정 최소한 발맞추기는 되는 척, 나도 적당히 섞어 비벼나보랴 싶어지는데.

햐, 비비는 일도 만만찮다. 입 안에서 톡톡 터지는 과육처럼 상큼한 창의력이 관건이건만 후줄근한 주머니 속에는 세월의 먼지만 풀썩거린다. 이도저도 그만 멋쩍어진다. 고지식으로 미장이 된 형편에 뛰었다 날았다 고꾸라졌다를 거듭하는 청춘의 보폭을 따라잡으랴. 방정맞게 울리는 '카톡'처럼 누군가, 어디선가 핏발선 나를 각성시키는 저 두 글자, 깨몽.

형광등처럼 뒤늦게 번쩍이는, 나는 그냥 나로 살자. 발빠른 세상의 아웃사이더로 스스로를 자복할지니. 중심을 포기한 대가로 무거운 안달복달은 그만 내려놓자.

그러할지라도, 영원한 도태만은 면해야 하므로 '눈에는 눈', 허락도 없이 함무라비법전까지 소환해보는데. 카오스에는 카오스 아니랴. 준말, 본딧말, 예사말, 높임말, 우리말, 물 건너온 말…, 섞이고 섞인 언어의 잡탕밥에 수저질을 해가며 물렁물렁한 카오스적 방패로나마 살벌한 말의 대전大戰에서 살아남을 수밖에.

인간과문학

The 수필

● 듣도 보도 못한 말들이 쏟아져나오는 말 홍수 속에서 화자는 생존할 수 있는 방법을 모색한다. '카오스적 방패'를 무기로 삼는 것. 도망치지 않고 수저질이라도 하겠다는 작가의 해학은 통역 없이 해석이 불가능한 요샛말 앞에서 혼돈을 견딜 수 있는 위로가 된다./ 한복용

취약지구

송복련 boklyensong@hanmail.net

어떤 말은 광속으로 귓속에 와 박힌다. 우리들이 교정을 막 끝내고 뭉그적거릴 때 그녀가 뱉은 말이 급소를 건드렸다. 붉은 입술이 '뱅쇼'라고 말하는 순간 머릿속으로 어디선가 앵무새 한 마리가 날아온 듯 낯선 이미지들이 꽃을 피운다. 나의 취약지구를 건드린 말맛이 침샘을 건드렸다.

찻잔에는 붉은 와인에 잠긴 레몬, 사과, 배, 오렌지가 시나몬과 어울려 울긋불긋하다. 베일 속에 아른거리는 이국적인 맛을 상상하며 말맛에 취해버린 나는 새큼달큼하고 진한 와인을 연신 음미하는 동안 온몸이 달아올랐다. 그녀가 욕심을 부려 와인을 좀 더 많이 넣은 탓으로 꽁꽁 얼었던 내 마음이 제대로 풀려버렸다.

나중에야 알게 된 일이지만 뱅쇼는 북유럽인들이 혹독한 겨울에 몸을 덥히기 위해 마시는 와인으로, 우리가 진한 쌍화탕을 마시며 몸살감기를 다스리는 것과 닮았다. 프랑스어로 뱅vin은 '와인'을, 쇼chaud는 '따뜻한'이라는 뜻을 가지고 있어 '따듯한 와인'을 의미한다. 나라마다 다른 이름으로 불리며 나름대로 겨울나기를 해온 전통적인 음료였다. 축제나 가족행사가 있는 날에 즐겨 등장하는데 특히 크리스마스 트리가 거리를 장식하고 캐럴이 울려퍼지면 거리 곳곳에서 향긋한 이 냄새를 맡을 수 있다고 한다.

내가 언어에 쉽게 빠지는 것은 무기력한 도시생활에서 생기를 되찾고 싶을 때이다. 입술을 떠난 말은 낯선 여행지를 서성거렸던 때를 떠올리게 했다. 비엔나호텔의 노을빛 테라스는 무척 낭만적이었다. 우리들이 모히토를 마시며 바라보던 달팽이 모양의 계단은 또 다른 세계로 가는 입구처럼 보였다. 라임 즙에 설탕과 민트 잎을 넣고 잘게 부순 얼음과 럼을 넣어 만든 칵테일, 톡 쏘는 그 맛에 홀렸다. 헤밍웨이의 전설 한 조각을 일구어낸 '라 보데기타' 선술집을 이야기하며 꿈 같은 세계에 머물렀다.

멕시코 칸쿤에서 카리브해를 바라보며 서 있을 때도 그랬다. 우리들에게 데킬라를 권하던 사내의 말대로 우리는 하루쯤 죽어볼 요량으로 데킬라를 마셨다. 술에 취했는지 말에 취했는지 모르지만 밤하늘에 별들은 몽롱하게 흐렸다. 처음으로 유럽여행을 떠날 때였을 것이다. 기내에서 주문한 코냑이 작은 유리잔에 담겨 나왔다. 코냑을 조금씩 홀짝거리는 동안 마음은 어느덧 센강을 거닐고 있었다. 실은 술에 대해서는 잘 모른다. 맛본 술은 그저 열 손가락 안에 들 만큼 얼마 되지 않지만 몽상가처럼 어떤 말은 이렇게 미리 도착해서 취해버리게 만들었다. 아마 말은 내게 있어서 가장 취약지구인가보다. 자주 말속으로 흘러드는 나를 발견한다.

나는 도시의 사냥꾼처럼 여기저기 돌아다니기를 좋아했다. 그건 코로나 상황이 오기 전의 일이다. 눈요기하다 걸음을 멈추거나 불쑥 가게 문을 열고 들어가 만만한 물건 하나 사들고 나오기도 하고 좁고 오래된 골목길을 지나며 손바닥만 한 살피꽃밭에 핀 달리아, 맨드라미를 눈으로 쓰다듬는다. 옥상 빨랫줄에 속옷들이 널렸을 때 빠져나간 몸뚱이를 생각하며 피식 웃거나 공중화장실에서 낙서를 하고 두리번거렸을 사람이 너인 듯도 하고 아니기도 하여 눈길을 거두어버리든지. 미술관처럼 늘 사냥감을 수확하지는 못해도 산책 자체가 즐거움이다. 어쩌면 내가 사냥에 홀려 정신을 팔고 있을 동안 다른 이들도 어딘가에 골몰하며 정신없이 지내기에 특별히 나에게 신경을 쓰지 않는지도 모른다. 오히려 그물망처럼 엮인 사람들의 관계가 도시에 생기를 불어넣어 활기를 띠게 하는 것이리라.

마스크를 하고 거리두기를 한 지 두 해가 지나고 있으니 여기저기 삐걱거리는 소리가 들린다. 주방에서 요리를 하고 공장에서는 콤바인더에 실려오는 상품의 하자를 살피고 건물 공사장이 분주하게 돌아가야 하지만 노동이 점점 사라지고 있다. 사람과 거리두기로 나의 관계망도 거의 끊어진 상태다. 이제 뭘 먹고 뭘 하지? 곳간을 비우며 사는 거다. 그동안 넘치던 지방을 태워 없애는 일이고 연명하며 구조를 기다리는 일이랄까? 질병은 마음먹은 대로 해결되기 어려운 일로 여기저기 툭툭 신경줄이 끊어지고 있다. 숨구멍을 조금 열어놓았지만 딱히 갈 곳이 없는 우리는 자리에서 뭉그적거릴 뿐이다. 달콤한 것이 생각났다. 몸과 정신이 몸살을 앓고 있는 지금 '뱅쇼'가 꿀꿀한 기분을 떨쳐버리고 생기를 되찾아주었다. 그러고 보면 낯선 기분을 즐기게 된 것도 상한 몸과 마음을 속풀이해주는 말 때문이었다.

이런 날에는 첫눈이 내렸으면 좋겠다. 나는 곧 어딘가 전화를 걸려고 하다가 망설일 것이다. 내 빈 자리로 찾아오는 한번도 말 건네지 못한 당신에게. 부옇게 흐린 하늘에서 눈송이가 하나둘 가볍게 날리는 하늘을 바라보고 싶다. 언어에 꽂히는 내가 가진 도구는 펜뿐이다. 도시의 사냥꾼은 사냥 뒤에 남길 것들을 생각한다.

수필과비평

The 수필

● 술과 말에 취약한 작가는, 어느 날 우리의 쌍화탕 격인 유럽의 뱅쇼에 무장해제 된다. 평소 낯선 여행지를 서성거리거나, "무기력해진 도시생활에서 생기를 되찾고 싶을 때" 언어에 빠져들곤 하던 작가는 오래된 도시 풍경을 사냥하는 취미를 즐겼으나 거리두기의 장기화로 소강상태다. 취약함을 인간의 존재 조건이며 극복해야 할 한계로 규정하면, "사냥 뒤에 남길 것들을 생각"하며 펜을 가다듬는 작가에게 취약지구는 약점이 아니다. 충만하고 긍정적인 의미 전환의 단서로 작용하리라./ 엄현옥

시계꽃

오승익 jachi200671@hanmail.net

낯선 덩굴이 시골길 돌담을 켜켜이 휘감고 있다. 마삭줄이나 으름 줄기 비슷하게 생긴 것이다. 덩굴 틈새로 옹기종기 하얀 꽃들이 활짝 피어 벌과 나비들을 유혹한다. 무슨 꽃일까. 궁금 탓에 핸드폰으로 몇 컷 찍고 돌아와 인터넷을 뒤지고 지인에게 물어보았더니 시계꽃이었다. 꽃 모양이 마치 시계처럼 생겨 그런 이름이 붙여진 것 같다.

시계꽃을 보니 홀로 시골집을 지키고 있는 둥그런 벽시계가 떠올랐다.

"또깍! 또깍!"

못 하나에 자신을 맡겨놓고 쉴 새 없이 내쉬는 생명의 소리다. 자명自鳴을 벗 삼아 홀로 텅 빈 시골집을 지킨다. 유일한 벗이었던 어머니가 홀연히 요양원에 가시고 나서 시계는 외톨이가 되었다.

요양원에 가시기 전, 어머니는 밤잠을 자다가도 아침이 되어서도 낮에도 몇 번이고 시계를 바라보았다. 어느 시인은 "초침은 뛰어가고, 분침은 걸어가고, 시침은 엉금엉금 기어간다"라고 했다. 이들을 쳐다보며 어머니는 "아이구 시간은 무사 경 안 감신디사" 하며 종종 투정을 부렸다.

자식들이 곁을 떠나고 나자 어머니 홀로 시골집을 지킨 지 여러 해가 되었다. 처음 어머니의 방에는 '따르릉'거리는 조그만 탁상시계가 하나 있었는데, 나중에 눈에 잘 띄고 초침 보행 소리가 큰 둥그런 벽시계로 바꿔드렸다. 그때부터 벽시계는 어머니의 유일한 말벗이 되었다. "지금 몇 시냐?", "왜 그리 더디 가냐?", "왜 밤은 이리 기냐?" 카이로스의 시간은 더디기만 했다. 하지만 시계는 제 길을 묵묵히 갈 뿐이다. 변함없이 살아 있음을 알리는 존재의 표현일까. 닭의 울음소리 대신 우주의 법칙에 맞춰진 시계. 어머니는 그런 걸 모를 리 없지만, 긴긴 겨울밤은 깨고 보면 또 밤이다. 투정을 부리면서도 하나뿐인 벗, 시계에 미운 정 고운 정이 다 들었다.

몇 해 전, 설을 마치고 난 다음날 아흔 중반을 넘으신 어머니가 갑자기 거동이 어려워졌다. 전날까지도 아무런 이상이 없으셨는데…. 사람의 나이가 초고령에 이르면 언제 무슨 일이 일어날지 예측할 수 없다는 걸 황망하게 마주하게 되었다. 그날 이후 형제들이 날마다 번갈아가며 어머니를 돌보기 시작했다. 한 달이 되어가자 모두가 지쳐갔다. 언제까지 계속될지 모를 일이었다. 하루는 누님이 용기를 내어 조심스레 어머니에게 여쭈었다. "어머니, 요양원엔 안 가시쿠과?"

어머니는 평소 "내가 집에서 죽지 그런 데를 왜 가나?"며 부정적이셨다. 그런 마음을 알고 나서는 굳이 불편한 이야기를 꺼내지 않고 줄곧 지내왔다.

하지만 지금, 형제들의 일상이 흐트러져가고, 때를 맞춰야 하는 일들도 속수무책 시기를 놓쳐가고 있었다. 아직 인지능력이 초롱초롱한 어머니도 이를 직접 보고 있었다.

용기내어 묻는 큰딸의 물음에 뜻밖에 "나 요양원 가키여!" 하는 대답이 돌아왔다. 한 달 정도 기다린 끝에 정든 집을 떠나 한 요양원에 어머니를 모시게 되었다. 요양원의 엘리베이터 안으로 손을 흔들며 들어가는 어머니의 모습, 평소 싫어하던 곳에 들어가야만 하는 어머니의 심정은 어떠했을까. 돌아서 나오는 내 마음이 착잡하기만 했다. 어쩔 수 없는 불효가 시작되는 순간이었다. 아쉬움과 서운함, 절망감이 깃들어 있을 어머니와는 달리 나에게는 책임을 다했다는 홀가분함이 마음속에 흐르고 있었다. 결국은 내 마음자리 편해지려고 모신 셈이 되었다.

무탈하게 요양원 생활을 시작한 지 한 해 정도 될 즘, 어머니가 갑자기 위독해졌다. 별안간 밥이 물리고 정신이 어질거리는 등 몸 상태가 가라앉아갔다. 긴급히 종합병원 중환자실로 옮겨져 산소호흡기를 달고 응급조치를 하는데 산소 수치가 계속 내려가고 의사와 간호사들의 발걸음이 바빠졌다. 생명이 꺼져가는 순간이란 게 이러한 것인가. 병원에서는 더 이상의 치료가 힘들 경우 인공호흡기를 뺄 것인가에 대해 각서를 요구했다. 절체절명의 순간이 다가온 듯하여 가족들에게도 황급히 연락했다.

가족들이 모이자 촌음을 틈타 병원에서 필요한 어머니의 용품을 가지러 시골집엘 갔다. 텅 빈 집에 "도~각~! 도~각~!" 홀로 집을 지키던 시계가 끊어질 듯 이어질 듯 천천히 힘겨운 숨을 몰아쉬고 있었다. 시계마저 어머니와 절망의 호흡을 맞추어가고 있는 듯했다. 순간 어떤 영감이 퍼뜩 떠올랐다. 얼른 가게로 뛰었다. 파워 건전지 두 개를 사다 꺼져가는 생명줄을 붙잡았다. 기운을 얻은 시곗바늘이 다시 힘찬 걸음을 내딛기 시작했다.

우연이었을까. 기적이었다. 고비를 넘긴 어머니가 다음날부터 눈을 뜨고 사람을 알아보기 시작했다. 며칠 후 어머니는 일반 병실로 옮기게 되었다. 입원한 지 보름이 가까워져 올 무렵, 어머니는 아무 일 없다는 듯 정상을 회복하고 요양원으로 다시 돌아갔다. 이십전십, 삼십여 킬로미터나 떨어진 거리에서도 어머니와 시계는 생명의 숨결을 함께 나누고 있었다. 상호조응일까. 그동안 수많은 시간 동안 서로 나누어왔던 애증이 시공을 넘어 영적으로 이어진 것 같았다.

안정을 되찾은 후에도 늘 어머니와 시계의 생명에 신경이 곤두선다. 묵묵히 앞을 향해 걸어가는 바늘 삼 형제. 하루에 두 번 만나 서로가 살아 있음을 스스로 확인한다. 누군가 먼저 멈추어선 순간, 다른 누구의 생명도 멈출 것만 같다.

텅 빈 시골집 어머니의 침대에 누워 시계를 바라본다. "또깍! 또깍!". 시계 소리가 경쾌하고 힘차다. 크로노스의 시간이 언제 걸음을 멈추어 버릴까, 노심초사하는 하루가 또 지나간다. 먼 길 여행을 떠나는 날, 어머니의 품에 시계꽃 한 송이를 안겨드리고 싶다.

수필오디세이

The 수필

● 생명의 상호조응 작용을 이리 자연스럽게 묘사하다니! 놀라웠다. 벽시계와 아흔 중반을 넘긴 어머니의 상호조응하는 서사가 우연이라기엔 너무나 설득력을 지닌다. 닭 울음 대신 우주의 법칙에 맞춰 묵묵히 갈 길을 가는 시계가 유일한 벗이기에, 시간이 왜 이리 더디냐고 투정하는 노모의 심정이 먹먹하다. 파워 건전지 두 개로 힘을 얻는 벽시계, 나에게 힘을 주는 파워 건전지는 무엇일까? 곰곰 생각해보게 된다. / 문혜영

꿈, 나의 해석

이춘희 choonlee14@hanmail.net

침대 머리맡에서 누군가 나를 내려다보고 있다. 어둠 속에서 숨소리라도 들은 것처럼 느낌이 생생하다. 꿈인가. 하필 저승사자라는 말이 떠오르며 섬뜩해진다. 후다닥 일어나 남편 방으로 갔다. 고른 숨소리를 내며 깊이 잠든 것을 확인한 후에도 다리가 후들거린다.

석 달 전쯤에 남편은 폐암 수술을 받았다. 나이 탓에 퇴원까지 힘든 과정이 있었지만 다행히 예후가 좋아 느리게 회복 중이라고 믿고 있었지만 여전히 마음이 놓이지 않았던 걸까.

잠시 뒤척였다 싶은데 설핏 선명한 영상이 나타났다가는 이내 지워진다. 이번에는 아버지다. 눈감으시기 전의 모습 그대로다. 당뇨가 악화되어 거동이 불편하셨는데도 어머니의 반대를 뒤로 하고 친구들과 여행을 나서더니 발가락을 다치셨다. 패혈증으로 다리를 절단해야 할 위기에 당신의 성격대로 급하게 떠나셨던 분이다. 웅크리고 앉아 발가락을 만지며 나를 힐끗 쳐다보시던 아버지. 그곳에서도 여전히 편치가 않으신 것인지. 아픈 발을 끌고 꿈길을 오신 건 무슨 연유가 있을 것이다.

퍼뜩 구순의 어머니가 떠오르며 손이 떨리고 입술이 마른다. 어머니는 입바람에도 흔들리는 떨림과 어둠을 예비한 촛불 같아 늘 가슴 한편에 안타까움과 함께 자리하고 계신다. 혹여 무슨 변고라도 생긴 것인지. 잠시라도 떠올리고 싶지 않은 예감에 가슴이 쿵쾅거린다. 시계를 보니 두 시다. 옷을 주섬주섬 입다 말고 멈춘다. 용인에서 일산까지의 밤 운전도 문제지만 달려간다고 해도 집에 들어갈 수가 없을 터. 잠은 이미 멀리 가버렸다. 책을 들었으나 활자만 눈앞에서 오갈 뿐이다. 어둠을 통과하는 시간의 걸음은 무거운 납덩이라도 매단 듯 더디다.

새벽녘 어머니의 잠에 취한 목소리를 듣고는 안도감이 나를 그 자리에 털썩 주저앉혔다.

꿈이 무엇인가. 경험한 것이 기억으로 옮겨가는 과정이라고도 하고 무의식의 심층에 깔려 있는 것이 위장되거나 왜곡되어 되돌아온 것이라고도 한다. 주로 얕은잠의 꿈이 깨어난 후에 회상된다는 것이다.

언젠가부터 꿈은 문틈에 낀 옷자락처럼 자꾸 돌아보게 한다. 허망하게 놓쳐버린 두 동생과 급하게 가신 아버지, 기억에서도 유련해진 조부모님들, 그리운 얼굴들을 어쩌다 꿈에서 만나는 날은 외려 온종일 전전긍긍한다. 나를 아꼈던 분들이 허튼걸음을 하셨을까. 급브레이크를 밟거나 가슴을 쓸어내릴 상황에 부딪히면, 꿈이 이런 일에 대한 경고였거니 생각하는 것이다. 어딘가에 한번 기울어지면 벗어나기가 쉽지 않으니 내면이 허술한 탓이리라.

가상현실과 인공지능이 생활 깊숙이 들어와 있는 과학만능시대에 꿈에 연연하는 게 허황되어 보일 수도 있겠다. 그러나 첨단과학은 내 능력으로는 이해하기 어려운 남의 일이지만 굳이 프로이트를 들먹이지 않더라도 꿈은 나와 직접 연결된 것이 아닌가.

깊이 잠들기가 어려워지면서 꿈의 여운에 잡히기 시작한 것이 언제부터였는지. 단정적으로 말하기는 어렵지만, 어느 날 갑자기 삶에 드리워졌던 안개 속에서, 산다는 일이 숨찬 허덕임과 다르지 않다는 것을 알게 된 마흔 중반쯤이 아니었나 싶다. 그즈음에는 공부를 전혀 못해 난감하기만 한 시험지를 앞에 두고 있는 꿈이 잦았다, 단발머리 여학생으로 돌아갔으나 항상 어린 두 아들의 손을 꼭 쥐고 있었다. 불안하게 어미를 바라보는 아이들을 의식하며 어두웠던 터널을 의연히 통과했다 생각했지만 드러낼 수 없었던 막막함이 꿈으로 찾아왔던 모양이다.

겁이 많아 줄을 잡고 서기는커녕 앉아보지도 못한 그네를 신나게 타다가 떨어지거나, 하교 시간이면 우르르 뛰어내려가던 계단에서 친구에게 떠밀려 구르는 꿈에 놀라 벌떡 일어났다가도 어머니의 "괜찮아" 하는 한마디와 토닥거림만으로 다시 잠들 수 있었던 날들. 꿈이 희망의 동의어가 되어주던 날들이다. 품으면 말랑말랑한 공처럼 가슴을 따뜻하게 해주던 희망이나 마냥 부풀릴 수 있는 풍선 같았던 꿈은 산뜻한 내일의 통로에 있었는데 이제는 신경의 끈을 잡고 하루를 더듬거리게 만든다.

꿈인지 환상인지 종잡을 수 없는 것을 하룻밤에 두 번이나 보고 나니 그들을 불러왔을 나의 내면이 궁금하다.

예기치 않았던 남편의 발병이 준 충격으로, 노년에 들어선 우리에게는 죽음이 멀리 있는 게 아니라는 평범한 사실이 마치 새로운 자각처럼 나를 흔들지 않던가. 언제 찾아와도 그리 아쉽지 않은 영과 육의 이별이라며 아무렇지도 않게 내뱉었던 말에 담겼던 오만함과 허영심에 낯이 뜨거워진다. 허나 그 역시 유한한 생에 대한 체념의 다른 표현이었을 뿐. 사는 일의 헛헛함이 산책길에 바라보는 호수의 잔물결에도 실리고 옷 벗은 나뭇가지에도 걸린다.

꿈결이었던가. 나를 바라보던 아버지의 모습에서 문득 계시처럼 와 닿는 것이 있다. 아버지에게는 꿈에 매달리는 딸아이가 성치 않아 보였던 게다. 꿈이란 자신도 인지하지 못하는 두려움이나 부끄러움과 대면하는 일. '그것들을 어루만져라' 일러주신 것이 틀림없다, 어디 꿈뿐이랴. 내 안에 있는 상처나 허망함을 내 손으로 다독여야 한다는 걸 보여주러 먼 길을 와 발가락을 만지셨나보다.

눈을 감고 두 팔로 나를 껴안는다. '괜찮아' 토닥거린다. 아버지가 빙긋이 웃으신다.

계간수필

The 수필

● 인간이 마지막까지 경계해야 할 점은 오만함과 허영심이란 생각을 하고 있던 참이었는데, "언제 찾아와도 그리 아쉽지 않은 영과 육의 이별이라며 아무렇지도 않게 내뱉었던 말에 담겼던 오만함과 허영심에 낯이 뜨거워진다." 이 한 문장이 눈에 들어왔다. 망설이지 않고 추천작으로 선정했다. 눈을 감고 두 팔로 나를 껴안으며 '괜찮아' 토닥거린다는 결미도 참으로 내 모습과 닮았다. 작가님, 파이팅!!! / 문혜영

속담으로 쓴 자서전

최미아 miacc@hanmail.net

강아지 발바닥만 한 섬에서 태어났다. 순풍에 돛을 달고 세월아 네월아 지냈다. 앞길이 구만 리 같은 호시절이었다. 집안 살림은 죽이 끓는지 밥이 끓는지 모르고 책만 들여다보는 아버지는 밤마다 호랑이 담배 먹을 적 이야기를 들려주셨다. 객지에 있는 자식들에게 보내는 편지를 쓸 때는 내가 방바닥에 엎드려 아버지가 불러주는 입말을 받아적었다. 당구 삼 년에 폐풍월이라고 그때부터 호랑이 그리려다 고양이를 그리기도 했지만 귀신 씨나락 까먹는 소리를 끼적거리고는 했다. 고슴도치도 제 새끼는 함함하다고 한다더니 될성부른 나무는 떡잎부터 다르다고 아버지는 내가 소설가가 되리라 굳게 믿으셨다. 오르지 못할 나무는 쳐다보지도 말아야 하는데 앉아 삼천 리 서서 구만 리인 아버지의 믿음에 나도 꿈을 꾸게 되었다. 참깨가 기니 짧으니 하는 우물 안 개구리로 사는 것에 뉘가 났다. 송충이는 솔잎을 먹어야 하는데 갈잎을 먹고 싶었다.

말은 제주도로 보내고 사람은 서울로 보내랬다. 집 떠나면 고생이고 우물가에 애 보낸 것 같다고 말렸지만 초년고생은 양식 지고 다니면서도 한다 했으니 나중에 삼수갑산을 갈지라도 개나 걸이나 다 가는 서울로 가고 싶었다. 서울은 눈 감으면 코 베어먹는 곳이라 했다. 서울이 무섭다 하니까 과천서부터 기었다. 서울에는 겉 다르고 속 다를지는 몰라도 말은 청산유수고 씻은 배추 줄기 같은 사람들이 난다 긴다 하면서 살고 있었다. 나는 어디를 가도 꾸어다놓은 보릿자루였다. 촌닭 장에 나온 것 같았고 개밥에 도토리 신세였다. 아무리 냉수 마시고 이 쑤셔봐야 알아주는 이가 없었다. 남이 장에 간다고 나도 거름 지고 나섰다가 바로 끈 떨어진 두레박 신세가 되었다. 나오느니 눈물이요 터지는 게 한숨이었다. 하지만 이미 엎질러진 물이었다.

강산도 변한다는 십 년 동안 오라는 데는 없어도 갈 데는 많아 고삐 풀린 말처럼 뛰어다녔다. 쇠털같이 많은 날 도랑물 수돗물 다 마시다보니 절에 가서 젓갈을 얻어먹을 정도였다. 서울에서는 남이 지게 지고 제사를 지내건 말건 다들 내 코가 석 자니까 감 놔라 배 놔라 하지 않았다. 살다보니 빛 좋은 개살구에 속 빈 강정들도 많았지만 제 눈에 안경인 남자를 만나 검은 머리 파뿌리 되도록 살자고 귀밑머리를 풀었다. 키 크면 싱겁다지만 겉볼안이라고 속은 어질 것 같았다. 하늘의 별 따기처럼 천신만고 끝에 깎은 밤 같은 아들 둘을 낳고 나니 용이 비를 만난 꼴이라 입이 함박만해졌다. 사는 것이 누워서 떡 먹기처럼 쉬워보였다.

남편이 사업을 시작했다. 바늘 넣고 도끼 낚을 심보는 아니었다. 핑계 없는 무덤 없다고 나라 경제가 어려워져 마파람에 호박꼭지 떨어지듯 옴나위도 못하고 넘어갔다. 까마귀 날자 배 떨어지고 고래 싸움에 새우 등 터졌다. 부자는 망해도 삼 년 먹을 것이 있다는데 부자가 되기 전에 망해버렸다. 가지고 있던 모기 눈물만 한 것들을 곶감 빼먹듯 빼먹고 나니 옛 보릿고개가 따로 없었다. 발바닥에 불이 일고 입에 단내가 나도록 돌아쳐도 산 넘어 산이고 옹이에 마디인 날들을 견디느라 부처님 가운데 토막 같은 남편은 비 맞은 장닭이 되었다. 백짓장도 맞들면 낫다는데 방 안 풍수인 나는 이불 속에서 활개만 치고 있었다. 석 달 장마에도 푸나무 말릴 볕은 난다. 고생 끝에 낙이 오고 쥐구멍에도 볕 들 날이 있다. 하늘이 무너져도 솟아날 구멍이 있고 음지가 양지 되고 양지가 음지 된다. 옛말 그른 데 없다.

넘어진 김에 쉬어간다고 글공부를 시작했다. 늦게 배운 도둑질에 날 새는 줄 몰랐다. 비단 올이 춤추니까 베 올도 춤추고 숭어가 뛰니까 망둥이도 뛰었다. 남들은 누운 소 똥 누듯 하는데 나는 재주가 메주여서 선무당 장구 탓하고 서투른 과방이 안반 타박하듯 했다. 들은 풍월 얻은 문자로 아는 척하고 되글을 가지고 말글로 써먹고 공자 앞에서 문자 썼다. 꿈인지 생시인지 등단도 했지만 글은 가뭄에 콩 나듯 책에 실렸다. 허나 느릿느릿 황소걸음 걷다보니 여기까지 왔다. 말이 씨가 된다. 소싯적 꿈 소설가가 아니어도 엎어치나 메어치나 매한가지 수필가가 되었다. 미꾸라지 용 되었다.

강산이 여러 번 변했다. 차 치고 포 치던 남편도 이빨 빠진 호랑이에 날 샌 올빼미 신세다. 내 글을 읽고도 입찬소리로 옥에 티를 가려내더니 이제는 쓰다 달다 말이 없다. 서로 소가 닭 보듯 닭이 소 보듯 하지만 척하면 삼천 리고 메떡 같은 말도 찰떡같이 알아듣는다. 미운 정 고운 정 다 든 남편과 검은 머리 파 뿌리 되도록 알콩달콩 살고픈 마음 굴뚝같다.

현대수필

The 수필

● 속담에는 교훈과 풍자, 비판과 지혜가 담겨 있다. 그 탄탄한 은유 위에 작가의 지나온 시간을 얹었다. 유년부터 앞으로 삶의 바람까지 촘촘히 풀어놓았다. 그 사이사이에 장착한 골계미로 험한 굽이굽이도 부드럽게 넘어간다. 새로운 시도와 공력이 깃든 작품이다. / 노정숙

노랑에 대하여

최순희 pisces0707@hanmail.net

거실 한 귀퉁이를 노란 색으로 칠했다. 식탁 옆 벽에서 직각으로 두 번 꺾어져 안방 문에 이르는 삼면이다. 멀쩡한 실크 벽지 위에 페인트칠을, 그것도 진노랑으로? 한 보름 망설이다 확 저질러버린 건데, 어항 속처럼 고여 있던 집안이 아연 생기발랄해졌다. 지루한 코로나시대에 이런 즐거운 변신이 있나. 그런데 어째 좀 얼떨떨하다. 빨주검초파남보, 이 세상 모든 예쁜 색들을 다 좋아하는 내가 단 하나 싫어라 했던 색이 노랑이기 때문이다. 내게 대체 무슨 일이 일어난 것일까.

페인트칠을 부추긴 것은 집안 여기저기를 이 색깔 저 색깔로 곧잘 바꾸곤 하던 친구다. 이번엔 답답한 김에 더 과감하게 질러버렸다며 사진을 보내왔는데, 키즈카페도 아니고 이건 뭐 가정집이 이래도 되나 싶을 정도로 알록달록해졌다. 이상한 건, 그런데 내가 덩달아 마음이 동해버린 거다. 신이 난 그는 재료를 구비해놓으면 자기가 와서 칠해주겠다고 나섰다. 그때부터 한동안 나는 2천 가지가 넘는 팬톤 페인트 컬러 차트를 들여다보면서 시공 사례들을 검색하고 머릿속으로 내 집 벽에 시뮬

레이션을 해보며 괜히 바빴다.

처음엔 청록색 거실 커튼과 비슷하거나 대비되는 청록과 복숭아색 계열만 찾아보고 있었다. 그러다 어쩐 일인지 한쪽 벽을 노랗게 칠한 집 사진이 눈에 뛰어들어왔다. 내가 노란 옷을 입는 일도 상상이 가지 않는 판에 왜 느닷없이 노란 벽에 꽂힌 것일까? 친구는 적극 반겼다. 다만 채도가 어중간한 것보다는 아예 진노랑 쪽이 한결 안정감 있고 세련되어 보일 거라 했다. 정말로 노랑을? 내가? 긴가민가하면서도 어느새 나는 선샤인, 레몬 제스트, 버터컵, 이런 상큼한 이름들을 지나 겨자색이 한두 방울 섞인 듯 좀 더 차분한 톤의 진노랑 크롬 옐로를 주문하고 있었다.

볕 좋고 바람 좋은 날, 친구가 왔다. 테이핑을 하고 젯소를 바른 다음 그는 롤러로 쓱쓱 칠해 나가고, 나는 의자를 붙잡아주거나 사진을 찍으며 조수 노릇을 했다. 톰 소여는 친구를 속여 사과를 뺏어먹고 대신 고된 페인트칠을 떠넘기던데, 이 친구는 진짜로 이 작업이 재미난 모양이었다. 공연히 긁어서 누르뎅뎅 경악스런 부스럼 벽을 만드는 거나 아닐지 긴장되었는데, 흰 색일 때는 몰랐던 바탕 벽지의 오톨도톨한 질감이 멋스럽게 도드라지면서 비로소 마음이 놓였다.

페인트가 마르기를 기다리며 소파에 앉아 쉬자니, 진갈색 나무 탁자의 커피 얼룩과 흠집들이 전에 없이 눈에 거슬리기 시작했다. 그것까진 너무 과하다는 만류를 무릅쓰고 탁자 상판도 칠하고 싶어졌다. 아직 쓸 만한 탁자인데 잘못 망쳐버리면 새로 사야 할 테지. 사포질을 하고 젯소를 바른 다음 다섯 겹이나 꼼꼼히 노란 칠을 했다. 삼사십대의 한 시절, 나는 반닫이니 화초장이니 하는 전통 고가구에 마음을 뺏겨 장안동이나 인사동 고가구점을 기웃거리며 욕심을 냈었다. 나이를 더 먹으면서는 오히려 취향이 바뀌어 지금은 거실을 지배하는 오랜 목가구들의 진갈색을 조용히 견디며 사는 셈이다. 이제 강렬한 노란 색을 입은 탁자는 그 어느 때보다 존재감을 주장하면서 거실 저편 노란 벽들과 조응하는 듯했다. 이윽고 페인트가 다 말랐다. 복도 안쪽 노란 벽들 가운데에 이층장을 놓고 그림들도 제자리에 다시 걸었다. 내가 아끼는 소나무 이층장도, 평소엔 거기 걸린 것도 잊고 지내던 그림들도, 그냥 깨끗한 흰 배경이었을 때보다 훨씬 생동감 있게 살아나 더 돋보이는 듯했다. 그렇게 가을 한 계절을 나는 노란 탁자 앞에 앉아 노란 벽들을 건너다 보며 행복해했다.

색채심리학에서는 노랑을 주로 밝음 즐거움 젊음 행복 영광 발전 진화 등등의 여러 긍정적인 이미지를 대변하는 색으로 즐겨 풀이한다. 또 한편으론 질투와 시기심의 상징으로 설명하기도 하는데, 어쩌면 나의 노랑기피증의 연원을 따라가보면 어린 날 유난히 시기와 질투심이 많아 나를 괴롭히던 한 동무가 노란 색을 좋아했더란 지극히 사소하고 불합리한 기억과 맞닿아 있는지도 모른다. 부러움까진 몰라도 질투나 시기심은 못난 것이며 나는 절대로 저런 못난 사람은 되지 않겠다, 따라서 나는 저 아이가 좋아하는 노랑을 싫어하리라, 뭐 이런 것? 노랑은 내겐 또한 죽음의 매혹을 발산하는 색이기도 한데, 〈젊은이와 죽음〉이란 모던발레에서는 주인공을 죽음으로 끌고 가는 팜므파탈이 하나같이 샛노란 드레스를 입고 있었다. 그러고 보니 또 어느 책에서는 일확천금을 노리다 죽음을 맞는 정체 모를 악당이 이름 대신 왠지 더 으스스한 '노란 옷의 사내'로만 등장했다가 퇴장하기도 했다. 작가는 임박한 사태의 불길한 전조를 강렬하게 암시하는 장치로 '이름 없는 노란 옷' 이상의 것은 생각나질 않았다고 말했는데, 세세히 설명하지 않아도 왜 하필 노랑이어야 했는지 절로 이해하겠는 느낌이었다.

어쨌든 지금껏 막연히 싫어한다고 생각해온 노란 색을 집안에 자꾸 들이고 싶어진 것은 노랑이 상징하는 젊고 밝은 에너지가 내게 많이 부족하다는 증거일 테다. 마치 배고플 때 입에 당기는 음식들이 실은 그때 내 몸이 필요로 하는 영양소들을 많이 함유한 음식이듯이. 원래부터 노란 색을 좋아하던 사람들은 페인트칠 한번 한 걸 갖고 웬 호들갑인지 실소할 것이다. 나도 우습다. 다만 나에겐 뭔가 어떤 무형의 오랜 장벽 혹은 편견 같은 것이 깨어진 것과도 같은 빅이벤트가 아닐 수 없고, 그것이 나의 의지가 아니라 그냥 어쩌다, 저절로, 그리된 점이 오히려 흥미롭고 더 유쾌하다.

나이를 먹어갈수록 이런 소소한 기호는 물론이고 과거에 신봉했던 신념과 이념도 자주 흔들리고 바뀌는 것을 경험한다. 확증편향을 경계하려는 자기 검열 때문에 무언가에 강력한 믿음을 가진다는 것이 조심스럽고, 불변의 원칙을 고수한다는 것이 항상 옳고 좋은 것만은 아님을 알게 됐다 할까. 하다못해 지금 듣고 있는 저 노래도 진짜 가수의 목소리인지 AI의 것인지 분간할 수 없는 세상이 되어버렸는데 말이다. 그리하여 먹을 만큼 먹은 나이에도 자신이 넘쳐서 신념과 원칙이란 이름으로 자기 주장을 절대 굽히려 들지 않거나 단언을 잘하는 사람들이 좀 위험해 보이기까지 한다. 하지만 이 또한 유연성, 융통성, 혹은 포용성이란 이름으로 나의 줏대 없음을 포장하려는 것일 테지.

이렇게 요즘은 매사 그때는 맞고 지금은 틀리거나, 거꾸로 그때는 틀리고 지금은 맞는 일들의 연속이 되어버렸다. 언제 다시 발작이 일어나 저 노란 벽과 탁자를 다른 색으로 확 뒤덮어버리게 될지 모르지만, 그래도 내 변덕에 사과 같은 건 하지 않겠다. 정치인도 아닌데 내 기분 내키는 대로 그때그때 달라요, 라고 말한들 무슨 대수겠는가. 무엇보다 노랑의 가장 매력적인 이미지가 바로 변덕과 충동이기도 하니 말이다.

현대수필

The 수필

● 막연히 싫어한다고 생각해온 노란 색을 가까이하면서 공글린 생각이다. 작가는 나이들면서 바뀌는 취향도 자연스레 받아들이며, 탄탄한 사유를 밀도 있게 펼친다. 노란 색의 긍정적인 면과 부정적 평가까지 가뿐하게 품는다. 삼박한 원숙미에 이끌린다. / 노정숙

운동화

허경옥 kayyun60@gmail.com

신호등이 있는 전선에 운동화가 걸려 있다. 하늘로 날아오르고 싶은 듯 바람을 타고 자꾸 허공에 발길질하고 있다. 누가 저기에 걸어놓았을까? 어떻게 저기에 걸 수 있었을까?

왼쪽 운동화의 끈과 오른쪽의 그것을 서로 단단히 묶어 하늘을 향해 쏘아올렸을 것이다. 한번에 척 올라가 앉지는 않았겠지. 그는 아마도 여러 번 시도했을 것이다. 어떤 마음으로 그랬을까? 한번에 안 되어 다시 시도하면서 자꾸 땅으로 곤두박질치는 운동화에 그는 욕을 마구 해댔을까? 아니면 기도를 했을까? 땅 위를 걷는 것이 너무 힘들어 이제는 더 못 걷겠다고 신을 벗어 던져올린 것은 아닌지. 문득 어떤 남자가 생각나서 가슴이 시려왔다.

몇 년 전 교회로 오십은 넘고 육십은 안 되어 보이는 한 남자가 찾아왔다. 그는 엘에이에서부터 걸어왔다고 했다. 그가 신은 운동화는 밑창이 반은 떨어져 나갔다. 원래 무슨 색이었는지 알 수 없게 때에 절었고 너덜너덜했다. 차로도 삼십 시간이 넘어 걸리는 거리이다. 2,400마일,

4,000㎞ 정도의 거리이다. 서울에서 부산이 456㎞라고 하니 그것의 거의 열 배 거리이다. 혼자서 오래 걸어서인지 그는 말을 잊은 듯했다. 묻는 말에 제대로 대답을 못했고, 본인이 관심 없는 질문은 그냥 무시하는 듯도 했다. 겨우 하는 대답도 발음이 정확하지 않았다. 마치 여러 가지 말을 한꺼번에 입에 넣고 한참을 혀로 굴려 하나로 뭉친 다음 내뱉는 것 같았다. 머리는 마구 엉켜진 실뭉텅이처럼 이곳저곳에 똬리를 틀고 있었다. 원래 의사였던 담임목사님은 절뚝거리며 들어오는 그를 보자마자 의사 본연의 자세를 갖추셨다. 먼저 그를 앉히고 발을 살피셨다. 사천 킬로미터를 걸어온 그 발은 이미 다 망가져 있었다. 부르튼 살에 염증이 생기고 염증 위로 흙먼지가 뒤엉켜 말라붙었다. 따뜻한 물을 가져오게 하여 그 발을 정성껏 씻겨주셨다. 곪은 부위를 째서 고름을 짜고 약도 발라 붕대로 잘 감아주고는 주일학교 교실 하나를 비워 간이 침대를 놓아 쉴 수 있게 해주셨다.

남자 화장실에 있는 샤워실에서 매일 씻을 수 있게 해주었고 음식을 제공했다. 우리들은 그에게 새 옷가지와 운동화 몇 켤레를 가져다주었다. 처음에는 말도 제대로 하지 않고 식사 후에도 그저 잠자기 바빴던 그가 한 달 정도 지나 발이 많이 나아지니 교회 안팎을 돌아다니며 청소도 하고 망가진 것이 있으면 고치기도 하였다. 페인트가 벗겨진 곳은 페인트를 사달라고 해서 칠도 새로 하였다.

건강이 어느 정도 회복된 그는 말도 조금씩 정확하게 하기 시작했다. 어떻게 해서 집을 나왔는지, 가족은 어디 사는지에 대한 질문에는 기억을 못하는 것 같기도 하고 일부러 답을 피하는 것같이 딴청을 피워 끝내 사연을 알 수 없었다. 그러는 그가 우리에게 부탁을 해왔다. 거리에서 자면서 본인을 증명할 수 있는 운전면허증을 잃어버렸다는 것이다. 그게 있어야 어디서 밥벌이라도 할 수 있는데 아무것도 없으니 또다시 걸인이 될 판이었다. 운전면허증을 내는 데 필요한 그 어떤 증명서도 그는 가지고 있지 않았다.

영주권자였다는 그의 기억을 더듬어 영주권 재발급 신청을 하기로 했다. 그런데 영문 이름을 적을 때 어떤 영자 스펠링을 사용했는지 그는 기억해내지 못했다. 그래서 우리는 이민국 영주권 기록을 다 뒤지기 시작했다. 그에게 들은 그의 생년월일만 가지고 비슷한 발음의 이름을 하나하나씩 찾아나갔다. 며칠 만에 그의 생년월일과 일치하는 그의 이름을 찾아 영주권 재발급 신청을 할 수 있었다. 그 소식을 들은 그는 처음으로 입가에 희미한 웃음을 띠었다.

그날부터 그는 매일 교회 우편함을 열어보았다. 이민국 업무가 원래 느리고, 그곳 직원도 한 달 걸린다 했다고 아무리 설명을 해도 그는 우편함 열어보는 것을 쉬지 않았다. 본인 이름의 편지가 없는 것을 확인하고 나서야 교회 이곳저곳을 기웃거리며 일거리를 찾았다.

그러던 그가 어느 날 갑자기 사라졌다. 우리가 사준 새 옷과 운동화는 그대로 두고 일하면서 입었던 작업복과 처음 온 날 목사님이 주신 운동화를 신은 채 사라졌다. 우리는 어디 잠깐 나갔나 하고 기다려보았다. 그러나 그는 하루가 지나도 이틀이 지나도 돌아오지 않았다. 그가 사라진 후, 오 일째 되는 날 이민국으로부터 새로 발급된 그의 영주권이 배달되었다. 우리는 그 봉투를 열어 새로 태어난 것 같은 영주권을 꺼냈다. 무표정한 그가 거기서 허공을 응시하고 있었다. 같이 있던 한 친구의 눈에 눈물이 맺혔다. “조금만 더 있다, 가지….” 말끝을 흐리며 그는 고개를 뒤로 돌렸다.

그때 목소리가 쩌렁쩌렁한 한 교인이 목사님을 찾으며 교회로 들어왔다. 아니 근원도 모르는 불한당을 교회에서 재우는 것이 말이 되냐며 어린 딸들의 안전은 생각하지 않느냐고 무슨 일이 나면 목사님이 책임질 것이냐고 이미 큰일을 당한 사람처럼 그는 핏대를 세우고 있었다. 영주권을 받기도 전에 또 어디로 그 고단한 발걸음을 향했는지 마음이 아파 눈물짓던 친구가 아직 물기가 가시지 않은 눈으로 그를 바라보았다. 또 다른 친구가 "아이고, 이제 걱정 안 하셔도 돼요. 이미 떠났어요, 걱정 많이 하셨구나!" 넉살을 섞어 그를 다독였다.

얼마나 사는 것이 힘들고 지쳤으면 다 버리고 무작정 걷기 시작했을까? 순탄하지 않았을 그의 이민생활이 눈에 보이듯 그려졌다. 그저 그가 잠시 쉼을 얻고 새로 발급받은 증명서로 다시 정상적인 삶을 살아갈 수 있기를 기대했다. 병든 몸으로 교회에 찾아온 사람을 돕는 일은 마땅히 우리가 해야 할 일이다. 그러나 어디서 왔는지 알 수 없는 한 남자가 교회에서 살고 있다는 사실이 교인들에게 알려지면서 그들 사이에서 불만의 목소리가 커지고 있었다. 그 사람이 무서워서 아이들을 교회에 보내기가 겁이 난다는 사람도 있었다. 사회 구석구석에서 별별 험한 일이 다 일어나니 그런 염려가 당연할지 모른다. 그렇지만 그저 교회에서 쉬고 있는 그를 두고 당신이 나쁜 일을 할까봐 걱정되니 이제 그만 나가달라고 할 수는 없는 일이었다.

그러다 문득 그가 교인들의 이런 수군거림을 들었을 것이라는 생각이 스쳐지나갔다. 그렇지 않고서는 며칠 안에 나올 영주권을 포기하고 이렇게 무작정 사라진 것을 설명할 수 없었다. 분명히 그랬을 것 같았다. 자신 때문에 아이들을 교회에 보내기가 무섭다고 불평하는 소리를 듣고 그는 떠나기로 했을 것이다. 운동화 끝을 고쳐 동여매고 안전하지 않은 그 거리로 다시 발걸음을 내디뎠을 것이다. 그렇게 떠나는 그의 가슴에는 또다시 황량한 바람이 불었을 테고, 희망의 끈은 더 가늘어지고 약해졌겠지.

아직도 그는 걷고 있을까? 어딘가로 돌아가서 무엇을 하겠다는 희망이 아직도 그의 가슴에 남아 있을까? 혹시 걷고 또 걷다가 지쳐서 어느 길목에 주저앉아 있지 않을까? 더는 걸을 수 없는 발에서 운동화를 벗어들고 양쪽의 끝을 이어 묶고 있지 않을까? 남아 있는 모든 힘을 다해 운동화를 하늘 높이 던져올리는 그가 보이는 것 같다. 운동화는 하늘 높이 날아오른다. 날으는 운동화에 그가 올라탔다. 그는 하늘을 향해 점점 높이 올라간다. 먼지 나는 땅을 내려다보며 자신보다 작아지고 있는 세상을 향해 그가 입술을 들어 미소짓는다.

한국수필

The 수필

● 4,000㎞를 걸어온 남자, 온전히 말도 못할 정도로 무너지고 망가진 채, 살고 싶어 교회로 깃든 남자. 그러나 그의 안식은 얼마 가지 못하고 산산이 부서진다. 사람의 혀는 무섭다. 병든 몸으로 간절하게 내민 손을 무참히 내칠 만큼 사람의 말은 잔인하다. 자신들의 작은 안위를 위해 함부로 내뱉은 말이 비수가 되어 다시 가엾고 부실한 그를 거친 황야로 내몰았다. 필자는 그의 행방을 상상한다. 남아 있는 모든 힘을 다해 운동화를 하늘 높이 던져올리던 그가 하늘을 향해 점점 높이 올라가면서 '먼지나는 땅을 내려다보며 자신보다 작아지고 있는 세상을 향해 입술을 들어 미소짓는다'는 결구에 어느 누구도 고개를 들 수가 없다. 지루하거나 처짐 없는 문장이 충분한 공감과 묵직한 감동을 전한다. / 조헌

발

황진숙 adoongaa@daum.net

굽혔다 폈다 하루를 끌고 간다. 구렁텅이 같은 바닥을 딛고 저벅거린다. 무명으로 태어나 목숨이 다할 때까지 한 채의 몸집을 짊어지고 세상의 길을 헤집는다.

갈라터진 세월은 발뒤꿈치에 쟁여놓는다. 일생을 동행한 이력으로 너덜거리는 기억들이 허옇게 층을 이룬다. 종일 신발에 몸을 구겨넣은 채, 보이지 않는 시야를 점유하느라 잡힌 물집과 덧난 상처쯤은 덮어둔다. 습한 어둠 속의 고린내를 탓할 겨를도 없다. 뒤꿈치가 땅에 닿아 지축을 울리자마자 바닥을 박차고 나간다. 한 치의 오차도 없이 일사불란하다. 핏줄 불거지도록 오그라들며 노면을 움켜쥔다.

요령을 부릴 줄 모르는 우직함은 타고났다. 허기진다고 꼬르륵 소리로 보채거나 화가 난다고 핏발을 세우지도 않는다. 눈물로 슬픔을 호소하거나 푸념을 늘어놓는 법도 없다. 그럴 수 있다고 토닥이는 손길을 받는 일은 더더욱 없다. 부여받은 소임으로 어딘지도 모를 종착지를 향해 무작정 걷는다. 저물녘, 몸 뉠 곳을 찾지 못해 헤매기도 한다. 속내를 알 수 없는 세상사로 헛디딘 날은 가차 없이 나뒹군다. 난장판 같은 생의 터전에선 밥벌이를 위해 우격다짐으로 구른다. 돌부리에 걷어차이고 등짝이 찍히고 피멍이 들어도 일어서야 한다.

머나먼 시절 짐승을 추격하며 맹수를 피해 줄행랑칠 수 있었던 건 발이 있어 가능했다. 미지의 대륙을 정복하고 정글을 탐험하며 사막을 건너 오아시스를 찾는 항로에 앞장선 이는 발이었다. 그가 가지 않으면 볼 수 없다. 맡을 수도 들을 수도 없다. 한 발 한 발 다가가야 기대고 안아주고 맞잡을 수 있으니 온몸을 지휘하는 선봉장이다. 영혼이 까무러질지언정 멈추지 않는 서사다.

살아남기 위해 들끓는 세상의 궁벽한 곳을 휘젓는 발. 천 년의 수령을 품은 나무의 뿌리처럼, 담벼락을 타고 넘는 호박의 넝쿨처럼, 허공을 날아오르는 새의 날개처럼, 물속을 헤엄치는 물고기의 지느러미처럼, 발은 어두컴컴한 암흑 속에 뿌리내리고 설상가상을 넘으며 현기증 나는 공중을 맴돌아 깊이를 알 수 없는 바닥으로 자맥질한다.

마흔 끝자락에 접어들도록 노역에 종사해온 내 발을 들여다본다. 미끄러지는 세상 지탱하느라 온 청춘을 걸었다. 굳은살이 박이도록 밟히고 치이며 여기까지 왔다. 반지하 방의 어둠을 몰아내고 하루의 생계를 유지하기 위해 발에 기댈 수밖에 없었다. 볼펜을 굴리고 자판을 두드리는 등 화이트칼라의 제스처에 물든 손은 험한 일을 거부했다. 손을 털고 모르쇠로 일관했다. 나약한 척 은근슬쩍 기대는 어깨와 휘어진 굴곡으로 비스듬해진 등도 그에게 짐을 전가했다. 하루하루 빚독촉에 시달리며 살얼음판을 디디느라 쉴 틈 없이 종종거렸다.

동굴 같은 컴컴한 시간을 지나오며 숱하게 속울음을 토해내고 싶었다. 가풀막을 오르내릴 때, 난데없는 작달비에 온몸이 젖어드는 날은 끝나지 않을 막막함에 주저앉기도 했다. 고달프고 서러워질 때마다 웅크릴 수 있게 숨을 죽여 멈춰서고, 다시금 일으켜 세워준 그였다. 이정표 없는 굽잇길을 생의 바깥에 선 수문장으로, 곤궁한 여정의 은신처로 보듬어줬기에 무시로 흔들리는 생애를 버틸 수 있었다.

하루의 소란이 모두 잠든 한밤중이 되면 그는 비로소 이고 진 무게를 내려놓는다. 뭉툭한 모양새로 밀고 온 시간이 가지런하다. 가만히 있으면, 질긴 세상살이에 곡예 부리듯 넘어온 세월이 들려온다. 칠칠치 못하게 고꾸라지기나 한다며 퍼붓는 원망과 질타의 소리, 살성이 그리 약해 어쩌냐며 훈수 두는 소리, 쿰쿰한 냄새가 난다고 퉁을 주는 소리가 허공을 울린다. 어쩌면 240밀리의 발은 옥죄는 세상에서 벗어나 자유를 갈망할지 모른다. 굉음과 소음이 뒤엉킨 거리가 아닌, 풀벌레가 목청을 돋우는 황톳길의 감흥에 젖어들고 싶었을 것이다. 낮달이 밤달이 되도록 유유자적 늘어지고 싶었으리.

그간 선심 쓰듯 신발만 던져주며 무심했던 죄과가 떠오른다. 뻣뻣하게 각을 세우는 신발이 달려들어도 순응하길 종용하던 내가 아니던가. 그럼에도 수많은 생채기를 침묵으로 감내해온 발이 듬직하다. 동살이 잡히면 부스스한 잠을 떨치고 떠날 채비를 하는 발이 미덥다. 세상의 문이 닫힐 때까지 육신의 밑바닥에서 엮어낼 일생의 경전이 거룩하기만 하다. 여기저기 고이는 통증에도 결코, 무너지지 않을 걸음걸음의 발을 경배한다. 거칠어진 그를 한껏 쓰다듬어준다.

인간과문학

The 수필

● 발은 어떤 고통에도 침묵으로 이겨내고, 눈을 뜨면 나설 준비를 알아서 하며 생이 다하는 날까지 바닥의 시간을 걷는다. 어쩌면 우리 몸에서 가장 무관심한 대우를 받는 부위가 아닌가 싶다. 발이 살아온 흔적은 한 사람의 생이다. 고단해도 결코 한 곳에 머물지 않는, 영혼의 걸음걸이에 날개가 펄럭일 것 같은, 유토피아를 읽는다. / 한복용

The 수필

Summer

반은 맞고 반은 틀리다

김경혜 hae-kim@hanmail.net

하필 그날 천 원이 모자랐고, 원고 마감일이 코앞이었다.

34년 전 어느 봄날 저녁, 그녀는 H호텔 커피숍에서 나가지 못했다. 지갑에 5천 원이 없어서였다. 아니, 천 원이 모자라서가 더 맞는 말이겠다. 그는 약속 시간이 거의 한 시간이 지난 뒤 나타났다. 기획실 직원이었던 그는, 관련 부처 장관이 자신의 회사를 불시에 방문한다는 정보를 입수해 확인할 일이 많았다고 했다. 잡지사에 다니던 그녀는 마감을 앞두고 원고를 읽고 있어 시간이 그렇게 많이 지났는지 몰랐다고, 미안해 하는 그에게 말했다. 반은 맞고 반은 틀리다.

사실 약속 시간이 10분쯤 지났을 무렵, 기분이 살짝 상한 그녀는 가야겠다 생각했다. 부탁한 메뉴판을 기다리며 무심코 열어본 지갑엔 천 원짜리 4장이 들어 있었다. 잠시 후 메뉴를 본 그녀의 얼굴이 붉어졌다. 음료의 가격이 모두 5천 원을 넘었다. 그가 안 올 리는 없을 거란 턱없는 믿음으로, 주춤주춤 원고를 읽다보니 한 시간이 흘러갔던 거였다.

29살이 되고 찬 바람이 불기 시작할 무렵, 전에 없던 초조함이 슬며시 찾아왔다. 어머니가 종종 하시던 얘기도 그녀의 불안을 부추기는 데 한몫을 했을는지 모르겠다. "너, 명주 고르려다 삼베 고른다"는 그 말. 해가 바뀌어 꽃소식이 들려오고 봄바람에 마음이 흔들리던 날, 생각지도 못한 전화 한 통이 그녀의 삶을 바꾸어놓았다.

취재차 알게 됐던 D그룹의 기획실 차장이 1년 만에 전화를 걸어왔다. "우리 회사 기획실 과장인데…, 전도유망해" 하며 부하직원을 언급했다. "약간 교장 선생님 스타일이야"가 머릿속을 맴돌았지만, 잊지 않고 전화를 걸어온 어른의 호의를 차마 거절할 수 없었다. 천 원이 모자랐던 그날이 바로 소개받은 후 첫 번째 데이트 약속이 있던 날이었다.

첫눈에 반한 것은 아니었으나 그의 반짝이는 위트에 즐거웠고, 활짝 웃을 때의 선한 느낌이 좋았다. 게다가 성실하고 전도유망하다니 안심이었다. 퇴근 후 늘 그의 직장동료들이나 친구, 후배들과 여럿이 어울려 불빛 아래에서만 보다가, 어느 일요일 낮에 단둘이 만났을 때였다. 길 건너편에서 그녀에게 손을 흔들며 웃고 있는, 작은 키에 검게 그을린 얼굴의 남자가 무척 낯설게 느껴졌다. 놀란 그녀가 혼자 중얼거렸다. "내가 만난 사람이 저 사람 맞아?"

맞선만 200번을 넘게 봤다던 그와 독신주의자라며 버티던 그녀가 결혼했다. 4월 1일에 처음 만나 만우절의 정령에게 붙들리기라도 한 듯 거짓말처럼.

둘은 달라도 참 많이 달랐다. 그녀는 치약을 아래부터 눌러쓰고, 그냥 불쑥 어디론가 떠나보자고 하고, 그는 치약의 가운데를 푹 눌러쓰고, 여행지 근처의 맛집까지 검색해보고 일정대로 다니기를 원했다. 가정에도 리더는 한 명이어야 한다며 대세에 지장이 없는 한 자신의 의견을 따라줄 것을 요구했다. 그녀는 개개인의 의견을 무시하는 것은 말도 안 되는 권위적인 행동이라며 순순히 동의하지 않았다. 어느 날, 그가 말했다. 결혼은 했지만 공유할 것은 공유하되, 각자의 삶의 방식을 유지하면서 살면 좋겠다고. 주변에 결혼한 친구들을 보면 각자의 삶이 없어진 것 같고, 결혼 전과 많이 달라진 모습을 보여줬는데 자기는 그게 너무 싫다며….

그 말이, '난 결혼해도 달라진 거 없어'라는 걸 보여주고 싶은 허세였으리라는 것도, 시간이 지나면 자신의 말이 스스로도 책임질 수 없는 말이었음을 그가 저절로 깨닫게 되리라는 것도 그녀는 알 수 없었다. "그럴 거면 대체 결혼을 왜 한 거냐"고 서운함이 가득 담긴 눈빛으로 그에게 따져 물을 뿐이었다.

돌이켜보면, 그가 제시한 삶의 방식은 더 많은 신뢰가 쌓인 후였더라면, 지혜롭고 현명한 제안이었을지도 모르겠다. '따로 또 같이'의 삶을 살아가자고 한 것이 아닌가. 그저 나이만 들었을 뿐, 미숙했던 두 남녀는 맞닥뜨린 상황을 자기식으로만 판단하고 해석하려 했다. 자신의 생각이 전적으로 맞다는 확신만 있을 뿐 아닐 수도 있다는 가능성은 닫아둔 채, 상대가 틀렸다고 고집했다. 우물 안 개구리들이었는데, 혼자만 바깥 세상을 다녀온 것처럼 주장할 때도 있었다. 어차피 튜브 안에는 한정된 양의 치약이 들어 있고, 어디를 눌러 짜든 작은 습관의 차이인 것을….

반은 맞고 반은 틀렸다. 다른 것은 다를 뿐인데, 다른 것을 틀렸다고 여겼다. 이 왜곡된 생각을 바로잡고 받아들이는데 꽤 오랜 시간이 걸렸다.

문득, 오래 전에 읽은 글이 떠올랐다. 결혼한 지 50년 넘게 다정하게 지내고 있는 미국의 부부 200쌍에게 '좋은 관계를 유지하며 살아온 비결은 무엇인가'라는 질문에 서로에게 가장 많이 했던 말이 '예스 디어Yes, dear'였기 때문일 거라 답했다는.

"어, 알겠어", "그렇구나" 같은 말을 그녀가 듣고 싶었듯이 그도 그랬으리라. 이 쉬운 말들이 그렇게 하기 어려웠다니, 듣고 싶지 않은 말들은 서로 그렇게 쏟아내면서….

돌아누워 잠든 그의 등이 쓸쓸해 보인다. 오늘 따라 유난히 작아보이는 것도 같다. 사업을 시작한 지 얼마 안 돼 불어닥친 외환위기로 수 차례 부도 위기를 넘기며 참아냈을 속울음이 얼마였을까. 바로 옆 공장에 불이 났을 때 유독성 물질이 들어 있는 드럼통이 여기저기서 펑펑 터지고, 불붙은 드럼통이 폭발하듯 그의 회사 마당으로 떨어졌다. 불길은 거셌고, 자신의 회사에 불이 옮겨붙는 것을 지켜볼 수밖에 없던 그는, 자신도 모르게 다리가 풀려 그 자리에 주저앉아 눈물을 쏟아내야 했다. 어디 그뿐일까. 긴 시간 공들여 키워내 이젠 제 몫을 해낼 거라 기대했던 직원들이 어느 날 갑자기 그만두겠다고 했을 때 흘렸을 식은땀도 외로운 등엔 배어 있을 것이다. 스스로 결정내리고, 오롯이 책임져야 하는 자리가 주는 부담이 등을 더 움츠러들게 했으리라.

돼지털이라 놀림받았던 굵고 숱 많은 그의 머리털이 성글어져 모자 없인 겨울 외출이 어려워졌다. 건조해진 몸이 가렵다며 손이 닿지 않는 등에 보디로션을 발라달라는 횟수가 부쩍 늘어났다. 그녀 또한 아침에 일어나면 손에 감각이 없다며 주물러달라고 그에게 손을 내민다. 자동차 키를 어디에 두었는지 몰라 며칠씩 찾다가, 찾는 일조차 잊어버렸다. 그와 그녀, 함께 늙어가고 있다.

그녀가 고른 것은 명주였을까, 삼베였을까.

에이, 명주건 삼베건 잘 입고 살았고, 지금껏 함께 있으면 됐지 뭘!

계간수필

The 수필

● 수필의 전개가 3인칭 시점이어서 더 상큼하게 읽힌다. 다른 것을 틀렸다고 여기며 살아온 미숙함의 세월, 시간을 되돌린다고 해도 인간은 같은 시행착오를 겪었으리라. '반은 맞고 반은 틀리다'의 지혜는 숙성 시간이 흘러야만 얻을 수 있는 것 같다. 힘들게 얻은 것은 전하는 울림이 좋다. 그녀가 애초 고른 것이 명주였든 삼베였든, 연민으로 서로를 보듬는 부부의 모습이 이미 결 고운 명주다./ 문혜영

산옥이 나무

김산옥 s2k2y@hanmail.net

〈산옥이 나무〉라는 것이 싫었다.

내가 태어난 고향은 고양군 어느 야트막한 야산이다. 나는 본래 하늘을 가릴 만큼 큰 목재가 될 '전나무'다. 내 혈통은 웅장하고 멋진 가문이다. 오대산 전나무 숲이 말해주듯이.

내가 어느 남정네 손에 이끌려 작은 화분에 심어진 것은 순전히 운명이었다. 내 몸은 인위적으로 기형을 만든 분재는 아니다. 비록 작은 화분이지만 견딜 만했다. 처음에는 그랬다.

나는 어느 해 안양에 사는 산옥이네로 왔다. 화초를 좋아하는 그녀는 나에게 부담스러울 만큼 관심을 주었다. 날마다 들여다보며 눈 맞춤해주고, 물을 주고, 쓰다듬어주었다. 성탄절에는 반짝이는 장신구를 뒤집어씌우고 크리스마스 트리를 만들어놓기도 했다. 뼈대 있는 가문의 후손으로 내 본새가 좀 우습기는 하지만, 사랑받는다는 것으로 체면을 내려놓기로 했다.

그렇게 사는 동안 옹색한 베란다에서 십수 년을 보냈다. 내 조상이

워낙 키 크고 뼈대 있는 혈통이라지만, 아무리 나이를 먹어도 더는 키가 자라지 않았다. 자코메티의 〈걸어가는 사람〉처럼 앙상한 내 모습이 초라했다. 기후의 변화가 없는 이곳에서는 더는 발을 뻗을 자리가 없다. 날마다 물을 마셔도 시원하게 트림을 할 수가 없다. 그녀가 가끔 소화불량으로 얼굴을 찌푸릴 때처럼, 내 온몸의 이파리가 누렇게 변해갔다. 그녀는 이런 내 모습을 유심히 지켜보았다. 슬픈 눈으로….

겨우내 독감 앓듯 베란다 구석에서 웅크리고 있었다. 내 몸 어디에도 수액이 돌지 않았다. 그런 나를 들여다보던 그녀가 속삭이듯 위로한다. "조금만 더 견디렴, 새 봄에는 너에게 자유를 줄게."

꽃소식과 함께 만물이 수런거리는 봄날이다. 그녀는 끙끙대며 나를 안고 공원으로 갔다. 베란다에서 가장 잘 보이는 길 건너 공원에다 나를 옮겨 심었다. "그래 나무는 땅 기운을 받으며 뿌리를 내려야지. 여기서 네가 원하는 만큼 키를 키우렴. 사계절 온도의 변화도 체험하고, 하지만 큰 나무 아래에 있다고 기죽지 마, 너는 나무 중에도 으뜸인 전나무라는 사실을 잊어서는 안 돼. 내가 늘 창 너머로 지켜볼게."

그렇게 나는 공원에 심어졌다. 그녀는 푸석하게 헝클어진 왜소한 내 가슴에 〈산옥이 나무〉라는 동그란 이름표를 걸어주었다. "이건 너를 지켜주는 부적이야." 전나무라는 근사한 내 이름이 있음에도 굳이 〈산옥이 나무〉라는 이름표를 달아주는 것이 내심 불쾌했다. 정말 싫었다.

나는 공원에서도 한참 동안 뿌리를 내리지 못했다. 오랜 가뭄과 응달 아래서 내가 원하는 만큼 자랄 수 없었다. 그런 내가 안쓰러운지 때마다 그녀가 와서 물도 주고 말을 걸어주었다. "견뎌야 해. 그래야 너의 본 모습을 찾게 돼."

늦봄이다. 베란다에서 함께 살던 동백이가 내 곁으로 왔다. 내가 처음 이곳으로 오던 날처럼, 누렇게 떠서 다시는 제 구실을 못할 것 같은 모습이었다. 그녀는 동백이를 내 옆 저만치에 심어주었다. "둘이 의지하며 잘 자라렴. 꽃도 피우고." 그녀는 동백이에게는 이름표를 달아주지 않았다. 내 가슴에 촌스럽게 매달린 〈산옥이 나무〉 이름표가 더 싫어졌다. 당장이라도 떼어내고 싶었다.

동백이는 무더운 여름을 보내고 선선한 가을을 보내는 동안 조금씩 제 모습을 찾아간다. 꿋꿋하게 겨울을 보낸 동백이가 새 봄이 되자 신고식처럼 커다란 꽃송이를 터트린다. 그녀는 지나가는 사람도 아랑곳없이 방방 뛰며 기뻐한다. "아가, 잘 견뎌줘서 고마워!"

동백이가 또 한 송이의 꽃을 피우던 날이다. 어둑한 저녁에 웬 남자가 동백이를 캐서 화분에 심는다. 주변을 살피며 동백이를 안고 골목길을 향해 잰걸음으로 사라진다. 지켜볼 뿐 아무것도 할 수 없어 애가 탄다. 좁은 화분 속에서 다시 노랑병에 걸릴 동백이를 생각하니 그녀가 더 걱정된다.

이른 아침 동백이 꽃을 찍으려고 달려온 그녀가 두리번거린다. "어, 동백이가 어디 갔지?" 동백이 빈자리를 바라보는 그녀는 자식 잃은 모습이다. 그때 알았다. 내 가슴에 이름표를 달아준 이유를. 누가 나를 캐가지 못하게 함이었다는 것을. 〈산옥이 나무〉라는 촌스러운 이름표는 그렇게 나를 지켜주는 든든한 지킴이였다는 것을.

나는 자연의 정직한 질서를 배우며 느티나무와 은행나무 사이에서 조금씩 몸집을 키우는 중이다. 키 큰 나무 아래 햇볕 없는 그늘 속에서 쑥쑥 자라지는 못하지만, 산옥이 모르게 아주 조금씩 키가 큰다. 그녀는 그런 나를 날마다 와서 토닥여준다. "에고, 큰 나무 아래서는 작은 나무가 자랄 수 없다더니 니가 그렇구나. 하지만 힘내, 너는 뼈대 있는 전나무거든." 안쓰러운 듯 나를 매만지고 가는 날은 마음이 그렁해진다. 가족처럼 여겨주는 진심 어린 응원에 힘차게 수액을 올린다. 왜소했던 어깨도 쭉 펴진다.

처음 만났을 때 그녀는 새 집을 짓고 마음 따뜻한 날들을 보내고 있었다. 나는 어느 남정네 가슴에 안겨 집들이 선물로 그녀 집으로 왔다. 나를 받아 안고 좋아하던 모습을 지금도 기억한다. 그때 그녀는 삼십대 중반 새파란 새댁이었다. 노랑병이 든 나를 공원으로 옮길 때 그녀는 오십을 향하고 있었다. 내가 본 여인 중에 가장 예쁜 중년이었다. 내가 공원에서 아무도 몰래 키가 커가는 동안 그녀는 어느새 육십을 넘어섰다.

계절이 순환을 거듭하는 동안, 그녀는 날마다 베란다 문을 열고 나를 바라봐주었다. 손짓도 해주고 고개를 갸웃이 하고 환하게 웃어주기도 한다. 나를 향한 끊임없는 관심에 외롭지 않다. 나도 공원에서 날마다 그녀네 베란다를 톺아보곤 한다. 가끔은 고단한 불빛이 새어나오기도 하고, 때로는 웃음소리가 들리기도 한다.

문득, 나는 힘차게 젊어가고 그녀는 무심히 늙어간다는 것을 깨달았다. 그 예쁘던 모습에 주름이 생기고 머리는 반백이 되었다. 그녀는 자꾸만 작아지고 나는 날마다 크고 있다는 것을 슬프게 알아가는 중이다.

올해도 어느새 서릿가을이 되었다. 내 옆에 느티나무도, 은행나무도 그녀처럼 노랗게 물들었다. 오늘도 그녀는 손자를 기다리며 내 곁에 와서 한참 쳐다본다. "놀래라! 언제 이렇게 큰 거야? 크지 않는다고 걱정했는데 이렇게 자라다니, 장하기도 하지."

그녀는 상대적으로 큰 나무 옆에 있는 내가 커가는 것을 알아차리지 못했다. 느티나무 허리까지 쑥 올라온 나를 오늘에야 알아본다. 나를 바라보는 눈에 사랑이 가득하다. 나는 든든한 가족이 있다는 것이 기쁘다.

이제 나는 어느 집 베란다에도 들어갈 수 없고, 그 누구도 선뜻 캐갈 수 없을 만큼 키가 자랐다. 지금은 내 가슴에 걸려 있던 〈산옥이 나무〉라는 이름표가 비바람에 삭아 없어졌어도 당당하게 서 있다.

월정사 선재길에 하늘을 찌르고 서 있는 육백 살 먹은 전나무처럼, 나도 멋지게 나이테를 늘릴 것이다. 훗날 그녀가 가고 없어도, 수없이 세월이 흘러도 〈산옥이 나무〉로 우뚝 남아 있을 것이다. 그녀가 바람으로 윤회하여 내 나뭇가지를 쓰다듬어줄지도 모르니까.

인간과문학

The수필

● '산옥이 나무'는 '그녀'가 새댁일 때 집들이 선물로 받은 전나무다. 노랑병에 걸려 공원에 심기며 '산옥이 나무'라는 이름표를 달았다. 나무가 공원에서 적응해가는 동안 그녀는 육십을 넘었다. 그녀는 "자꾸만 작아지고" 나무는 "날마다 크고 있다" 나무 입장에서 바라본 인간의 순수함이 한 편의 동화를 읽는 듯 마음까지 맑아진다./ 한복용

청포도 맛 캔디 두 알

김용순 01034665269@hanmail.net

청포도 맛 캔디가 비닐 안에서 말간 눈망울로 올려다본다. 비닐은 투명하지만, 엄연히 존재하기에 기밀氣密의 기능으로 청포도의 향도 사탕의 맛도 느낄 수는 없게 한다. 성급히 다가와서 주민등록증 대신 쥐어주던 담당 주무관의 고운 눈이 겹친다.

언제부터인가 남편을 대신하는 건 주민등록증이 아닌 여권이나 운전면허증 같은 시한부 신분증이었다. 여권은 이미 유효기간이 지나 폐기되었다. 운전면허증도 적성검사를 받지 못해 곧 말소된다고 했다.

'주민등록증이 있어야 주민이지.'

코로나19 창궐로 문밖 출입조차 꺼려지는 상황이었지만, 마스크로 무장하고 주소지 발급기관을 찾았다. 분실신고도 재발급 신청도 당사자가 직접 와야 할 수 있단다. 돌아와서 정보를 검색하다가 인터넷으로도 신청이 가능하다는 글을 찾아냈다. 정부24 사이트에 접속한 후 병실에 누워 있는 남편에게 영상 전화를 걸었다. 자료를 주고받아 입력하며 분실신고와 재발급 신청 절차를 마쳤다. 접수 후 몇 달 같은 며칠을 견디고 주민등록증이 재발급되었으니 찾아가라는 문자를 받았다. 이제 됐다 싶었다. 그러나 본인이 아니면 신청 접수가 불가하다던 주무관은 이번에도 본인이 아니라서 교부할 수 없단다. 잘 아시잖냐는 말이 너무나 차가웠다. 줄줄이 연결된 튜브와 산소통을 끌고 오란 말인가. 이미 발급된 남편의 주민등록증을 내어주지 않는 담당 공무원이 야속하기만 했다.

오미크론이라는 변이바이러스는 정점을 향해 확진자를 쏟아내기 시작했다. 그렇다고 앉아 있을 수만은 없었다. 담당자의 도움을 받아 신청하면 대리수령이 가능하다는 정보에 매달려 다시 발급 신청을 시도하기로 했다. 지문을 채취해야 하니, 입원 병원과 가까운 행정복지센터가 낫지 싶었다. 가장 가까운 곳을 찾았다. 다행히 젊은 주무관은 기꺼이 도와주겠다며 몇 가지 서류를 확인하고 이것저것 적더니 일주일쯤 후 연락이 갈 것이라 했다. 그사이 남편의 숨은 한 차례 리듬을 깨트렸다.

약속한 날짜가 되어도 소식이 없어 전화했더니, 담당 주무관이 오미크론에 감염되어서 닷새 후에나 업무 복귀가 가능하다고 했다. 어쩔 수 없이 닷새를 다시 견디고, 그제야 출근한 주무관은 방호복 차림으로 남편의 병실로 들어가 재발급 신청 절차를 마무리지어주었다. 기다리는 나에게, 선생님은 건강하시다고, 지문 채취도 잘 마쳤다고 위로했지만 초조했다.

톨스토이는 「사람은 무엇으로 사는가」를 통해 이렇게 말한다, 사람에게는 자신에게 무엇이 필요한지를 아는 능력이 주어져 있지 않다고. 나는 남편에게 주민등록증이 필요한 줄로 알았다. 주민등록증을 재발급 받아주는 일은 내가 해야 할 의무인 줄로만 알았다. 유효기간이 정해져 있지 않은 주민등록증은 영원한 그의 숨이었기에 그동안 허투루 보낸 시간이 안타깝기만 했다. 처음부터 '젊은 주무관'을 찾아 현장 접수를 했더라면, 코로나19가 그 직원을 덮치지만 않았다면 적어도 한 달 이상의 시간을 허비하지 않아도 되었을 텐데….

상황은 점점 악화하였다. 남편의 산소포화도 수치는 미끄럼을 타고, 옥죄어오는 정부의 방역수칙으로 면회조차 할 수 없었다. 건물 밖에서 스마트폰을 통해 단편적인 근황만을 살폈다. 20여 일만 더 견디면 주민등록증이 나온다. 그러나 불규칙하게 잦아들던 남편의 숨은, 더는 견디지 못하고 기어이 멎고 말았다.

며칠이 허둥지둥 가고 그런 와중에 주민등록증이 발급되었다는 연락을 받았다. 제정신이 아니었나보다. 한달음에 달려갔다. 이미 기능을 상실했지만, 간직하고 싶다고 했다. 그렇다면 회수하는 게 원칙이란다. 못내 자리를 뜨지 못하는 나를 세워두고, 상사인 듯한 직원에게 가서 자문하고 온 주무관은 더욱 단호하게 내어드릴 수 없다고 했다. 만져보기라도 하자는 체념의 소리가 울림을 일으켰다. 더는 소용이 없어진 남편의 주민등록증, 손안에서 그가 도리질하며 반짝거렸다. 스마트폰을 꺼내 영상으로 담았다. 그러고는 남편을 그랬듯이 주민등록증을 돌려보내야 했다. 내 몸이 녹아내리는 듯 바로 설 수 없었다. 황급히 다가온 주무관이 음료 권하는 소리가 어렴풋이 들리며 손에 무언가 쥐어졌다. 캔디 두 알이었다.

남편에게 주민등록증이 더는 필요 없을 거란 생각을 차마 하지 못했었다. 잠시 후의 일을 모른 채, 일 년을 신어도 모양이 변치 않고 실밥이 터지지 않는 가죽 장화를 주문한 '사람은 무엇으로 사는가'의 인물, 그

신사였다. 신사는 구두장이조차 처음 보는 최고의 가죽을 구해왔지만, 장화를 주문하고 돌아가는 길에 마차에서 떨어져 최고급 장화는커녕 아무 장화도 신을 수 없게 되었다. 나 역시 예후가 좋지 않다던 담당 의사의 서늘한 눈빛을 진즉에 읽었어야 했다. 그러나 설령 그렇다고 해도 받아들일 수 없었고, 그러기에 지푸라기라도 잡아야 했다.

힘겹게 버티던 그의 모습이 채찍으로 다가온다. 영상으로만 존재하는 주민등록증 대신 캔디 두 알의 실체를 본다. 비닐을 벗겨내고 입에 넣으면 새콤하고 달콤하려나.

수필과비평

The 수필

● 남편과의 사별에 대한 직접적인 서술을 자제하며 주민등록증을 발급받는 과정에 집중한다. "주민등록증이 있어야 주민이지"라는 생각은 퇴원 후 남편이 복귀할 사회적 공간과 관계를 전제한다. 중환자였기에 직접 신청과 수령이 불가했던 신분증은 무수한 규정의 정글 속에서 생전의 남편 손에 쥐어지지 않았다. 일부 특권층에는 편법이 난무하지만, 차이가 존재한다는 사실을 인정하는 예외는 없다. 사랑하는 이의 부재가 기억으로만 남게 된다는 절망스러운 현실을 인정하는 것에서부터 애도는 시작된다. 사망신고를 한 민원인에게 건넨 '캔디 두 알'의 위로에도 불구하고 애도에 이르는 길은 아직 멀다./ 엄현옥

암사마귀와 일벌

김정애 e9812606@hanmail.net

수컷 사마귀가 교미를 위해 암컷에게 접근한다. 수컷이 조심스럽게 암컷에게 기어올라가 꽁지를 맞춘다. 암컷은 수컷이 마음에 들었는지 가만히 있다. 제 성질머리로는 접근하자마자 공격할 텐데 말이다. 그래도 방심은 금물. 교미가 채 끝나기도 전에, 암컷은 수컷의 머리부터 씹어먹는다. 그 와중에도 교미 행위는 끊어지지 않는다. 오히려 수컷의 행위는 촉진된다. 곤충의 머리 부분은 몇 가지 억제신경의 중추가 모여 있는 것에 불과하기 때문이다. 사마귀 암컷은 수컷의 정자를 받아주는 대신 영양이 풍부한 그의 몸을 통째로 섭취하는 극악한 악녀의 면모를 보여준다. 수컷은 교미를 위해 암컷에게 산 채로 잡아먹히는 죽음의 거사를 스스로 선택해서 치렀다. 왜? 무엇 때문일까?

일벌의 둥지에 누군가 접근한다. 벌집을 지키던 일벌들이 긴장한다. 저 녀석이 우리 벌집을 공격하려는가? 꿀을 훔쳐가려고 하나? 경계선을 넘었다고 느낀 순간 일벌들은 가차 없이 날아가 침을 쏘아댔다. 적은 퇴치됐다. 그러나 침을 쏜 일벌 또한 죽어버렸다. 침과 함께 내장 일부도 찢어진 채 따라나왔기 때문이다. 일벌의 침 공격이란 자신도 죽어야 하는 가미가제식 공격이다. 집단의 안보와 이익을 위해 스스로 희생했다. 죽은 일벌은 이 희생으로 얻은 이익을 공유받을 수 있을까? 인간사회처럼 사후 명예를 부여받지도 못할 것이고, 직계후손이 없는 일벌이니 자식에게 돌아갈 명예도 없다. 집단을 위한 순수한 이타적 행위다. 어떻게 이런 행동이 가능할까?

암컷 사마귀의 이기적 행동과 일벌의 이타적 행동을 우리는 인간적 도덕 가치로 판단하여 악과 선의 양극단에 이들을 갈라놓는다. 그런데 그 이유를 통합할 하나의 해답을 준 이가 있다. 리처드 도킨스다. 그가 1976년 발표한 『이기적인 유전자』에 의하면, 우리 각각의 개체는 유전자라는 이기적 유전자를 보존하기 위해 맹목적으로 프로그램되어 있는 '생존기계'에 불과하다고 했다. 개체가 보이는 이기적, 또는 이타적 행동들은 다만 유전자 입장에서의 이기적 생존본능에 의해 나온 행동이란다. 이 책이 나오자, 세간에 신선한 충격과 함께 큰 논란이 일며 일대 센세이션을 일으켰다. 그 후 50년 가까운 세월 동안 과학자들에 의해 끊임없이 비판·검증되었고, 도킨스 자신도 후속 연구를 통해 지속적으로 이 이론을 뒷받침함으로써 그 섬세한 논리에 지금은 학계도 대체로 설득당한 분위기다.

서울대 최기철 박사가 처음 우리나라에 번역한 이 책을 나는 1995년경에 접하곤 그 신박한 아이디어에 매료되었다. 인간이 다른 종들과는 달리 특별한 존재일 거라는 막연한 신념이 바람 부는 늦가을 잎새처럼 흔들렸다. 그 반감에 제대로 공부해보지도 못했던 철학과 인문학의 존재가 고파졌다. 그러다 무심히 세월 따라 책장이 갈색으로 변하도록 내게 잊혀진 『이기적인 유전자』를 올해 다시 꺼내 읽었다. 이제는 쇼킹보다 찬찬히 이론을 살피며 고개를 끄덕이기도 하고 생각에 잠기기도 했다. 이어서 『플라톤』의 「크리톤」을 읽었다. 당시 주류였던 자연철학이 아닌 인간을 탐구하기 시작한 소크라테스가 말한, 영생하는 혼의 존재에 대한 논리전개에 탄복하기도 하고, 불교사상과 동양철학과의 유사점에 놀라기도 하였다. 당시 아낙사고라스 등이 설파한 자연철학 연구의 미비한 논리를 명석한 소크라테스로서는 당연히 납득하기 어려웠으리라.

젊은이들을 현혹하며, 신을 믿지 않았다는 가당찮은 죄목으로 아테네 법정에서 사형판결을 받은 그가, 살길이 있었는데도 의연하게 죽음을 선택한 것은 현실의 아테네 법치를 존중한 것도 있고, 혼의 영구성에 대한 믿음이 있었기 때문이기도 하다. 그러기에 저녁이면 사형집행이 되는데도, 아침 일찍 그를 찾아온 제자들의 슬픔을 그는 오히려 위로하며 감옥에서 열띤 토론을 펼친다. 이 장면을 그린 것이 「크라톤」이다.

철학자답게 죽음이 왜 슬픈 일인지 물으며, 죽음이 영원한 잠이든, 죽은 후 자기 혼이 지나간 위대한 영웅들을 만날 수 있든, 다 즐거운 일이라고 운을 떼기 시작했다. 배움이 상기想起라는 자들의 반박과 불안을 잠재웠다. 나는 제자들의 이의를 내 입인 양 공감하며 소크라테스의 말을 들었다. 그럼, 진화론이 지동설만큼이나 의심의 여지가 없게 된 지금, 소크라테스는 인간의 혼 불멸설에 대해 어떤 논리를 펼칠까?

소크라테스와 플라톤, 다윈과 도킨스를 한자리에 모셔서 토론을 시켜보고 싶다. 우리 인간 존재와 그 본성에 대해서 깊이 있는 논쟁을 나의 온 영혼을 끌어다 지켜보고 싶다. 소크라테스의 입을 빌려 제시했던 플라톤의 이데아론도 더 들어보고 싶고, 진화론의 최근 이론도 더 알고 싶다. 생각하는 힘이 부족한 나의 이 혼란한 마음의 추를 그들의 입을 통해 잡고 싶지만, 누렇게 바랜 책처럼 각각의 오래된 인류의 보고를 정리하고 통합하며 판단해야 할 과업은 나를 비롯한 오늘을 살아가는 우리 각자가 감당해야 할 몫이리라.

어느새 사마귀와 일벌에 대한 선악 개념이 무너져내렸다. 우리 개체란 다만 유전자 보존을 위한 생존기계임을 받아들였나보다. 그래도 혼은…. 황망한 마음으로 소크라테스를 불러본다.

에세이문예

The 수필

● 이 글은 진화론과 영혼불멸설에 대한 상충된 문제의식을 제기하고 있다. 사마귀와 일벌의 예로 선악善惡개념이 무너지고, 다만 이기적 유전자가 보존을 위한 생존기계임을 주장하는 진화론 앞에 작가는 소크라테스의 영혼불멸설을 떠올리며 아쉬움을 토로한다. "영혼은 불멸이 아니라 필멸必滅하며 죽는 순간 육체와 더불어 사라진다"는 데이비드 흄의 말을 상기하게 된다./ 맹난자

밥이라 쓰고 법이라고 읽는다

김정태 j-tae42@hanmail.net

아내와 모의했고 나는 실행에 옮겼다. 모의 시간은 늘어졌고, 긴 시간은 축축하고 헐거워 몸에 감기지 않았다. 나는 말할 수 있는 것들을 찾았고, 말하여질 수 있는 것들의 더러움에 목이 메어 겨우 말했다. 더러움을 말할 때, 내가 알고 있는 세상의 아름다움이 아까워 손끝이 시렸다.

압력밥솥의 뚜껑을 감췄다. 당신의 작은 키로는 손에 닿지 않게 맨 위쪽 찬장에 깊숙이 넣었다. 품에 안고 젖을 빨리고 밥알을 으깨어 입에 넣어주던, 그 일을 할 수 없을 것이라 믿으며 밥을 안치는 것부터 근원적인 차단을 해야겠다고 모의했고 합의한 일이었다. 하지만 당신의 고단하고 순결한 노동으로 밥을 먹여온 아들의 잔꾀 정도는 통하지 않았다. 퇴근해서 주방에 들어서니 압력솥의 추는 사물놀이판의 상쇠머리 돌아가듯 하고 밥 탄내가 진동했다. 숨길 수 없는 세상의 아름다움도 절벽의 꽃을 따오는 과정이 있다면 목숨을 걸어야 할 때가 있다.

밥하는 일은 이제 위험하니 그만하시라고 수년 전부터 수십 차례 건

넨 말이다. 하지만 아들이나 며느리의 지껄이는 소리가 어머니의 머릿속에 남아 있지 않다. 그렇게 머릿속을 비우신 지가 꽤 오래되었다. 흐르는 시간의 개념을 잊은 지 오래다. 그저 진행을 느리게 하는 약이 최첨단 의술이라니 도리가 없다. 뉘엿뉘엿 해가 앞산으로 기울면 어머니의 모든 일정은 쌀을 씻고 밥을 안치는 것으로 집중된다. 가스 불을 조절해가며 밥을 익히기에 어머니의 능력은 너무 어리다. 밥이 자처지기도 전에 탄내와 소리가 요란하다. 시간을 가늠하지 못하니 점심 이후 갑자기 먹구름이라도 몰려와 사위가 어둑해지면 어머니의 시간은 저녁밥을 안쳐야 될 시간으로 건너뛰기 일쑤다. 점심을 먹고 두어 시간도 채 지나지 않아 저녁밥을 먹어야 하는 흐린 날은 당신의 맑은 얼굴 앞에서 몸이 떨었다. 당신에게는 그것이 밥이고, 그렇게 하는 것이 법이다.

도대체 아침, 점심, 저녁 하루 세 끼를 먹어야 하는 법칙은 누가, 언제부터 만들었을까. 세상에 존재하는 모든 법칙들 중에, 그 법칙들이란 것이 세상을 돌아다니며 얼마나 많은 오류를 범하였고, 오류의 반복 속에서 그것은 역사가 되기도 하고 역사를 만들기도 했다. 일반화할 수 있는 선을 넘어서는 상상으로 치부할는지는 모르지만 모르긴 해도 법칙은 한 가정의 밥상에서조차 제 나름의 횡포를 부려 밥상의 법칙도 역사가 될 수 있는 것이리라. 그것이 합당한 역사이든, 오류의 역사이든 아들이 감춰둔 솥뚜껑을 기어이 찾아내 한 끼의 밥을 기어코 안치는 어머니의 거대해진 모습에서 잘난 아들은 그저 이 저녁도 별난 사고 없이 밥이 익어가는 비릿한 냄새를 맡고 있을 뿐이다.

어머니의 젊은 시절, 가장의 벌이가 시원치 않다고 끼니때를 건너뛸 수는 없었으리라. 아버지의 꼿꼿한 독선은 담 너머로 빈 바가지를 보여주는 것은 허용되지 않았을 것이다. 그렇다고 한 끼 정도 건너뛰자고 어머니까지 직무유기를 할 수는 없었으리라. 그리해본들 당신의 가슴만 무너져 내릴 뿐이지 무슨 방도가 있었겠는가. 자식의 입에 밥을 넣어주어야 하는 것을 직무니 의무니 하는 말은 가볍고 천하다. 밥을 먹여 배를 불리고, 하루의 끝에 곤히 잠든 모습을 보는 것이 당신의 밥이고, 사랑하는 법이며, 살아가는 역사다. 그것은 한평생 당신이 정한 엄중한 법이다.

세상의 아름다움을 말할 때 세상의 더러움 또한 떠오르게 마련이다. 어머니가 밥을 만들기 위해 겪어야 했던 더러움에 대해서 몸이 떨리지만, 당신이 만든 법 안에서 세상의 아름다움이 더 가까워 그 위험한 밥 짓기의 노동을 만류만 할 수는 없는 노릇이다. 그러니 말하여질 수 있는 것들의 한계를 벗어나 말할 수는 없다.

어린 시절, 대낮의 빛들이 어느 순간 일제히 하늘로 불려 올라가 갑자기 어둑해지는 날이 있곤 했다. 무더기로 올라간 빛들은 죽고, 소나기를 퍼부은 후 뒷산에 색을 바꿔가며 퍼지다가 끝내 까맣게 가라앉을 때, 어머니 몸에 배어 있는 비린 밥 향기는 온 가족을 평화롭게 불러모았다.

밥을 떠나 어머니의 사랑에 더 큰 것이 있다고 말하지 마라. 그러면 당신께서 만들어온 역사는 왜곡된 역사가 되고 악법이 될 터다. 내게는 그러하다. 그래서 만들어진 밥을 넘기며, 끝끝내 독도를 지킨 이처럼 나도 목이 메었다.

잠깐의 사랑이야 누군들 못하랴. 그러나 한 가정에서 역사라 쓸 수 있는 밥은 다르다. 뜨거운 한 끼를 먹어서 될 일이 아니다. 오늘도 세 끼를 먹고, 또 내일도 다른 세 끼를 먹어야 한다. 다른 대책이 없다. 대책이 없는 것을 대책을 세워 만든 것이 밥이고, 사랑이고, 한 가정의 역사다. 박박 소리를 지르며 포악을 떠는 쌀독을 들여다보며 왜 원망이 없었으랴. 빈 바가지를 받아든 옆집 여인이 닭 모이 주듯 내어준 몇 줌의 쌀바가지를 들고 그 집 부엌궁둥이를 돌아나올 때 치욕스러움은 비껴갔을까.

기어코 찾아낸 솥뚜껑을 보는 순간 구순의 노모는 안도했으리라. '있는 쌀 가지고 밥 안치는 일이 뭐 대수라고.'

"현실에서 밥과 사랑이 치욕과 원한보다 앞선다." 작가 '김훈'이 어느 날 내게 준 말이다.

수필과비평

The수필

● 어머니에게 가족의 끼니를 챙기는 일은 법문이요 숭고한 진리이며, 세상에 존재하는 어떤 법칙보다 우선했다. 어머니만의 법이 숭고한 것은 밥의 항구성恒久性 때문이다. 노년에 이르러 세상사와 무관한 의식의 흐름 속에서 어머니의 밥의 시계는 수시로 오작동된다. 가족의 노력만으로 노모의 혼돈과 집착을 떨쳐낼 수는 없으나, 곤궁했던 시절 어머니가 쌓아올린 밥의 역사는 왜곡될 수 없다. "우리의 빛나는 날들이 밥벌이 때문에 소진되고 낭비되었다"던 작가 스탕달의 언술과 '호모 밥피엔스'로서의 존재를 자각하게 한다./ 엄현옥

새

려원 grium1021@hanmail.net

진초록 몸통에 오렌지색 부리를 지닌 새의 하루는 단조롭다. 나른한 햇살 아래 털 고르기가 한창이다. 모이를 먹기 위해 횃대 위를 쉼없이 오르내리는 새에게 하루란 어떤 의미일까? 해가 비치는 거실, 새가 움직일 때마다 바닥에 한 편의 수묵화가 그려진다. 덧없는 날갯짓이 그린 그림이다.

새는 아무도 가르쳐주지 않는 본능, 날개에 각인된 본능을 안다. 날아야 한다는 것을, 어떤 상황에서도 나는 것을 멈추지 말아야 한다는 사실을 기억한다. 하지만 가두어진 새는 새장 크기를 가늠하는 데 번번이 실패한다. 날개를 파닥거리다가 다시 접고 종종걸음치는 새는 어느 순간 규격화된 새장 안에서 규격화된 정보를 습득하게 될 것이다. 어린 새는 아무리 날개를 파닥거려도 창문 밖으로 날아갈 수 없다는 사실을 벌써 받아들인 것일까.

새는 가끔 무언가를 응시하고 특이한 소리를 내기도 한다. 깍깍깍깍, 끼익끼익끼끽. 새의 노랫소리와는 어울리지 않는 소리다. 자유를 강탈당한 새가 새장 안에서의 무료함을 잊기 위해 뱉어내는 무의미한 발화

인지도 모른다. 표정과 부리의 움직임, 날갯짓, 눈동자를 통해서 어렴풋이 새의 호소를 짐작할 뿐이다. 인간의 언어와 새의 언어 사이 간극을 메울 수 있는 것은 오직 마음뿐이다.

유년의 기억 속, 목련꽃이 피어 있던 주택가 도로 한복판에 어디선가 날아와 수직으로 하강하던 것을 떠올린다. 새의 추락이었다. 작고 보드라운 가슴은 여전히 온기가 느껴졌지만, 눈은 이미 감겨 있고 날개는 접혀 있었다. 새 한 마리가 거쳐온 생이 검고 차가운 아스팔트 위에 마침표로 남았다. 새의 주검 위로 초봄의 여린 햇살이 무심히 내리쬐고 있었다. 새를 가슴에 품고 돌아오면서 생명이 빠져나간 육신의 집이 터무니없이 가볍다고 생각했었다.

경계 없이 하늘을 넘나드는 새들을 보고 우리는 자유롭다고 생각한다. 하지만 새들에게 날개는 자유의 상징이 아니라 천형일지도 모른다. 우리의 두 다리가 그러한 것처럼, 물고기의 지느러미가 그러한 것처럼 태생적으로 부여받은 것들이 삶을 한정짓고, 저마다 그 안에서 살아가야 한다. 새들은 살기 위해서, 추락하지 않기 위해서 평생 날갯짓을 하다가 추락하는 순간 자기 안의 것들을 모두 쏟아내며 세상 어디든 자신의 무덤을 짓는다.

여전히 어둠이 걷히지 않은 시간 새 우리를 청소하고 물을 갈아주고 모이통에 먹이를 가득 채워준다. 고개를 깃털 속에 파묻고 있던 새가 고요한 시선으로 바라본다. 서로의 눈이 마주친다. 철제 우리를 사이에 두고 새의 눈동자에 비친 내 모습은 어떤 모습일까. 새의 눈에는 철창 밖의 내가 가두어진 것처럼 보일 것이다.

더 큰 새장에 갇힌 여자, 갇힘과 체념을 공통분모로 지닌 내가 새의 모이와 물을 챙기는 것은 새를 위해서라기보다는 어쩌면 스스로를 위함이다. 앵무새 모이를 주며 내 가슴 안의 새에게도 모이를 준다. 금세 지저분해지는 새장을 청소하는 일은 가슴속 더러움을 청소하는 일, 새로 떠온 물이 정화수처럼 여겨지는 것은 마음의 간절함 때문이다. 새장 안의 새가 내게 모이를 주고, 깨끗한 물을 주고 청결한 공간을 제공하며 도리어 나를 돌보는 것처럼 보인다. 새장 안에 갇힌 새는 새장 밖에 갇힌 나를 연민 어린 눈빛으로 주시한다.

세상은 넓이와 깊이를 알 수 없는 거대한 새장이고 사람들은 어쩌면 사육당하는 새들인지도 모른다. 세상에 길드는 대가는 지속적으로 공급되는 모이와 물, 그리고 위험으로부터의 안전이다. 삶의 안정을 깨트리지 않기 위해 욕구를 접는 일, 스멀거리며 올라오는 자기다운 것들을 수면 아래로 내려놓는 일을 어른이 되면서부터 지금껏 너무도 자연스럽게 해오고 있다. 세상의 울타리는 새장의 철제 울타리보다 견고하고 튼튼하다. 풍부한 모이와 물에 안주해버린 사람들은 자기 이름을 부르며 날 수 있었던 오래 전 언젠가의 기억을 망각해버렸을 것이다.

올려다본 하늘이 지나치게 파랗다는 생각이 들 때, 새들이 벌거벗은 나무 사이로 옮겨다니며 허공을 가를 때, 날렵한 진동이 가슴을 뒤흔들고는 어디론가 순식간에 흩어져버릴 때, 허공에 남겨진 덧없는 궤적을 좇고 싶을 때 문득 날고 싶다는 생각을 한다. 겨드랑이를 더듬어본다. 내게도 날개가 있었던가? 의무와 권리 사이에서 누군가의 쓸모가 되어주느라 날 수 있다는 사실을 잊어버렸다. 세상이라는 거대한 새장 안에서 오랜만에 자기 이름을 부르며 날개를 퍼덕이지만, 날개는 박제된 것처럼 무겁기만 하다.

나를 부르는 수많은 명칭이 뒤섞이고 어느 순간 내 안의 새는 목소리를 잃어버렸다. 허기를 느끼는 것은 가슴 안의 새가 무언가에 주리기 때문이고, 아픔을 느끼는 것은 가슴 안의 새가 아프기 때문이고 어딘가를 공허하게 배회하는 것은 비좁은 가슴속에서 길 잃은 새가 배회하고 있기 때문일 것이다. 세상에 길들여진 한 마리 새로 살아오면서 날고 싶다는 욕망을 접은 지 꽤 오래다.

새는 날마다 날기의 본능을 망각하지 않으려고 날갯짓을 하고 목소리를 잃지 않으려고 노래를 부르지만 내 안의 새는 아직 가슴 밖으로 뛰쳐나가지 못한다. 언젠가 견딜 수 없을 정도로 가슴이 뜨거워지면 빗장 같은 갈비뼈를 뚫고 힘차게 허공을 가를 것이다. 나뭇가지들이 만들어낸 하늘 조각 사이로 수많은 사람의 가슴을 뚫고 날아오른 새들이 힘차게 날고 있다. 제 이름을 부르며 우아하게 하늘을 나는 새들은 일시에 그리고 제각각 울어대며 새파란 하늘 위로 가슴 안의 기억을 쏟아낼 것이다. 새장 안의 새가 털 고르기를 끝냈다. 날개를 조금씩 퍼덕인다. 새 안의 새가 비상을 꿈꾸고 있는 것이리라. 가만히 새장 문을 열어주었다. 내 가슴 안의 새도 울기 시작했다.

수필오디세이

The 수필

● 신선한 수필이다. 주어인 '새'가 서두에서 결미까지 무수히 언급되지만, 거부감이 없다. 낯설게 하기의 기법, 즉 두 가지 관점(날개, 새장)의 해석이 보편성을 깨며 반전의 사유를 유도하기 때문이다. 탄탄한 문장력과 논리로 자연스럽게 글에 스며들도록 한다. "날개는 자유의 상징이 아니라 천형일지 모른다." "새장 안의 새가 새장 밖에 갇힌 나를 연민 어린 눈빛으로 주시한다." 되새겨볼 의미 깊은 문장이다./ 문혜영

다시 태어난다면

안규수 dhotjd23@hanmail.net

내가 다시 태어난다면? 스스로 하는 질문이다.

나는 도대체 내가 누구인지 모르면서 지금까지 살아왔다. 어린 시절 유난히 여리고 몸이 허약했다. 아버지가 키만 보고 일곱 살에 입학시키는 바람에 학교 공부를 따라가지 못해 2학년에 올라가서야 한글을 깨칠 수 있었다. 교실에서는 꾸어다놓은 보릿자루처럼 친구들과 잘 어울리지 못하고 늘 외톨이였다.

초등학교 때 내 별명은 '가시내'였다. 내 이름 '규수'에서 따온 별명으로 2학년 때 담임선생님이 지어주셨다. 멀쩡한 사내를 가시내라고 놀려대는 동무들과 싸움도 많이 했다. 그 별명이 죽고 싶도록 싫어 홀로 눈물짓던 아이, 그 이름에 대한 열등감은 쉽게 사라질 줄 몰랐다. 그런 환경에서 자란 나는 일탈과 모험보다는 편협하고 고정된 관념에서 벗어나질 못했다.

상고를 졸업하고 스무 살이 되던 해에 결혼했다. 4대 독자인 아버지가 정해둔 배필이 있었다. 대학 진학을 준비하고 있던 참에 아버지가 돌아가시자 내 꿈은 물거품이 되고 말았다. 스물하나에 첫 딸이 태어나고 다음해에 군에 입대했다. 육군통신학교 신병 때 선임병들의 밤마다 계속되는 기합과 폭력을 견디기 힘들어 탈출구로 월남 파병을 자원했다.

월남 중부 백마부대, 죽음의 계곡으로 유명한 뚜이호아 도깨비부대 최전방 중대에 배속돼 수많은 전투와 매복작전에 투입되었다. 죽음의 냄새가 득실거리는 정글에서 1년 5개월 만에 고향으로 돌아왔다. 삶과 죽음이 교차하는 혼돈의 틈새에서 간신히 살아 돌아온 나는 나약한 자신의 벽을 넘어설 수 있었다. 그럼에도 한 가정의 가장으로 겁 없이 죽음의 늪에 뛰어든 자신의 무책임한 행동을 수없이 자책했다. 거기에다 밤마다 전투 현장의 악몽이 재현되는 트라우마로 악몽에 시달려 병원을 드나들어야 했다.

대하소설 『토지』를 쓴 박경리 작가도 생전에 젊은 사람들이 모인 자리에서 질문을 받았다. 다시 태어나면 무슨 일을 하고 싶은가? 그는 '일 잘하는 사내'라는 제목의 시로 답변을 대신했다.

다시 태어나면
일 잘하는 사내를 만나
깊고 깊은 산골에서
농사짓고 살고 싶다
…

소박한 삶에 대한 그리움을 담은 가벼우면서도 사려 깊은 답변이었다. 그런데 그 말을 들은 사람들이 돌아가는 길에서 그 말을 생각하며 울었다고 한다. 그들은 왜 울었을까? '홀로 남은' 작가가 안쓰러워 그랬을까? 작가는 스무 살 때 결혼하고 스물넷에 전쟁통에 남편을 잃고 홀로 두 아이를 키우면서 살았다. 그를 위대한 작가로 만든 소설은 사실 그에게 생활의 방편이었다. 생전 사랑하는 사람과 시골에서 오순도순 살고 싶다는 그의 말에서 젊은이들의 회귀본능과 그리움을 자극했는지도 모른다. 시에서 삶을 연민으로 묘사했다. 가난해도 사랑하는 사람과 갈대 꺾어 지붕 얹고 때로는 밀렵꾼 손목 부러뜨리고 새들 지켜주며 행복하게 살고 싶은 그런 마음은 누구에게나 있다.

이 시를 읽고 마음이 뭉클해지며 엄마 생각이 났다. 엄마의 일생은 고난의 연속이었다. 나이 열여덟에 동네 총각과 눈이 맞아 결혼했다. 스물에 태평양전쟁에서 남편을 잃고, 해방되던 해 스물넷에 가난한 친정을 먹여 살리기 위해 마흔이 넘은 아버지를 만났다. 그 이듬해에 내가 태어나 집안에 그런 경사가 없었다.

초등학교 6학년 때였다. 정월 대보름날 밤 엄마는 내 손을 잡고 집 앞 들길을 걸었다. 엄마는 푸르스름한 달빛 아래 물끄러미 날 바라보더니 긴 한숨을 내 쉬며 말씀하셨다.

"너 뭣 헐려고 태어났냐!"

그땐 그 말이 무슨 뜻인지 몰랐다. 그날 밤 달빛은 엄마의 아픈 상처에 담긴 한恨의 은유였다. 튼실한 사내를 만나 초가삼간 오두막에서 농사지으며 아들딸 낳고 오순도순 살고 싶은 소박한 속내가 달빛에 투영되지 않았나 싶다. 엄마는 자신의 연민憐憫을 소박한 삶에 대한 보편적인 그리움의 문제로 돌려놓았다.

내가 다시 태어난다면 나무처럼 살고 싶다. 나무는 말이 없다. 유구한 세월 자연의 순환 속에 주인공은 나무이고 나는 잠시 지나가는 나그네일 뿐이다. 나무는 자신의 분수에 맞게 자족할 줄 알고, 고독을 견디고, 즐길 줄도 안다. 자연에서 나이 들면서 품위를 더해가는 것은 나무밖에 없다. 긴 세월의 풍파를 고스란히 알몸으로 이겨낸 뒤 얻어진 초월과 해탈 때문은 아닐 것이다.

산은 절간이요, 나무는 묵언 정진하는 수도승이다. 나무는 바람을 좋아한다. 바람이 온갖 칭찬을 늘어놓아도 으스대지 않는다. 바람을 보면 연인을 만난 듯 수다를 떨며 하고 싶은 말을 다 한다. 나는 가슴이 답답할 때면 나무숲에 든다. 깊은 숨을 몰아쉴 때마다 나무는 푸른 제 숨을 거저 주고 제대로 숨쉬며 오롯이 사는 일이 온전한 삶이라고 나직이 일러준다.

고향 가는 길은 언제나 즐겁다. 사람들의 기침 소리가 여전히 들리는 듯하고 태胎자리가 아직도 선연해서다. 마을 앞에는 늙은 소나무가 장승처럼 버티고 서 있다. 한여름 천둥을 몇 개씩이나 품었던 그 나무 앞에 서면 마음이 숙연해진다. 그동안 무엇을 했나? 시시포스처럼 평생 굴러떨어진 바위를 들어올렸는데도 무엇을 했는지 모르겠다. 그러면 나무는 솔가지를 흔들면서 말을 걸어온다. 이제 모든 일을 내려놓고 다시 고향으로 돌아오라고.

고향은 그리던 고향이 아니다. 어린 시절 불던 풀피리 소리 아니 나고 적막한 골목길을 걸으면 노인들의 기침 소리에 메마른 입술이 쓰디쓰다. 머지않아 마을은 사라질 운명이다. 오직 이 소나무만이 변함없이 외롭게 마을을 지킬 것이다.

인간과문학

The수필

● 자아 성찰에 대한 회의가 깊다. "너는 뭣 헐려고 태어났냐!" 27살이나 많은 아버지를 만나 고단했던 어머니의 탄식을 떠올린다. 숨이 막힐 때면 숲에 들어 '삶은 곧 숨'이라는 걸 깨닫는다. 푸른 제 숨을 거져 내어준 나무처럼, 다시 태어난다면 나무처럼 살고 싶다는 작가. 확장된 그의 우주의식을 읽는다./ 맹난자

토굴 혹은 외양간

안병태 sanbidulgi1004@hanmail.net

안채의 소음이 들리지 않을 만큼 멀찍이 텃밭에다 흙벽돌로 움막을 지었다. 비록 초라한 토굴이지만 여기는 내 불가침의 영토요 낙원이다.

서촌토굴西邨土窟 문을 열면 정면에 내 영정이 걸려 있다. 원판이 부실하니 사진 또한 보잘것없다. 게다가 약장수가 동네에 뿌린 무료 '長壽사진'이니 오죽하랴. 논두렁 벌초하다 불려가 태양이 눈부셔서 찡그리는데 대뜸 셔터를 눌러버리더니,

"다음 어르신!" 한다.

현상수배자 사진 같다. 그런 걸 왜 걸어뒀느냐? 만일 내가 예고 없이 초록별을 떠나더라도 주민증으로 영정사진 확대하느라 부산떨 필요 없고, 솔직히 이젠 얼굴 살이 빠지고 광대뼈가 솟아올라 저 상태 이상 기대하기도 어렵다. 영영 헤어지는 석별의 자리, 조문객의 작별 인사를 받았으니 마지막 정표로 윙크로나마 답례를 드릴 밖에.

남향 통유리 앞엔 서안이 놓였고 그 위에 노트북이 올라앉았다. 양복에 갓 쓴 듯 어색하다. 저 서안에서 원고지에 만년필 잉크를 솔솔 흘리

며 수필 무서운 줄 모르고 겁 없이 덤비던 하룻강아지 시절이 그래도 즐겁고, 좋았고, 그립다. 요즘도 책 받은 답서만은 '파카21'로 쓰지만, 미개봉 책들은 나날이 쌓여가고, 이젠 장시간 정독 또한 버겁다.

비가 오시는 날은 저 통유리창 앞에 종일 앉아 있기도 한다. 멀리 소금강산으로부터 무장산, 토함산, 남산을 거쳐 집 주변 무열왕릉 일대 고분군까지 촉촉한 경주 풍광이 안전에 전개되노니,

"거금 들여 집 짓는다더니 기껏 공동묘지로 들어왔구만!"

"거대한 젖무덤들 사이에 아주 파묻혀 지내는군!"

무열, 진흥, 진지, 문성, 헌안, 그 외에 숱한 왕릉들을 싸잡아 불경스럽게 희롱하는 소인배들 안목으로야 이 운치와 사치를 어이 알리.

법정 스님이 황토방을 짓고 나서, '방석, 등잔 외엔 아무것도 들이지 않겠노라'며 『오두막 편지』에 선언했다. 나는 한술 더 떠 목침 하나만 달랑 던져놓고 '밤마다 별을 세며 잠들겠노라' 했다. 스님의 열반 소식에 문득 그 선언을 상기하고 내 황토방을 둘러보았다. 가관이다.

필요할 때마다 안채에서 한 권 두 권 야금야금 옮겨다 쌓아놓은 책무더기 사이사이로 도무지 버려 마땅한 잡동사니들이 어지럽게 비집고 들어앉았다. 내 운동량 부족을 염려해 뒤껼 대숲에 사는 불청객(지네)들이 나들이 와 술래잡기를 시킨다.

군불을 너무 지펴 검붉게 탄 아랫목엔 이불이 ∩ 형태로 굳어 있다. 내가 저녁에 기어들어갔다가 아침에 기어나오는 터널 입구다.

가끔 안채 주인 '사임당 권 씨'가 들여다보며 행랑채 간섭하듯, "뱀 나올라. 외양간 정리 좀 하고 살지!?" 잔소리만 빼면 고요하고 평화롭다. 스님 황토방엔 끝내 방석, 등잔밖에 아니 남았겠지만 '무소유'도 아무나

흉내내는 게 아닌 모양이다.

안채 주인이 왜 권 사임당이냐? 영정사진 찍던 날 통장이 전화했더니,

"저는 나중에 오만 원권 확대해 걸어놓으면 되지요" 하더란다. 그날 이후 통장은 나를 만날 때마다,

"율곡 선생 모친 잘 계시지요?" 하고 안부를 묻는다. 둘 다 진작 문학을 배웠더라면 은유의 대가가 될 것을, 애석한 일이다.

도서관 사서 최 시인 집에 책 빌리러 간 적이 있었다. 직업이 직업이니 서재만큼은 깔끔하게 정리됐을 것이다? 천만의 말씀! 거기는 사뭇 밀림이라 악어가 기어나올 지경이었다. 추장 가라사대, 짚신장이 헌신 신고 옹기장이 깨진 그릇 쓴다나?

이 밀림 추장이 장서 자문역을 맡은 어느 여류화가 저택에 초대받아 갔었다. 거실 전체를 서가로 꾸며 장르별, 국내외별, 시대별, 작가별… 정리정돈 상태가 대패로 다듬은 듯 가지런했다. 대단한 여류다. 살림은 언제 하고, 책은 언제 읽고, 그림은 언제 그리나? 고개를 갸웃거릴 때 추장이 소곤거리기를,

"눈으로만 구경하이소. 책은 안 건드리는기 좋을끼구마."

주의를 환기했으나 반가운 책이 보이기로 무심코 뽑았다가 원위치 시키지 못해 혼났다. 건드릴수록 삐뚤거려 땀이 나더니 숨이 막혔다. 아닌 게 아니라 내 토굴은 외양간이다. 부부동반으로 초대하지 않은 것이 다행이었다.

독자가 눈으로 보듯 상세하게 '작가의 글방'을 써주십사 전화가 왔다. 텃밭에서 상추를 다듬던 권 사임당이 엿듣고는 아주 신이 났다.

"작가의 글방? 그게 글방이야? 외양간 사진 찍어 보내자면 움막 짓고

13년 만에 대청소하는 꼴 처음 구경하겠군. 잘코사니!"

악담은 일취월장이나 대꾸 무언이다. 심란해 청탁서를 열어보니 짜잔~ 이렇게 고마울 데가! '사진 첨부' 말이 없다. 사나흘 고역을 덜었다. 전화하려다가 참았다. 공연히 혹 붙일라. 아니, 긁어 부스럼 만들라.

탈고의 순간을 오르가슴에 버금간다고 토로한 주책이 있다. 그는 아무 데서나 그런 걸 느끼나보다. 최후의 일각까지 최선을 다해 미루던 원고를 마감날 벼락치기 해치우고 만세! 자는 사람 불러내 술 먹이더니 그게 그런 날이었던 모양이다. 하기야 홀가분한 그 맛조차 없다면 숙제는 또 하나의 번뇌일 것이다.

도저히 이해할 수도, 동의할 수도 없어 섭섭하더니 이제야 금아 선생의 수필 발표 중단을 조금은 이해할 것 같다. 나 역시 수필을 누추하게 만들기 싫어 청탁을 사양하지만 강권할 때면 갈등을 느낀다. 더 다듬을 것도 없건만 「방망이 깎던 노인」처럼 깎고 또 깎는다. 너무 깎았다 싶어 이것저것 주워 붙이다보면 엉뚱한 홍두깨가 되어버리기도 한다. 붓을 꺾으면 숙제를 줄 곳도 없으련만 무슨 부귀영화에 입신양명을 보리라고 여태 뭉그적거리고 있다. 나 같은 부류 탓에 활자의 강은 범람하는 것이다.

가끔 외양간을 나와 오솔길로 들어선다. 칠불암 가는 길엔 제주할망의 허름한 주막이 있다. 탐라바당에서 구쟁기 생복 잡으며 숨비소리 내뿜다가 단체로 경주바당에 원정 와 홀로 눌러앉은 잠녀 아지망이, 물질이 숨찰 나이에 '다라횟집' 벌였다가 그 짓도 세월에 밀려 남산기슭에 자리잡은 퇴역 잠녀 할망이다. 간판도, 신고증도 없고, 할방이 먼저 가니 굴뚝도 무너지고, 나무의자 못대가리는 바지를 찢고, 엉덩이를 찌르고 삐걱거리지만, 얼큰한 냄비칼국수, 독특한 겉절이 맛, 주는 대로 받는 식대, 쇳조각인지 쇠소깍인지 상전의 딸과 머슴의 아들 간에 얽힌 슬픈 사랑의 전설을 경주·제주 사투리로 섞어 엮는 걸쭉한 입담은 갈 때마다 들어도 새삼스러운 술안주다. 알아듣지도 못할 잠녀타령, 원정온 과수댁 잠녀가 바위틈에서 물옷 갈아입다 홀아비 어부에게 들킨 끝에 정분나 눌러앉은 자신의 팔자타령까지 돔배돈수육, 물도새기무침에 곁들이면 그날 귀갓길 내 자전거 바퀴는 흥에 겨워 춤을 춘다. 인적 드문 오솔길 주변에 의외로 진솔한 삶들이, 맛깔나는 제재들이 네잎클로버처럼 숨어 있다. 진실로 내 '글방'은 외양간 바깥세상이다.

수필 향기는 수필가 숫자만큼 다양하다. 수필가는 자신만의 독특한 맛과 향기를 풍기면 그것으로 만족하다. 호불호 취사선택은 벌 나비 독자의 몫이 아닌가. 내 외양간에서 태어나 출가한 아이들은 과연 어떤 냄새였을까?

바깥 글방에서 돌아오니 외양간 바닥이 멀끔하다. 동분서주 쏘다니며 애면글면 필사, 복사, 빌려다가 발 디딜 틈 없이 널어놓은 긴요한 자료들이 몽땅 사라져버린 것이다. 동무들이 황토방 구경 좀 하자고 조르길래 대충 치우고 차 한 잔 마셨다며 책은 책더미에, '종이쪼가리들'은 아궁이에 들어가 있으니 필요하면 끄집어내 쓰던지, 아니면 불쏘시개하라며 뭐가 잘못됐느냐고 대수롭지 않게 적반하장이다. 오, 저 문외한!

안채 주인 사임당 권 씨가 내 황토방을 시앗처럼 괄시하며 언필칭 외양간이라 매도하는 것으로 보아 혹시 퇴계退溪 선생 후처 권 씨의 일족은 아닐까? 이런 생각을 할 때가 많다. 장모 생신날, 처녀 때 살던 옛 집에 따라가면 그 집안 족보를 좀 거슬러 올라가봐야겠다. 제사상에서 굴러떨어진 배를 치마 속에 날름 감춘다거나, 흰 두루마기에 붉은 천을 덧대 기울 정도로 상태가 심각한 지경은 아니니 그나마 다행인가?

수필오디세이

The 수필

● 모처럼 웃음을 안기는 글을 만났다. 스스로 '서촌토굴'이라 일컫는 서두의 영정 이야기부터 개성 만발이다. 안채 주인으로부터 '외양간'이라 놀림받지만, 자신의 글방 애착과 자부심도 만만치 않다. 웃음은 여유에서 나온다. 삶과 문학을 향한 느긋함은 독자에게 편안함을 준다. 익살로 과장 묘사된 부분도 살짝 있지만, 외양간 글방을 넘나들면서 수필을 캐내는 작가의 필력이 참 구수하다./ 문혜영

개망초

유현주 yuhyun6008@hanmail.net

아버지의 고향은 바다라고 믿었다. 그러니 끝내 돌아오지 않았을 것이다. 미역을 따다가, 조개를 캐다가 그리움이 된 아버지를 목놓아 부르곤 했다. 4대 독자인 동생을 위해 희생을 강요하는 어머니라는 감옥에서 벗어나고픈 절규였지만 바다에는 메아리가 없었다.

열다섯 여름 무렵, 허물어진 담 너머에서 낯선 이들이 서성이다 가는 것을 보았다. 나중에야 그들 중 한 명이 나와 혼담이 있다는 말을 들었다. 바다에 빠져 죽어도 시원찮을 만큼 부끄러웠다. 나는 새벽에 잡아 온 망둥이의 배를 가르는 중이었고 참으로 후진 입성이었다. 누구라도 그런 시골뜨기를 배필로 삼고 싶지는 않을 게 뻔했다. 그래도 필연인지 머잖은 날에 혼례 날짜가 잡혔다. 내 의사는 묻지도 않은 채 어머니 선에서 결정되었지만 반감은 없었다.

혼수라고는 이불 한 채가 전부였다. 잘 살라며 너울 고개까지 따라오던 어머니 뒤로 눈만 반짝이는 동생이 손을 흔들었다. 그토록 벗어나고 싶었건만 떠나는 발길이 왜 그리 무거운지 도통 모를 일이었다. 새우젓국 같은 어머니의 눈물에서 처음으로 모정을 느꼈다. 사람들은 새신랑이 촌사람같지 않게 허여멀겋다고 수근거렸는데 괜히 위로가 되었다.

도착한 곳은 두메였다. 집이라고는 달랑 두 채뿐이었고 산으로 둘러싸인 우물과도 같았다. 나무와 하늘뿐, 바다는커녕 개울 하나도 흐르지 않았다. 홀시어머니, 쓰러져가는 초가집, 시동생과 시누이들, 끼니를 해결하며 다음 끼니를 걱정하는 가난의 바닥. 늑대에게서 도망쳤더니 사자 굴로 들어온 셈이었다. 막막한 현실을 부정하다가 문득 생각했다. 전생에 나는 만석꾼이었을 것이다. 그러니 이번 생애는 찢어지도록 가난하게 살아보라는 팔자를 타고났음이 분명했다.

누가 믿는가. 송피죽을 먹으며 눈 떠서 잠드는 시간까지 일을 했다. 어머니와 남편을 따라 매일 해도 티조차 나지 않는 산비탈을 일구었다. 찬바람을 맞으며 조개를 캐는 게 낫지 그것은 정말 못할 노릇이었다. 친정에서 거칠던 손은 그야말로 갈퀴가 되어 있었다. 그렇다고 칭찬 한마디 들어보지 못했다. 고작 열여섯인데 '나'는 어디에도 없었다. 팔자라고 받아들이지 않았다면 참나무에 목이라도 매었을 것이다. 다행이라면 큰 시누이가 시집을 갔고 시동생은 입대를 해서 입이 줄었다는 것이다.

열일곱에 아이가 들어섰다. 처음으로 사람대접 받는다는 생각이 들었다. 그래도 일은 줄지 않았고 결국 밭에서 산통이 왔다. 엉금엉금 기어들어와 낳은 아이는 아들이었다. 모처럼 행복이란 걸 느꼈지만 오래가지 않았다. 돌도 되기 전의 아이는 홍역을 견디지 못했던 것이다. 액은 다음해에 들어선 둘째까지 이어졌다. 아이가 갈 적마다 밭고랑에 앉아 퉁퉁 불어터진 젖을 짜냈다. 풀잎에 말라붙은 젖은 눈물보다 진해서 비가 내려야만 씻겨나갔다. 팔자라는 말은 너무 가벼웠다. 전생에 나는 만석꾼이 아니라 큰 죄인이었을 것이라고 스스로 고통에 빠져들기도 했다. 더 고되어진 시집살이도 기꺼이 감내했다.

언제부턴가 남편은 성왕산을 넘어 읍내로 향했다. 시조창을 배운다고 했다. 끝없는 일을 두고 기둥이 빠져나갔으니 막막하기 그지없었다. 거기에 종종 찾아오는 손님들은 호랑이보다 무서웠다. 식구들 끼니도 벅찬데 마땅한 찬거리가 있을 턱이 없었다. 남편은 이십대 초반이었지만 동행한 이들은 사오십줄 어른들이라 어려움이 더했다. 풀을 뜯고 곳간을 뒤지고 마른 생선이라도 얻어와 대접하고 나면 맥이 다 풀려 하늘이 노랬다. 시간이 흐를수록 남편은 가족보다 시조를 우선했다. 결국 많은 후학을 배출하며 내포제의 큰 줄기가 되었지만 그 세월을 어찌 다 말할 수 있으랴. 남편은 지게를 버리고 장구를 택했을 때 내 인생이 더욱 꼬인 것은 기정사실인 것이다.

두 아이를 그렇게 보낸 후 네 아이가 태어났다. 그 사이 큰시누이는 결혼에 실패해 장사를 시작했고 직업군인이 된 시동생은 결혼을 했다. 하지만 몸이 약했던 동서는 휘청거릴 때마다 시골로 내려와 또 하나의 상전이 되었다. 핏기 없는 얼굴로 뭉그적거리며 피 빨래를 내놓을 때는 한숨조차 나오지 않았다. 후일 형님 덕에 제 목숨을 건졌다고 두고두고 말했지만 손사래를 쳤다. 뿐인가. 한동네에 살던 작은시누이는 고모부가 폐병으로 죽더니 같은 병으로 누웠다. 자연스럽게 그 집의 네 조카가 내 차지가 되었다. 어느 하나 살길을 열어주는 것이 없었다. 무엇보다 시어머니가 큰 녀석을 업고 나갔다가 주저앉은 뒤 장장 30년을 일어서지 못했다는 것이다.

땅 한 뙈기도 없는 나에게 하늘은 너무도 가혹했다. 살아도 산목숨이 아니던 시절이었다. 차라리 죽은 편이 낫다고 여겼을 때 한 줄기 빛이 되어준 것이 큰시누이였다. 새 인생을 시작할 수 있는 나이였지만 생으로 굶어 죽게 생긴 친정을 모른 체할 수 없었던 것이다. 남편의 부재가 큰시누이의 삶에도 크게 관여했음이다. 배다리에서 생선장사를 시작한 시누이는 버는 족족 친정에 보태었다. 덕분에 소와 산과 전답이 생겼다. 한번 다녀갈 때마다 집안이 번듯해지는 것이 사람 사는 티가 났다.

유독 큰 아이를 아껴 아예 인천으로 데려가 대학까지 공부를 시켰다. 나아가서는 결혼자금과 사업자금까지 아낌없이 내어주었다. 그러는 동안 나에게는 폭군처럼 군림하는 모양새였지만 개의치 않았다. 입 닫고 귀 막고 새끼들 입에 쌀밥 들어가는 고마움만 생각했다. 누가 뭐래도 시누이는 은인이나 다름없었다. 그러나 아이들은 엄마에게 부당한 고모를 못마땅해하더니 인연을 끊자고까지 했다. 이해는 해도 당신의 세월 또한 모질었음을 살펴야 했다. 아이들이 철이 들면서 살얼음판 같은 관계가 녹을 때 내 삶의 숙제 하나가 해결된 듯 홀가분했다.

나는 지금 요양병원에 누워 있다. 지극정성으로 시어머니 수발을 들었고 남편을 보필했고 시누이를 모셨다. 서랍 가득한 수십 장의 효부상이 내 고생의 궤적일 것이나 미래가 없는 이에게 과거는 커다란 힘이다. 그러니 자꾸만 지난 날을 되짚어 거슬러가는 것일 게다. 한밤은 조개 캐던 바닷가에 머물다 오고 낮 동안 눈 감고서는 묵정밭을 서성이기도 한다. 아무리 쥐어짜도 행복과는 거리가 멀지만 간간이 웃음도 난다. 언젠가는 그날들이 섬망으로 찾아와 주위 사람들을 애먹였다고도 했다.

요즘은 내 삶의 단편을 큰딸에게 이야기하는 것이 유일한 낙이다. 뒤죽박죽이어도 상관없이 풀어놓고 나면 속이 후련해진다. 큰아이에게서는 남편의 모습이 언뜻언뜻 보여 마음이 좋다.

창밖으로 새가 날아간다. 한번도 자유롭게 살지 못한 이의 환생일지 모른다. 나도 새가 되고 싶었지만 아니어도 상관없다. 다만 다음생에 다다르기 전 꼭 아버지를 만나고 싶다. 왜 바다에서 돌아오지 않았는지 물어야 한다. 아버지가 있었다면 조금은 다른 삶을 살지 않았겠느냐고 따지고 싶은 것이다. 아니다. 다 살아놓고 보니 생의 끝은 별 차이가 없어 보인다. 피하지 않고 사는 것도 어떠랴 싶기도 한 것이 후회는 없다. 거친 땅에 난 개망초도 기어이 꽃을 피우지 않던가.

좋은수필

The 수필

● '팔자라고 받아들이지 않았다면 참나무에 목이라도 매었을 것이다.' 이 땅을 지켰던 어머니들의 삶은 가혹했다. 출산, 육아, 노동의 의무를 멍에처럼 등에 지고 한 집안을 지탱하기 위해 입이 마르고 허리가 휘었다. '아이가 갈 적마다 밭고랑에 앉아 퉁퉁 불어터진 젖을 짜냈다. 풀잎에 말라붙은 젖은 눈물보다 진해서 비가 내려야만 씻겨나갔다.' 모든 걸 숙명으로 받아들이고 그저 견뎌야만 했다. 앞도 뒤도 막힌 벼랑 끝 삶이었다. 이제는 늙고 병든 몸을 낯선 요양원 침대 위에 누이고 '다 살아놓고 보니 생의 끝은 별 차이가 없어 보인다. 피하지 않고 사는 것도 어떠랴 싶기도 한 것이 후회는 없다'고 도인처럼 술회한다. 기어이 꽃을 피우는 거친 땅에 난 개망초처럼 말이다. 글 속 주인공인 필자의 어머니가 1인칭 서술자가 되어 자신의 참담했던 인생을 피 토하듯 쏟아놓는다. 시점의 독특함과 일관된 주제 구현이 돋보인다./ 조헌

빈 뒤에

윤혜주 miyai@hanmail.net

벽이 비었다. 작은 액자 하나 사라졌을 뿐인데 늦가을 들녘처럼 텅 비어버렸다. 덩달아 그곳에 숨겨두었던 말과 다시 꺼내 새겨야 할 것도 사라졌다. 절제하고 남은 내 감정의 찌꺼기와 차마 다 하지 못하고 덜어두었던 기억의 조각들도 함께 비워졌다. 더께 진 세월의 낡은 흔적만 남았다. 연심戀心이 북받친다.

그림 액자가 떨어져 부서졌다. 한 점 소품으로 오랫동안 벽에 걸려 있던 액자였다. 내 인생의 가을을 암시하는 듯한 그림은, 바라보는 내 눈빛 언어에 지긋이 반응하며 무심한 듯 받아주었다. 세상을 사랑해도 될까. 이렇게 건조하고 위태롭게 살아도 될까 묻다가 지쳤을 때 만난 그림이라 애착이 더했다. 소스라치게 놀랐던 지난 지진에도 무사하더니 못을 물고 지탱하던 끈이 그만 힘에 부쳐 놓아버린 모양이다. 아니다. 어쩌면 숨겨둔 것이 너무 많아 무게를 감당할 수 없었거나, 더는 받아들일 심려의 여분이 없었는지도 모른다. 떨어지면서 생긴 시퍼런 생채기에 마음이 할퀴듯 아렸다.

그런 것들이 있다. 단번에 눈에 박히는 강렬한 표피를 가져 마술에 걸린 듯, 넋을 빼앗겨버리는 것들이다. 그 그림이 그랬다. 마른 덩굴과 늙은 소나무, 작은 다리 밑으로 흐르는 손이 시릴 듯 맑은 물, 저만치 외딴 마을인가에서 고즈넉하게 피어오르는 저녁연기, 그 위로 점점이 나르는 까마귀 떼, 건조한 듯 스산함이 물씬 밴 늦가을 저녁을 배경으로 한 그림이었다.

주로 아이들과 손님이 기거하는 이층 계단 초입, 일층 부엌에서 왼쪽으로 고개를 돌리면 마주하는 그쯤 어디에 걸려 있었다. 연회색 벽지와 묵의 농담이 절묘하게 어울렸던 그림은 볼 때마다 내게 말을 건네오는 듯 신비로웠다. 때론 오랫동안 못 만났던 그리운 이들의 맞잡은 손처럼 따뜻하거나 안온하기도, 평생 그늘을 가져본 적 없는 사람의 철없는 농담처럼 해맑고 경쾌하게 다가오기도 했다. 침침했던 눈에서 무언가 걷히면서 보이지 않던 것이 보이기도 했다. 눈이 먼저 가 마음 부르는 편안한 그림이었다.

나는 그 그림 액자에 많은 걸 숨겨두었다. 내 마음 숨기는 은밀한 곳 하나쯤 가지고 싶었을 때였고, 보이는 것 너머 보이지 않는 것을 보고자 투쟁 같은 생각이 들 때 마주친 곳이었다. 대부분 더는 마음에 담아두면 안 될 일과 차마 다 하지 못한 말들이었다. 대가족의 맏며느리로, 부모로 살면서 넘어야 했던 숱한 감정의 파고들. 때론 오해로 선입견과 편견을 낳고 두려움과 적개심으로 판단력이 흐트러져 상황을 그르칠까봐, 꿀꺽 삼켰던 그 한마디도 있었다. 그뿐일까. 가족은 내 존재의 근원인 동시에 굴레였기에 시소게임 같은 삶의 굴곡을 안으로 삭이며, 본분에 충실하려던 바람과 염원의 흔적도 있었다. 고통스러운 인생의 혹

한기에 맞은 극도의 절망감, 세상으로부터 단절되어 거부당했을 때의 통금 같은 외로움도 호요바람과 함께 넣어두었다.

백 년 동구나무처럼 늘 그 자리에 있으리라 여겼던 액자가 사라진 뒤, 희한하게도 내쉬는 날숨이 편해졌다. 그 생경한 경험은 들숨만큼 날숨으로 내놓지 못한 심한 체증의 증거였다. 그제야 포화상태인 내 안의 것들로 숨이 찼다는 걸 알았다. 들숨이 나에게 주어진 숨이고, 날숨은 나에게 맡겨진 숨이라면 그 맡겨진 날숨에 지독히 인색했던 삶이었다. 쉽게 지치고, 불안하고 두려웠던 그것들의 근원은 끝없는 기대와 집착이었음을 비워진 뒤에야 알았으니 회한이 밀려온다.

서향西向 창으로 들어온 노을이 빈 벽에 너그럽게 물든다. 떠난 자리를 손바닥으로 쓸어본다. 손바닥의 먼지가 전한다. '남겨두는 마음도 집착이라고. 그저 세상 변하는 빛에 편승해 함께 물들어가면 될 일이라고.' 온화한 권유 같지만, 뒤통수를 후려치는 질타였다.

열리면 닫히는 것이 문의 속성이듯, 차면 비워지는 게 자연의 섭리가 아니던가. 이토록 사소하고 위대한 이치라니. 이제는 슬금슬금 바람 빠지는 나이다. 거두어들이고 갈무리할 것도 없는 저무는 인생이다. 떨어지면서 액자는 말하고 싶었는지도 모른다. '뭐에 그리 숨겨두고 꺼내 보여줄 것에 연연하고 젠체하였느냐고. 애면글면 품었던 그 모든 것도 남은 저 흐릿한 무채색의 흔적보다 못한 것이라고.' 세월의 나이테가 굵어진 탓일까. 한사코 헤집고 나온 속내를 들켜버린 뒤, 밤의 어둠이 새벽의 어둠과 분명 다르다는 걸 상기한다.

도시의 밤이 비었다. 동물들이 떠난 황량한 빈 숲 같다. 오늘 하루도 삶에 보태지는 것이 아니라 시간이라는 흐름에 동승하여 사라지는 중이다. 이렇듯 빈 뒤, 마음이 더 부요富饒해지는 것은 늦가을 부는 바람 때문이 아니라는 것, 서걱대는 마른 수수대만 남은 빈 들이 문제라는 걸 또 깨닫는다. 하현달이 하얗게 비어가고 있다.

수필오디세이

The 수필

● 더께 진 세월의 낡은 흔적만 남기고 작은 액자가 사라졌다. 그 속에 숨겨둔 것이 너무 많아 무게를 감당할 수 없었거나, 더는 받아들일 심려의 여분이 없었는지 모른다며 떨어지면서 생긴 시퍼런 생채기에 마음이 할퀴듯 아렸다. 건조한 듯 스산함이 물씬 밴 늦가을 저녁을 배경으로 한 그림이 편안함을 안겨주었다. 하지만 액자가 사라진 뒤, 희한하게도 내쉬는 날숨이 편해졌다. 그리고 그 근원적 이유가 끝없는 기대와 집착이었음을 깨닫는다. '뭐에 그리 숨겨두고 꺼내 보여줄 것에 연연하고 젠체하였느냐고. 애면글면 품었던 그 모든 것도 남은 저 흐릿한 무채색의 흔적보다 못한 것이라'고 떨어지면서 한 액자의 말에 귀 기울인다. 나이 들면서 절실해지는 '비움'이 일러주는 죽비소리가 글 전체에 생생하다. 삶을 돌아보게 하는 감동의 폭과 깊이가 작가의 정신적 풍경을 고스란히 담아내 묵직한 여운으로 남는다./ 조헌

마돈나

장석창 ddolchang@naver.com

태아胎兒는 슬픈 표정이었다. 아직 얼굴 형체는 완전하지 않았지만, 분명히 그러했다. 제발 하지 말라고 애원하는 듯했다. 나는 칼을 내려놓았다.

"선배님, 정관수술 좀 해주세요."

그는 의과대학 후배다. 무슨 일인가 했다. '불과 몇 달 전 결혼식에 참석해서 축하해준 신혼인데…, 혹시 부부에게 심각한 유전질환이라도 있나?' 나는 후배에게 이유를 물었다. 후배는 잠시 머뭇거리다가 대답했다.

"저희 부부는 아이를 원하지 않거든요. 얼마 전에 집사람이 임신 중절수술을 받았는데, 아무래도 제가 정관수술을 받는 게 좋을 것 같아서요."

더는 캐묻지 않았다. 주변에 자식을 원치 않는 MZ세대 부부를 여럿 보았다. 내키지는 않았지만, 후배의 간청이니 들어주기로 했다. 그를 수술대에 눕혔다. 그의 음낭 안에 있는 정관의 위치를 확인하며 수태까지 정자精子가 겪는 인고의 여정을 그려본다.

정자, 모든 동물의 근원이 되는 생식세포, 작은 머리와 긴 꼬리만 가진 올챙이 모양으로 사백 배율의 현미경에서만 확인할 수 있는 미물. 정자는 후방의 생산공장(고환)에서 하루 억 단위로 만들어진다. 훈련소(부고환)에 보내져 숙련된 군사로 조련되어 대기한다. 작전명은 '난자卵子 공주 구하기', 전술은 인해전술이다. 군사들은 가늘고 긴 작전 통로(정관)를 통해 최전방 군수기지(정낭, 전립선)까지 이동한다. 이곳에 모인 군사는 약알칼리성의 반액체 포탄(정액)이 된다. 남녀의 운우지정雲雨之情으로 대포가 달아오르다 절정에 이르면 명령이 떨어진다. "방포(사정)하라." 첫 전투지는 주름 가득한 동굴(질)이다. 동굴 안에는 약산성의 강물(질 분비액)이 흥건하다. 포탄이 터지면 안에 있던 수억의 군사들은 일제히 공주를 향해 헤엄친다. 누구의 지시도 없다. 귀소본능에 이끌려 강을 거슬러 올라가는 연어 떼 같다. 일부 내통자들의 도움(질 수축)도 역부족이다. 이제부터는 각자도생, 적자생존 해야 한다. 첫 격전지에서 무수히 익사한다. 생존자들은 견고한 성문(자궁경부)을 뚫어야 한다. 하지만 감춰진 그물(대식세포)에 걸려 대부분 포획된다. 일부는 성안(자궁)으로 들어간다. 이제 수백의 결사대만 남았다. 시간이 없다. 오늘은 감옥(난소)에 감금되어 있던 공주가 한 달 만에 특정 장소(나팔관)로 외출(배란)하는 날이다. 미리 정보를 입수했다. 잠입에 성공하지만, 공주 주변에는 경비병(난구 세포)들이 둘러싸고 있다. 선발대와 경비병 사이에 치열한 전투가 벌어지고, 양쪽 모두 전사한다. 살신성인이다. 후발대 중 가장 먼저 도착한 지휘관이 공주와 포옹(수정)한다.

나머지 군사들은 접근이 금지되고 곧 사멸한다. 잉태의 순간, 그들의 삶과 죽음은 교차한다. 정자가 난자를 차지하기 위한 무한경쟁에서도 우열의 법칙은 적용된다.

생각해보면 '나'라는 인간은 수억 분의 일의 경쟁에서 선택된 개체가 아닌가. 그래서 우리는 사회적 지위고하를 막론하고 각자 고귀한 존재이다. 귀소본능, 무한경쟁, 적자생존, 우열의 법칙…, 수태되는 동안 본능적으로 일어나는 일련의 일들은 출생 후 우리의 삶에도 이어진다. 살아간다는 것은 무의식 중에 남아 있는 본능을 좇아 드러냄의 연속이리라. 정관수술은 통로를 차단해서 군사 이동단계에서 봉쇄하려는 선제적 타격수단이다. 가임력이 입증된 신혼부부에게 자식을 원치 않는다는 이유만으로 이 수술을 시행하는 것이 온당한가. 이는 종족보존이라는 자연의 섭리에도 어긋나지 않는가. 나는 번민 속에서 칼을 들어야 했다. 손이 떨렸다. 더는 진행할 수 없었다. 불꽃을 피우기도 전에 사위어 간 후배 부인의 복중 태아가 떠올랐다.

후배를 보내며 명화 〈마돈나〉를 감상해보라고 했다. 노르웨이 출신의 표현주의 화가, 뭉크Edvard Munch(1863-1944)가 1894년에 그린 걸작이다. 이후 뭉크는 여러 점의 연작을 남긴다. 그림의 모델인 유엘Dagny Juel은 뭉크와 연인관계였지만 그의 친구와 결혼해버린다. 본 것을 상상하며 그리지, 보이는 그대로 그리지는 않겠다던 뭉크, 그는 그 여인을 생각하며 자신의 감정을 빈 캔버스에 채워넣었다. 뭉크에게 그녀는 팜므파탈femme fatale이었다.

어느 성인 영화의 광고 포스터를 보는 듯하다. 농익은 S자형 굴곡을 가진 여인의 나신이 눈부시다. 검고 긴 머리는 헝클어져 있고, 막 정사를 마친 듯 푹 젖어 있다. 살짝 감긴 눈이 교태롭다. 뭇 남성을 유혹하는 것 같기도 하고, 절정 후 여운을 즐기는 것 같기도 하다. 고개는 왼쪽으로 힘없이 기울어져 이어질 극치를 고대하고 있는 듯하다. 오른팔은 위로 향하다 머리 뒤로, 왼팔은 아래로 향하다 허리 뒤로 꺾여 있어 가리고 싶어하는 여성의 신체 부위가 그대로 노출된다. 시선이 가슴골을 지나 잘록한 허리에 이르면 꽉 껴안고 싶다는 강한 소유욕이 일어난다. 아뿔싸! 아랫배를 보니 여인은 임신한 상태이다. 여인의 주변을 휘감는 배경의 색채는 음산한 죽음의 분위기를 연출한다. 뭉크는 여인의 머리에 진홍빛 띠를 둘러 고결한 성인의 머리 위에 나타나는 후광을 표시했다. 원래 마돈나Madonna는 성모 마리아St. Maria의 별칭이다. 서양에서는 성스러운 여인으로 추앙받는다. 평자들은 '여인이 잉태 순간에 느끼는 관능적인 황홀경과 초월성을 동시에 묘사한 것'이라 한다. 하지만 아무리 봐도 전자에 가깝다. 에로티시즘을 표방한 모든 매체에서 저런 분위기의 여성을 앞세워 원초적 욕망을 들쑤시지 않는가. 뭉크는 왜 그림의 제목으로 마돈나를 선택했을까?

작금의 우리는 마돈나라 하면 이 여인이 떠오른다. 성모 마리아가 아니다. 팝의 여왕이자 섹시 아이콘, 가수 마돈나이다. 마돈나가 그녀의 본명이란 점이 아이러니하다. 그녀가 전설이 된 1984년 MTV의 VMAvideo music awards 동영상을 켠다. 〈Like a Virgin〉이다. 전주부터 들려오는 댄스 비트가 흥겹다. 면사포를 두르고 짧은 순백의 웨딩드레스를 입은 마돈나가 등장한다. 시스루 패션이다. 보일 듯, 말 듯, 말초신경을 자극한다. 길들이기 쉽지 않은 고양이 같은 춤을 추며 간간이 들려오는 콧소리가 고혹적이다. 마지막 후렴구가 들려온다. "Can't you hear my heart beat for the very first time?(당신은 정말 처음으로 뛰는 내 심장 박동을 들을 수 없나요?)" 그녀의 동작이 압권이다. 바닥에 무릎을 꿇고 몸을 상하로 움직이더니, 엑스터시에 도달한 듯 바닥을 뒹구는 그녀의 몸짓은 첫사랑의 짜릿한 느낌을 여과 없이 드러낸다. 동영상이 끝나자 야릇한 상상에 빠진다. '나의 첫 느낌은 어떠했을까? 저 바닥에 드러눕고 싶은 남자가 나뿐만은 아니겠지?' 그런데 마돈나의 열성 팬은 남성이 아니라 여성이었다. 뭉크가 활동했던 시대는 물론이고, 마돈나가 데뷔했던 미국 사회에서도 이상적인 여성상은 성모 마리아였다. 사회 분위기에 억눌렸던 여성들은 마돈나를 보고 대리만족했을 것이다. 성은 가장 자연스러운 인간의 본성이니까.

오늘 같은 날에는 뭉크의 〈마돈나〉 석판화가 보고 싶어진다. 붉은 테두리를 따라 헤엄치는 정자들, 하단 모퉁이에 그려진 앙상한 태아 모습은 농염한 여인의 자태와 어우러져 황홀 속의 절망, 환호 속의 절규, 삶 속의 죽음을 연상시킨다. 뭉크는 평생을 죽음의 공포에 시달렸다고 한다. 탄생은 죽음의 시작이라는 말이 있다. 틀렸다. 잉태가 죽음의 시작이다. 어쩌면 그 전부터일지도. 여인의 볼록한 아랫배에 복대라도 둘러주고 싶다. 양수를 통해 전해진 따뜻한 온기가 태아의 두려움을 덜어주리라.

'생식본능이 우선이냐, 성욕이 우선이냐'는 난제는 한동안 내 머릿속을 맴돌았다. 피임시술이란 생식본능을 저버리는 인위적인 의료행위가 아닌가. 나에게 정관수술을 받았던 무수한 남성들, 잠시 따끔하면 끝날

거라는 나의 자위 섞인 농담 뒤에는 그들 배우자의 뱃속에서 사라져간 수많은 생명이 있다. 생식본능을 뛰어넘는 인간의 파괴적인 욕망은 어디에서 오는가. 진정 성욕은 본능을 초월하는 것인가. 하지만 이 둘이 서로 경쟁하지는 않는 것 같다. 남성의 오르가슴은 사정할 때 나타난다. 여성이 오르가슴에 오르면 질을 수축시켜 사정을 독촉한다. 남녀 모두에게 섹스의 목표는 결국 임신이다. 이렇듯 인간이 섹스에서 느끼는 가장 큰 희열은 그들의 본능 속에 숨어 있는 새로운 생명 창조에 대한 욕구가 실현되는 순간, 바로 그 순간에 오는 것이다.

스마트폰이 울린다. 카카오톡을 열어보니 후배의 메시지가 와 있다.

'선배님, 저희 부부가 너무 성급했나봐요. 좀 더 숙고해보려고요.'

씁쓸한 마음으로 시선을 옮긴다. 그림 속 태아가 웃고 있다.

에세이문학

The 수필

● 성욕과 생식본능은 일치하는가? 작가는 이를 정관수술, 뭉크의 그림 〈마돈나〉 그리고 마돈나라는 이름의 팝 가수를 빌려 유추해본다. 결론은 인간 안에는 생명 창조라는 본능의 성스러움과 그 본능을 뛰어넘는 욕망이 긴밀한 관계를 유지하며 공존하고 있다는 것이다. 의료인의 시각에 머물지 않고, 성욕과 생식본능의 관계를 다양한 각도로 조명해보고, 수태의 과정을 군사작전에 비유, 묘사한 점 등에서 작가의 논리적 치밀함과 동시에 재치가 엿보인다./ 이혜연

재고 1권

전미란 mudamssi@hanmail.net

내 책이 잘 진열되어 있나 볼 겸 광화문 교보문고에 갔다. 수천 수만 권 속에 내 책이 있다니 비현실 같았다. 입구에 들어서자마자 심호흡부터 했다. 그런 다음 책꽂이 숲을 지나 바로 산문 코너로 직행했다.

아무리 찾아도 내 책이 보이지 않았다. 검색을 했더니 재고 1권이 떴다. 서울 한복판 대형서점에서 내 책을 내가 검색하다니, 기분이 묘했다. 아이를 찾는 어미의 심정이랄까. 책등에 적힌 수많은 이름들 속에서 내 이름을 찾는다. 내가 부르다 지친 이름을 찾는다. 팔렸나? 에이, 설마. 아니면 매장에서 누가 읽고 있나? 행방이 묘연했다.

카트를 끌며 책을 꽂고 있는 점원에게 다가가 조심스럽게 물었다. 점원은 열심히 찾기 시작했다. 입안에서는 몇 번이고 침이 고였다. 그녀는 짜증 섞인 한숨을 내쉬며 쪼그려 앉더니 서가 맨 아래 손잡이를 끌어당겼다. 서랍이 쑤욱 빠져나왔다. 널찍한 서랍 속 꽉 들어찬 책들은 깊은 잠에 빠져 있는 것 같았다. 시루떡처럼 켜켜이 쌓인 책들을 빼내고, 빼내고, 제치고, 제치고 난 후, 저 안쪽에서 전혀 손이 타지 않은 내 책이 얼굴을 내밀었다. 나는 마치 구입이라도 할 듯이 얼른 받아들었다.

재고 1권을 천천히 넘겼다. 밤을 밝히며 찍은 마침표에 내가 있었다. 교과서와 참고서 외엔 책과 담쌓고 살아온 과거를 생각하면 책을 내는 일은 상상할 수 없는 일이다. 가난한 단어들로 한 줄을 쓰기 위해 괴로웠던 날의 연속이었고 읽힌다는 것이 얼마나 어려운 일인지 쓰면서 알게 되었다. '저자가 어떤 의도로 썼건 그 글을 해석하는 독자가 중요하다'는 롤랑 바르트 말처럼 내 글이 좋다는 사람을 만날 때면 힘이 났다. 읽히지 않아도 내가 온전히 책 속에 있으니까 행복했다.

밝은 조명 아래에는 유명 작가 책들이 사열되어 있다. 독자가 자주 찾는 책, 매출에 영향을 주는 책들로 빼곡하다. 이런 상황에서 나는 무엇보다 현실감각이 필요했다. 죽었다 깨어나도 조명 아래 놓일 수 없는 내 책 『이별의 방식』을 유명 에세이 틈새에 끼워넣었다. 자리보존이나 잘해주고 오고 싶었다. 좁은 틈새에 팽팽한 긴장으로 서 있는 내 책을 보니 문뜩 미국의 8살 소년이 떠올랐다. 자기가 만든 그림책 한 권을 누군가 읽어주길 바라는 마음으로 도서관에 몰래 꽂아두고 온 후, 사서의 눈에 띄어 뜻밖의 베스트셀러가 되었다. 대출 대기자가 밀려 11년을 기다려야 볼 수 있다고 한다. 내 책은 점원에게 발견되는 즉시 퇴박맞고 치워지겠지. 그래도 주인이 와서 한번 쓰다듬어주었으니 관심을 못 받고 사라져도 서운하지는 않겠지. 나는 소기의 목적을 달성한 사람이 되어 회전문을 도망치듯 빠져나왔다.

서점마다 책은 넘치고 넘친다. 삼라만상처럼 책도 태어나고 소멸한다. 광화문 교보문고는 옛 것과 새 것이 끝없이 교체되는 곳이고 내 책 또한 통과의례로 거쳐가는 임시처소이다. 책들의 거대한 고향 같은 이

곳은 웬만해서는 표지를 내보일 여유가 없는 곳이다. 대부분의 책들은 눕지 못하고 창고에서 누군가 찾기를 기다리며 세월을 보내고 있다.

이제 막 태어난 내 책, 눈도 뜨지 못한 새끼를 꺼내어 날개를 달아주었다. 세상에 나오자마자 잊혀질지라도 부디 스스로의 운명을 찾아가기를. 비록 남의 자리에 모로 서 있을지라도 내 생에 가장 빛나는 순간이었다.

수필과비평

The 수필

● 대형 서점 에세이 코너는 인지도 높은 출판사와 유명 작가의 전유물이다. 작가가 서점에서 찾아낸 자신의 수필집 '재고 1권'의 행방은 오늘 우리 수필의 현주소다. 독자가 사막화된 현실에서 단행본 한 권을 내기 위해 "가난한 단어들로 한 줄을 쓰기 위해 괴로웠던 날"에 대한 보상은 대답 없는 메아리일 뿐이다. 수필가와 독자 간 수요 공급의 불균형 해소는 수필가의 노력과 결코 비례하지 않는다. 작가는 서랍 바닥에서 어렵사리 찾아낸 작품집을 유명 작가의 에세이 틈새에 끼워넣고 회전문을 나선다. 찰나의 순간일지라도 자신의 수필집에 날개를 달아준 작가의 일탈은 독자 없는 암울한 시대의 강을 건너는 수필가의 자화상이다./ 엄현옥

백동연죽白銅煙竹

정성록 lovejssrsr@naver.com

하늘 향해 날렵하게 살짝 들어올렸던 기와집 추녀도 세월의 무게에 눌려 한쪽 날개가 처져 보인다. 엄마의 삼우제를 지내고 먹먹한 가슴으로 빈집 대청마루에 걸터앉는다. 마루 안쪽에 낯익은 '백동연죽白銅煙竹'이 다듬잇돌 위에 있다.

백동연죽은 잎담배를 잘게 썰어 피우는 담뱃대다. 대나무의 길이가 한 자 반 이상 긴 것을 장죽, 또는 연죽이라고 한다. 대통과 물부리가 백동으로 된 긴 담뱃대를 백동연죽이라 부른다. 은빛 대통에는 징으로 쪼아 만든 한 쌍의 학이 날개를 활짝 펴고 날고 있다. 학처럼 살고 싶었던 엄마의 소망이었을 백동연죽을 두 손으로 살포시 잡아본다.

쓴 댓진 냄새가 올라온다. 백동연죽을 입에 물고 안채와 사랑채를 오가던 엄마의 모습이 살아계신 듯 아른거린다. 흰 머릿수건을 두르고, 마구초 불똥으로 수가 놓인 긴 무명 앞치마를 허리에 동여매고, 구십 평생 부엌 문지방이 닳도록 넘나들며 연기로도 한을 다 날려보내지 못하고 매운 눈물을 흘렸던 엄마였다.

마루 안쪽 족보와 서책들이 담겨 있는 궤짝을 정리하다 오래된 흑백 사진 한 장을 보았다. 엄마는 아들을 안고 아버지와 딸 셋이 활짝 웃고 있다. 엄마가 웃는 사진은 처음 보았다. 사진 속의 아들이 다섯 살 때 홍역으로 죽자 궤짝 깊숙이 넣어두었던 것 같다. 엄마의 웃음은 어디로 가고 영정사진과 백동연죽만 남았다.

조상 섬기는 일을 중하게 여긴 할아버지는 아들을 잃은 며느리 심정은 헤아리지 않았던 것일까? 살아 생전 제사 지낼 종손을 봐야 한다며 큰언니 또래의 열여덟 살 씨받이를 아버지께 들여주었다. 대청마루 건넌방에 새 홑청을 씌운 이부자리를 펴 신방을 차렸다. 서른일곱 만삭의 몸이었던 엄마는 심장을 도려내어주듯 남편을 건넌방 씨받이에게 들여보내야만 했다. 가슴에서 솟구치는 피눈물을 부여안고 엄마는 밤새도록 뒤척이며 불을 끄지 못했으리라.

할아버지는 사랑채에서 안방 문살에 비친 잠 못 드는 며느리 모습을 보았다. 대를 이어주지 못한 것 외에는 나무랄 데 없는 며느리가 안쓰러웠는지, 할아버지 나름의 방식으로 위로를 곁들여 안방 문 앞에 백동연죽과 마구초를 넌지시 밀어놓았다. 그 백동연죽은 할아버지가 늘 아끼며 한양으로 출타할 때마다 허리춤에 차고 다니던 것이다. 대를 잇지 못한 종부는 말 못할 설움을 태워보려 마구초를 꾹꾹 눌러 담아 불을 붙였다.

씨받이를 처음 들일 때 쌀 일곱 가마를 주고 아들을 낳으면 송아지랑 맞바꾸고 딸을 낳으면 데리고 가는 조건이었다. 씨받이는 들어오자마자 첫 아이로 아들을 낳았다. 손자의 젖 먹는 모습을 본 할아버지는 처음 약속과 달리 마음이 바뀌었다. 할아버지는 한약을 짓고 손수 밤을 까 씨받이의 입에 넣어 먹였다. 씨받이의 친정에 논 세 마지기도 장만해주었다. 해마다 가을 추수 마당에서 수레에 농작물도 넉넉히 실어보냈다. 대를 이을 아들을 낳은 씨받이는 하늘을 다 차지한 듯 유세를 부렸다.

삼신할머니의 질투도 통하지 않았는지 씨받이가 아들을 낳을 때마다 엄마는 연거푸 딸만 낳았다. 엎친 데 덮친다고 일찍 돌아가신 작은아버지의 아내인 숙모마저 돌아가셨다. 남겨진 사촌 언니 두 명까지 더해 딸을 여덟 명이나 키워야 했다. 할아버지는 안마당에서 노는 손녀들을 발길에 차이는 돌처럼 대했다. 밥을 먹을 때도 할아버지 눈치를 봐야 했다.

부모님은 일본에서 18년을 살면서 딸 세 명과 아들 둘을 낳았다. 첫아들은 일본에서 두 살 때 이질을 앓다가 죽었고 둘째아들은 해방된 한국으로 돌아와 다섯 살 때 홍역을 앓다 죽었다. 엄마는 죽은 두 아들이 씨받이 몸을 빌려 환생된 것처럼 여겼다.

엄마의 마음과 손길은 종손이 될 씨받이가 낳을 아들을 향하고 있었다. 공부 잘하는 딸들은 뒷전으로 밀어놓고 공부에 뜻도 없는 아들에게만 공을 들였다. 씨받이로부터 아들을 빼앗아갔다는 원망도 들었다. 딸들이 엄마한테 주는 용돈까지도 아들에게 다 내어주며 구십 평생 아들과 백동연죽만 끼고 살았다.

육십 년을 씨받이와 포개져 사는 동안 엄마의 심장은 고동쳤겠지만, 아버지에게 하고 싶은 말 대신 백동연죽의 물부리를 물었다. 엄마가 눈을 지그시 감고 상념에 젖은 채, 자욱한 연기 속에 빠져 있을 때는 숭고한 종교의식을 치르는 듯 보였다. 누구도 말을 걸지 않는 밤엔 죄 없는 놋화로가 밤이 이슥토록 연죽의 매를 맞아주었다. 화로에 불씨가 다 사그라질 때까지.

평범한 삶과 같은 순한 궐련 담배는 맛이 없어서였을까? 엄마의 인생만큼이나 쓴 마구초를 연신 줄담배로 피워 물었다. 혀는 가문 논바닥처럼 갈라지고 빨갛게 오그라들어 밥을 모래알처럼 여겼다. 혼자 시름과 싸우며 깊이 빨아낸 담배 연기를 허공에 뱉었다. 연기가 잘 빨려 나오지 않을 때면 내가 지푸라기로 담뱃대 속을 후벼냈다. 검은 댓진이 지푸라기에 묻어 나왔고, 찐득찐득한 댓진은 엄마의 속마음이 응축된 것 같았다.

설대 마디처럼 엄마의 마음에도 고통의 마디가 생겼으리라. 복이 많아 팔선녀를 거느리고 살았다며 스스로 위안하던 엄마의 마지막 길에 여덟 폭 병풍처럼 딸들이 둘러서서 배웅했다. 먼저 가신 아버지를 만나 대통에 그려진 한 쌍의 은빛 학처럼 날고 있을 것 같은 하늘을 쳐다본다.

말로 다 할 수 없는 엄마의 속마음이 담겨진 백동연죽. 할아버지가 평소 끔찍이 아꼈던 종부 며느리의 마음을 달래주려고 넣어준 백동연죽. 엄마가 돌아가시면 관속에 넣어준다고 약속했는데, 빈집에 홀로 남은 백동연죽을 품어본다.

한국산문

*마구초 : 말린 담뱃잎을 잘게 잘라 종이나 나뭇잎에 말아서 피우는 것.

The수필

● 소설보다 더 소설 같은 한 생이 수필 한 편에 담겨 있다. 엄마의 삼우제를 지내고 돌아온 빈집에 남은 백동연죽은 엄마의 유물이자 분신이다. 엄마의 기구한 삶을 회상하며 은밀하고 깊은 기억을 소환하되 절제된 감정이 오히려 더 큰 슬픔으로 다가온다. 시적인 감성과 감각적인 문장으로 진솔하게 풀어내어 읽는 이의 공감 능력을 높여주고 있다./ 정진희

한 벌의 옷

하인혜 ha_angela@hanmail.net

어쩌다가 입게 된 맏며느리라는 옷은 처음부터 되알지고 엉성궂었다. 그러나 흐르는 세월과 함께 이제는 내 몸에서 낡아버린 듯하다. 분가한 살림 규모야 단출하지만 기제일과 명절 그리고 집안 대소사에는 대가족이 모인다. 편한 대로 살아가는 일상의 주변을 정리하며 중심터를 넓혀야 함이 번거롭다. 그럼에도 나의 게으른 태생에서 비롯된 산만한 주변은 매양 사번스럽다. 철마다 옷장 정리를 하는 것조차 버겁기만 하여 옷걸이 위치를 바꿔놓으며, 고작 환기하는 정도이다. 그러나 장롱 서랍에 담겨 있는 자그마한 상자의 자리를 확인한다.

이곳에는 크기가 같은 배냇저고리 두 점이 담겨 있다. 사람의 나이로 환갑이 넘은, 그야말로 연세 지긋한 아기 옷이다. 남편의 나이에 한 살을 더해 저고리의 나이를 헤아린 것인데, 지금 내 시어머니의 작품이다. 스무네댓 꽃다운 나이에 혼인하여 첫아이 수태 후 지어낸 옷이다. 그 아이가 남편이다. 세월의 흔적이 고스란히 담겼지만, 앙증맞은 생김새가 영락없이 인형 옷 같다.

아무리 아기라지만 이토록 쪼그만 옷에 사람의 몸이 담기다니, 볼 때마다 이리저리 살피면서 슬며시 새어나오는 웃음을 베어물기도 한다. 옷감은 부드러운 면과 융의 이중직으로 당시의 상황을 추측건대, 욕심을 냈던 게 아닌가 싶다. 제법 좋은 원단을 고르고 마름질했을 새댁의 극진한 모습이 눈에 그려진다. 태동을 느끼며 점차 불러오는 복부 위에 몇 번씩이나 대어보며 한 땀씩 손바느질로 옷을 지었음은, 머잖아 세상에 나올 아기와의 만남을 위한 태교 역할도 했을 것이다.

어머니의 뜻에 따라 이 배냇저고리는 남편의 핏줄인 내 아들의 몸을 맞이했다. 그리고 남편의 동생들이 혼인 후, 순례하듯 그들의 아이들과 첫 만남을 거듭했다. 물론 귀동냥으로 담아 들었던 이야기의 말마디가 남아 있다. 남편과 그의 형제들이 상급학교 진학시험을 본다든지, 인생의 통과제의를 치러야 하는 중요한 관문에, 당사자 가슴 언저리에 배냇저고리를 넣었던 시어머니의 손길이 늘 함께했다. 온전한 형태는 아니지만 앞섶의 여밈 부분에 땋은 무명실 타래를 덧대어 꿰맨 흔적은 훗날 어머니의 꼼꼼한 솜씨로 복원된 것이다. 아프지 말고 장수하라는 뜻의 기원이 담겼다. 그렇게 지금은 우리 집 서랍장 안에서 장손長孫의 핏줄로 찾아올 새 이름을 기다리고 있다.

세상에 태어나 처음 옷을 입힌 손길을 갓난둥이는 기억하지 못한다. 그렇게 겉모습과 몸속 오장육부가 커갔을 것이고, 나날이 자라는 아이의 수많은 옷은 길이가 줄었거나 품이 좁아질 때면 아우에게 물려주면서 알뜰하게 쓸모를 다했을 것이다. 그러나 배냇저고리는 손아래 동기간들이 장성하여 일가一家를 이루고, 생명의 탄생을 기다리며 맞이하는 그 여정의 첫 만남에 늘 함께했다.

나는 배냇저고리를 꺼내어 뒤적거리다가, 떠오르는 그림 같은 장면을 펼쳐본다. 어머니는 꽤 오래 전, 찾아올 윤년을 손꼽아 기다려 그 해 윤달에 당신의 수의壽衣를 준비해놓으셨다. 최고의 국산 삼베를 고르기 위해 산지까지 방문하여 꼼꼼하게 살폈다. 이에 따라 격식을 갖춰야 하는 고운 명주 등 옷감의 가격이 결코 만만찮은 비용임에도 정성을 다해 마련해두신 것이다. 세상 떠나는 날의 옷차림에 예禮를 갖춘다는 것, 그 깊은 뜻을 헤아리게 되니 자연스러우면서도 숙연하게 동의할 일이다.

삼복三伏 더위가 누그러지고 가을 초입의 햇살에 소슬한 바람결이 스치면, 어김없이 어머니는 당신의 수의를 꺼내놓으신다. 나는 오래된 비디오를 재생하듯 기억의 서사에 따라 당신의 자그마한 몸짓이 빚어내는 동선을 지켜본다. 오동나무 상자 속에 고이 개어놓은 옷을 펼쳐놓고 혹시 변질되지 않았는지, 돋보기안경 너머로 찬찬히 살피시는 어머니 눈길은 적요하다. 포장만 남은 좀약 봉지를 새 것으로 바꾸어 넣으며, 거풍을 위해 바람 좋은 볕자리를 찾는다. 어쩌면 올해가 마지막일지도 모른다는 어머니의 애틋한 손길이 닿으면, 삼베 결의 성긴 올 사이로 스며든 촘촘한 햇살은 이별의 편지를 받아쓰는 것 같다.

아울러 이제는 고인이 된 친정아버지가 이승을 하직할 때의 소회를 반추해본다. 가족과의 사별은 회한을 삭여야 하는 강요된 단절이기에 황망함과 비감悲感이 교차하는 애도의 현장은 낯설고 남루하다. 그러나 장막 너머에서 일정한 속도로 집중하며 염을 하는 이의 손길은 자못 경건했다. 다양한 세목으로 몇 겹을 두른 다음에, 완결된 옷차림으로 내어 보여준 망자의 마지막 모습은 참으로 가뿐하고 황홀했다. 곁을 지키던 나는 마음 깊은 곳에서, 치오르는 그 무엇으로 뻐근한 숨을 고르며 내쉬어야 했다.

사람의 일생에서 오직 한번 입는 배냇저고리와 수의를 바라본다. 처음의 옷과 마지막 옷을 결코 자신의 손길로 여미지 못하는 필멸必滅의 인간, 그 유한성을 사무치게 느끼며 만남과 이별의 연결고리를 이어본다. 누구나 부모라는 육친의 인연으로 태어나, 처음의 손길이 닿은 옷을 입고 세상과 만남을 시작한다. 그리고 자신의 몸을 감쌌던 많은 옷을 정리하지만, 자신에게 마지막 옷을 입혀줄 손길은 정녕 알지 못한다. 지상 여정이 끝나는 그날, 숨이 떠난 내 육신은 어떠할까를 헤아리는 상념이 조찰하다.

에세이문학

The 수필

● 남편의 배냇저고리와 시어머니의 수의壽衣. 인간의 처음과 끝을 장식하는 그 한 벌의 옷에서 자신의 손으로 여밀 수 없는 옷이라는 비의적悲意的 공통점을 찾아내고, 필멸必滅이라는 인간의 유한성을 재인식해내는 작가의 시선이 웅숭깊다. 서사와 감성이 잘 어우러져 따뜻한 한편 숙연함을 느끼게 한다./ 이혜연

마주수馬珠樹, 열매는 어떤 맛일까

한기홍 hkhc5656@hanmail.net

추락하는 것에는 날개가 없다. 이 물리적 현상은 시내 야산의 오솔길에서 내게 증명되었다. 어느 작가는 '날개가 있다'라고 말했었다. 으슥한 등산로의 경사면을 잘못 디딘 순간, 비명과 함께 나뒹굴어진 몸뚱이는 대여섯 바퀴 굴러 추락하다가 나무에 걸려 멈추었다. 만약 그 자리에 그 나무가 없었다면 급경사 된 계곡으로 떨어질 뻔했다. 온몸에 식은땀이 배어나오고 오한마저 일었다. 통증도 잊은 채 나무를 올려다보니, 까만 열매들이 윤기를 잃고 매달려 있었다. 이건 무슨 나무지? 열매를 보아 산수유 같기도 하고, 아닌 것 같기도 하다.

점차 엉덩이와 어깨 부분에 통증이 몰려올 때, 문득 쓰러진 몸의 다리 사이로 산 밑에 펼쳐진 도시가 보였다. 기상청에서 수년 전까지 황사라고 불렸던 미세먼지가 자욱이 도시의 하늘을 회색으로 장악하고 있었다. 그 스산한 광경이 마치 세기말적인 우울과 두려움 같기도 하고, 잿빛 환몽의 너울로 일렁이는 도피안到彼岸 같아서 식은땀을 흘렸다. 해를 넘겨 창궐하고 있는 코로나 괴질 독감의 하얀 촉수들도 희미한 거리의 골목들에서 출몰하고 있는 듯했다.

그때 황량한 주변의 풍광 때문에 떠오른 것일까. 한 시인이 젊을 적에 승복을 벗고 환속하여 제주를 방랑하며 썼다는 시 한 편이 떠올랐다. 왜 오래 전 문학청년 시절에 감상했던 시가 기억의 저편에서 불쑥 튀어나왔는지 모르겠다. 현재 그 시인의 처지가 어떤 스캔들로 퇴색되었지만, 한 사람의 영욕사榮辱史를 떠나 내 심안에 각인된 그의 치열한 창작 정신과 시구는 살아 있었다.

> 이 유월의 유동나무 잎새로써/ 그대 금도襟度는 넓고 유연하여라/ 저문 들에는 노을이 단명短命하게 떠나가야 한다/ 산을 바라보면 며칠째 바라본 듯하고/ 나만 저세상의 일을 알고 있는 양/ 벌써 조천朝天거리 들쥐 놈들은 바쁘고/ 낮은 담 기슭에 상치는 쇠어간다/ 제 모가지를 달래면서 소와 말들이 돌아가서/ 차라리 마주수馬珠樹 꽃을 싫어하며 빈 새김질을 하리라/ 이제 저문 어린애 제 울음을 그친 쪽으로/ 나에게는 하나이던 것이/ 너무나 많은 것이어서/ 저 조천朝天 세화細花께 하현下弦달 하나만이라도/ 밤 이슥하게 떠올라 나를 자주자주 늙게 하거라
>
> — 고은 「저문 별도원別刀原에서」(전문)

나는 곧 가랑이 사이로 보이는 회색의 도시를 응시하며, 시인이 겪었던 제주 별도원 들판의 황량한 우수憂愁가 정수리에 휘몰아치는 쓸쓸한 정서에 빠져들었다. 제주의 유월은 말구슬나무馬珠樹 보랏빛 꽃잎이 활짝 피던 시기. 그 열매는 지금도 탱글탱글하게 매달려 있을 것이다. 동

네 아이들이 새총의 탄환으로도 써먹었다는 마주수 열매. 나는 저문 들녘 조천거리 들쥐처럼 몸을 웅크리고, 그 영험한 마주수가 되어 나를 굽어보고 있는 나무를 쓰다듬었다.

한동안 나무를 매만지며 시인이 느꼈을 저문 별도원의 아스라한 노을과 절망, 회한, 그리고 방랑 속에서 편린으로 빛나던 시인 특유의 니르바나Nirvana, 涅槃를 찾으려 들었다. 간신히 나무둥치를 잡고 일어나 앉아서, 나를 구한 고마운 나무를 우러러봤다. 아하! 이 나무는 저 별도원 들판의 어느 수풀에서 살랑이는 마주수 나무와 무관하지 않으리. 그래, 어쩌면 저 북녘의 시인, 백석 시인이 압록강변 남신의주 유동 골방에서 떠올렸던 그 갈매나무의 현신인지도 모르지.

일어나 운신해보니 다행히 큰 부상은 없었다. 걸머진 작은 배낭이 엉덩이와 등허리의 근육을 대신해서 충격을 고스란히 받아내서, 뼈에는 이상이 없는 듯했다. 천우신조란 말이 바로 이런 경우일 것이다.

한 이방인이 개구멍으로 거대한 성채에 몰래 틈입하듯이 도시로 스며들었다. 도시는 암울한 대기 속에서 무섭게 증식하고 있다. 거대한 콘크리트 탑들이 하늘을 덮고 있다. 이 무지막지한 아파트 숲들은, 이제까지 보던 광활한 천공을 우물 속에서 보는 손바닥 허공으로 조립하고 있었다. 답답하다. 숨이 막혀 기침이 나온다. 심장을 옥죄어오는 회색빛 문명의 거만한 표정들이 깃발처럼 펄럭이고 있다.

상전벽해桑田碧海라는 말은 이제 그리운 고사성어다. 푸른 뽕나무밭이 짙푸른 바다가 되는 거창한 변화를 말하지만, 그리운 자연의 숨결이 녹아 있는 단어다. 오늘날 눈앞의 변화는 그리움을 자아내는 옛 정취를 거부한다. 행여 발목을 잡는 아련함이 조금이라도 있으면, 냉혹하게 외면하는 이른바 피도 눈물도 없는 혁신革新, Innovation이 지배하고 있다.

귀갓길의 석양이 제법 길다. 마치 별도원의 들녘 한 모퉁이, 조천 마을과 세화해변의 어느 낮은 지붕에 떨어지는 노을빛처럼…. 음울했던 이 도시의 서쪽 하늘도 벌겋게 물들었다. 으르렁거리는 아파트 신축 현장을 지나 이제는 빛바랜 흑백사진처럼 퇴락해가는 낮은 지붕의 동네로 들어섰다. 이곳이 한때는 거름 냄새 풀풀거리는 밭들이 있었고, 1·4 후퇴 때 월남하여 정착한 피난민들도 많았었다. 비록 게딱지같이 조밀한 집들과 미로처럼 얽힌 골목들이 있었지만, 하늘과 땅과 사람들이 환하게 웃고 울던 터전이었다.

근대의 숨결이 남아 있는 달동네를 가로질러 집에 가까워지자 골반이 더욱 아파졌다. 추락할 때 엉덩이부터 부딪쳐서 부은 모양이다. 문득 서쪽 하늘의 노을빛이 가슴을 비집듯이 스며들어왔다. 오전부터 종일 세상을 지배하던 회색빛 그림자 너울들이 서서히 씻겨가는 듯했다. 엉덩이의 통증을 문지르며 중얼거렸다. 고마운 나무여! 그대는 영험한 신목이 틀림없으리. 추락하는 몸을 구해주고, 잠든 시안詩眼을 일깨웠나니. 그래. 내 작은 엉덩이를 잡아챈 것은 나태해지고 무력하며 으스댈 줄 만하는. 나의 헐거운 오만을 질타하는 순간의 갈喝이 아니고 무엇이란 말인가.

나는 이 회색의 시대, 우울한 도시 속으로 녹아들어가기로 했다. 혈기방장하던 중년까지도 삶의 참뜻을 어림짐작하고 휘둘렀던 언행과 졸필들…. 이제 무의미함을 강구했던 일체의 사유도, 의미 부여를 찾았던 갈지자 행보도 다시 헤아리리라. 원래 세상과 시대는 혼돈으로 점철되는 것이지 않은가. 혼돈이 먹는 것은 존재의 파괴요, 배설하는 것은 창조인 것이다. 자택의 현관문을 들어서며 종일 웅얼거리던 시 「저문 별도원에서」의 후반부가 심금에 늘어붙는다. 문득 마주수의 열매는 어떤 맛일까 궁금해졌다.

> "이제 저문 어린애 제 울음을 그친 쪽으로/ 나에게는 하나이던 것이/ 너무나 많은 것이어서/ 저 조천朝天 세화細花께 하현下弦달 하나만이라도/ 밤 이슥하게 떠올라 나를 자주자주 늙게 하거라"

계간수필

The수필

● 잘 만들어진 CG 화면 같은 잿빛 환몽의 글, 거기에 기꺼이 빠져들었다. 넘어진 가랑이 사이로 회색 도시를 바라보다가 엉뚱스럽게 불러온 고은의 시, "하현달 하나만이라도 밤 이슥하게 떠올라 나를 자주자주 늙게 하거라"에 낚여버렸다. 여태껏 본 적 없는 말구슬 나무와 열매, 하현달, 자주자주 늙게 하거라,가 주문처럼 맴돌았다. 추락의 순간은 인간에게 날개를 대신할 다른 것을 내어주나보다. 고마울 뿐이다./ 문혜영

The 수필

Autumn

아버지의 자리

강경신 coreworld3@naver.com

아버지는 공부를 계속하고 싶었지만 외지外地로 자식을 보낼 수 없다는 할머니의 뜻대로 고향에 남았다고 했다. 농사꾼이 되었지만 일은 별채에 사는 막둥이 아저씨가 맡아했고, 아버지 자리는 낮은 책상 앞이었다.

늦은 밤 운율에 맞춰 책 읽는 소리를 들으면서 어린 나는 잠이 들었다. 아버지는 새로운 뭔가에 마음이 쓰일 때 금강경을 붓글씨로 옮겨 적었다. 붓을 쥔 손에 힘이 들어갔다가 날듯이 빠지면서 풍기는 진한 먹 냄새를 나는 좋아했다. 겨우내 고심하는 아버지 곁에서 막내 자격으로 내가 먹을 갈았다.

할머니가 돌아가신 뒤에도 아버지는 고향에 남았다. 그리고 어느 해 봄, 아버지는 막둥이 아저씨와 일꾼들을 시켜서 우리 포도밭을 갈아엎었다. 원두막이 일꾼들에 의해 부서져 잔해더미로 쌓여갔다. 나는 원두막 기둥을 붙잡고 "그냥 두라!"며 발버둥쳤지만 소용없다는 걸 알고는 있었다. 그해 여름 포도밭에서 수박이 자랐다.

다른 해에 아버지는 모종 하나 값만 해도 상당하다는 알로에를 그 땅에 심었다. 하지만 그것들은 장마를 이겨내지 못하고 뿌리부터 썩었다. 그 후 오랫동안 부모님은 새벽까지 얘기를 나누셨다. 나는 왠지 모를 불안을 느꼈다. 그래서 귀를 쫑긋 세우고 애써 잠을 쫓으며 몸을 뒤척였다.

우리 식구는 서울로 이사를 왔다. 우리 밭이며 논이며 가축들과 우리 집이 다른 사람 것이 되었다는 걸, 어린 나는 나중에야 알았다. 서울에서 아버지가 할 수 있는 일은 별로 없었다. 시도는 해보셨지만 뜻대로 안 풀렸을 것이다. 우리 식구는 삼사 년 동안 서너 번 이사를 했다.

천장이 낮아 장롱을 마루에 눕혀놓은 집에서도 엄마는 의연했다. 보잘것없는 밥상에도 아버지 밥그릇에는 언제나 덮개를 올렸다. 우리 형제는 그게 공경의 표시라는 사실을 알았고 아무리 배가 고파도 아버지가 먼저 수저 들기를 기다렸다. 더 못한 상황이었더라도 우리 앞에서 '당신 남편'을 탓하지 않으셨으리라.

엄마는 우리들에게 어떤 일이든 잘잘못을 따지지 말고 무조건 아버지께 '잘못했다'고 말씀드리라고 했다. 언니들은 그 뜻을 이해했는지 줄줄이 사춘기를 거치고도 별 일 없이 어른이 되었다.

내가 문제였다. 잘못도 없는데 빌 수는 없다고 끝까지 버텼다. 머리가 굵어지면서 아버지가 우리에게 공자, 맹자 말씀을 설교하면 고리타분하다는 생각이 앞섰다. 자장가처럼 듣기 좋았던 책 읽는 소리에 귀를 막았고, 어릴 적에는 코를 대고 맡았던 먹물 냄새도 짜증났다. 아버지가 '달'이라고 말하면 '해'도 있다고 따져들며 어떻게든 아버지의 화를 돋우었다.

그때의 나를 어떻게 설명할 수 있을까? 형편없는 상황에도 철옹성 같던 아버지의 자리를 흔들고 싶은 못난 자식의 자격지심이었을까? 아니면 '너울 쓴 거지' 처지가 된 아버지가 세상을 향해 거침없이 나아가길, 그리하여 누구도 범접할 수 없는 자리에 다시 앉아주기를 바라는 욕망의 다른 표현이었을까?

시간은 지나갔다. 달궈진 팬 위의 콩처럼 어디로 튈지 모르던 내 감정도 가라앉았다. 하지만 나는 아버지를 부모 자식이라는 범주 안에서 가장 끝자리로 밀어냈다. 아버지와는 의례적인 말 외에 한두 마디도 더 나누지 않았다.

웃고 우는 내 모든 감정은 엄마를 향해서만 움직였다. 굴곡진 서울 생활에서 한결같은 마음으로 식구들을 감싸안은 엄마였다. 그렇기에 측은한 마음이 앞섰고 무엇이든 해주고 싶었다. 아르바이트를 해서 번 돈으로 매니큐어를 처음으로 사온 날, 엄마의 발톱을 깎았다. 힘줄이 볼록하게 솟은 발등을 마주하고 앉아 엄마의 발톱 끝을 부드럽게 다듬은 다음 연분홍 매니큐어를 발랐다. 내 솜씨가 서툴러 붓이 발톱을 벗어나 그림을 그려도 엄마는 색이 참! 곱다며 좋아했다. 나는 등지고 앉은 아버지가 거기에 없는 것처럼 엄마한테만 다정하게 굴었다.

식구들에게 아프다는 말 한번 없었는데 아버지가 위암 말기 판정을 받았다. 수술을 할 수 없는 상태라고 의사는 진단했다.

복수가 차기 시작한 건 집에 온 지 두 달도 안 된 뒤였다. 무슨 말이든 하고 싶었지만, 첫말을 찾지 못해 매번 그만두고 말았다.

"오전에 이발사가 다녀갔어."

엄마의 얼굴이 수척했다. 아버지와 무슨 말이든 나눠야 한다는 생각에 방문을 열었다. 아버지는 내가 들어오는 걸 아셨지만 스스로 몸을 일으킬 힘이 없었다. 나는 그냥 앉았다. 조금 뒤 입안이 바짝 말라 겨우 끄집어낸 목소리로 아버지가 부탁하셨다.

"발톱 좀 깎아줄 수 있니? … 우리 막내가 손대면… 반들반들해지더구나."

따뜻한 물에 비쩍 마른 아버지 두 발을 담그고 발가락 사이를 문질렀다. 스르르 허물이 벗겨졌다. 발등에서 발목에서…. 복받치는 감정을 눌러보았지만 눈물이 걷잡을 수 없이 쏟아졌다.

"아버지, 미안해요."

"아냐, 아냐. 아버지가 미안해… 고맙다."

불안한 내 어린 영혼이 고향에 있는 원두막을 찾아간다. 아버지가 우비를 입고 포도밭 사이를 오가는 모습이 보인다. 후두둑 후두두두둑 세찬 비가 내리기 시작하면 아버지는 단숨에 뛰어와 비에 젖은 채로 내 곁에 걸터앉는다. 장대비를 맞고 튀어오른 흙냄새가 코를 간지럽히고 달큼한 포도 향이 사방으로 퍼지고 있다. 아버지 얼굴에 미소가 가득하다. 꿈이라는 걸 알기에 나는 오래도록 눈을 감고 있다.

한국산문

The 수필

● 아버지와 딸이 주고받는 대화체 두 단락에서 그들의 전 생애와 마음이 압축된다. 눈앞에 부녀의 모습이 그려지고 그들의 마음이 만져질 것만 같다. 혈육의 사랑은 이처럼 한순간에 회복되는 기적을 품고 있다. 아름다운 용서와 뜨거운 화해의 장면에서 눈시울이 뜨거워지는 것은 사랑의 근원을 품고 있기 때문이다. 한 편의 소설인 듯, 영화의 한 장면인 듯, 강렬한 흡인력을 지녔다./ 정진희

흉혈胸穴

김정화 jung-0324@hanmail.net

과연 고승의 풍모답다. 결가부좌한 다리 위로 가지런히 손을 포개고 정면을 응시하는 그윽한 눈매, 곧고 오뚝한 코 아래 꾹 다문 홀쭉한 입술, 양옆으로 돋은 볼록한 광대에 연륜이 느껴진다. 이마의 세 가닥 주름과 입가로 내려오는 팔자주름, 그리고 툭 튀어나온 울대뼈와 앙상한 쇄골 밑으로 뼈마디가 보이는 손등 탓인지 노승은 더욱 수척해 보인다.

우리나라에 유일하게 남아 있는 고려시대 승상인 건칠희랑대사좌상이다. 이번에 해인사 성보박물관 수장고에 모셔졌던 이 초상을 옮겨와 박물관 특별기획전을 연다고 하기에 한걸음에 달려가 친견하였다. 곳곳에 파이거나 눌린 자국이 있고 색이 긁히거나 조각이 떨어져 나갔지만, 한평생 오롯한 정진으로 일관한 수행자의 모습은 변함없다. 대부분의 불상이 팽팽한 볼살과 함께 단단한 어깨와 넓은 무릎에서 균형잡힌 비례를 보이는 것과는 달리 희랑대사상은 전체적으로 왜단하고 마른 체격이다. 꼿꼿하고 근엄하나 부드러운 인품과 따뜻한 인간애가 온몸에서 풍겨나오는 듯하다.

희랑대사가 누구인가. 고려 태조 왕건의 스승으로 알려졌다. 후삼국 시대에 합천은 고려와 후백제가 격전을 벌이던 곳으로서 그가 승군을 이끌고 고려 왕건을 도와 후백제 세력을 격퇴하였을 것으로 보고 있다. 화엄학의 대가로도 명성을 얻었으니 최치원도 그의 화엄경 강론을 찬탄하는 글을 썼다. 『고운집』의 「희랑 화상에게 증정하다」라는 시에서 '문수께서 동묘에 강림한 것을 알겠도다'라는 구절만 보더라도 깊은 학식을 가진 대사를 문수보살에 비유하여 숭앙했음을 알 수 있다.

그런데 자세히 보니 스님의 가슴이 이상하다. 옷섶을 헤쳐 드러난 가슴팍 가운데 어른 손가락 하나 들어갈 정도의 구멍이 빠끔 뚫려 있다. 흉혈이라고 했다. 일부에서는 쏙 뜸한 흉터를 형상한 것이거나 오래되어 썩고 좀 먹어 생긴 구멍이라는 설도 있고, 당시 해인사에 모기가 많아 수행하기 힘든 스님들을 위해 희랑 스스로 가슴 구멍을 뚫어 모기들에게 피를 보시하여 생겼다고도 전해진다. 재미있는 것은 중국 변방에 관흉국 또는 천흉국이라는 나라가 있었는데 신분이 높은 자들은 흉혈이 있어 이곳을 막대로 꿰어 양쪽에서 두 사람이 떠메고 다녔다는 설화이다. 그 때문에 희랑대사 역시 '흉혈국인'이라는 별칭을 얻었다고 한다. 무엇보다 법력의 경지에 이른 고승의 자비심이나 신통력의 상징이라는데 고개가 끄덕여진다.

신성한 구도자의 가슴 구멍은 육안으로 확인되지만, 속인들도 누구나 보이지 않는 흉혈 하나쯤 지니고 있겠다. 어느 시인의 모친은 화병으로 속이 타버려 소다 가루 아홉 말을 잡수셨다 하였고, 모 수필가의 어머니는 생때같은 아들 둘을 앞세운 참척의 고통에 앙가슴을 헤치고 가슴북을 두드리다 돌아가셨다. 오랜 지인은 제주 4·3사건 때 부모를 잃고서 평생 울울증을 앓고 있으며, 어릴 때 생모에게 버림받은 아픔이 냉혹하여 지금도 쓰린 가슴을 안고 살아가는 도반도 있다. 사랑을 잃은 자들도 노래 가사처럼 '구멍난 가슴에 추억이 흘러' 넘칠 것이고, 오기로 잘 버텨내고 있는 내 삶인들 삭아내리지 않은 곳이 얼마나 될까. 그러니 먼 미래에 마음 사진을 찍는 기술이라도 개발된다면 속인들의 사후 영정사진에도 저마다의 흉혈이 드러날까.

좌대를 한 바퀴 돌아본다. 석재나 진흙도 아니며 금동이나 철불도 아니다. 뒷면은 분명 나무인데 앞면은 언뜻언뜻 삼베가 드러나는 건칠 기법이다. 도저히 천여 년 전에 만들어졌다고는 믿기지 않을 정도로 정교하다. 세필로 그린 하얗게 센 뒷머리며 약간 굽은 어깨마저 계산된 듯 섬세함이 느껴진다. 훗날 채색하였다는 화려한 점무늬 장삼과 홍록색 가사에서는 가야산 바람결이 일렁일 것만 같다. 그런데 흉혈만 뚫린 것이 아니라 조각상 내부가 텅 비었다고 한다. 속 비우기를 하면 무게를 줄이고 복장물을 봉안하기 위한 공간도 생기겠으나, 결국 삶과 죽음은 덜어내는 일이라는 것을 중생에게 일깨워주려는 것이 아닐까.

흔히 얼굴과 신체 등이 사실적으로 표현된 조각상을 진영상眞影像이라고 하는데 희랑대사상도 생전의 모습과 거의 흡사하리라 여겨진다. 물론 이 좌상이 전신사리라고 일컫는 육신불은 아니지만 노스님이 곁에 앉은 듯한 착시마저 인다. 육신상은 고승의 유해에 옻칠이나 금박, 혹은 진흙 등의 층을 입혀서 미라로 만든 상이다. 중국에서 육신불은 인간으로 태어나 수행을 거쳐 득도한 뒤 입적한 승려의 상징으로서 부처에 버금가는 신앙 대상으로 숭배되고 있다.

그 때문일까. 나는 희랑대사상의 생생한 묘사에 진즉부터 「등신불」

을 떠올리고 있었다. 소설 속 주인공은 금불각 속에 모셔져 있는 등신불을 보고 충격을 받는다. 화자에게 불상은 관세음보살의 미소로 이상화되어 있는데 그것과는 달리 고뇌와 슬픔이 아로새겨진 등신불에 의문을 가지며 소신공양한 인물의 내력을 탐색해나가는 과정이 담겨 있다. 이후에 나는 어느 잡지에서 중국 광둥성 남화사에 안치되어 있다는 육조 혜능의 진짜 등신불 사진을 본 적이 있다. 먹빛 얼굴에 지그시 두 눈을 감고 앉은 채 열반에 든 자세였는데 침묵의 언어가 너무나 경건하여 그 자체로도 전율이 일었다. 마음을 비우면 헛된 생각도 잦아든다는 법문을 거듭 새기지 않을 수 없었다.

고개를 들어보니 이미 희랑대사는 옅은 미소를 머금고 가슴을 열어 흉혈이라는 화두를 던지고 계신다.

수필과비평

The 수필

● 작가는 해인사 성보박물관 수장고에서 침묵하던 희랑대사 좌상을 친견한다. 그는 깊은 학식으로 숭앙받았던 고려 태조 왕건의 스승이다. 그의 좌상은 불상의 후덕한 이미지와는 달리 왜단하고 마른 체격이지만 부드러운 인품과 따스함을 풍긴다. 등신불을 연상케 하는 좌상에는, 법력의 경지에 이른 고승의 상징인 듯 가슴에 구멍이 뚫려 있다. 신성한 구도의 삶과는 거리가 먼 삶을 살아내는 저잣거리의 속인들도 가슴에 저마다의 흉혈胸穴을 지녔다. 대사의 법문은 아픔을 삭이며 살아낸 속인들에게 회자되던 드라마의 명구절을 떠올리게 한다. "아프냐? 나도 아프다."/ 엄현옥

멸치 화장化粧

김희숙 huisuk5601@hanmail.net

멸치가 솟구친다. 한 무더기가 하늘 높이 튀어오르면 먼저 올라가 허공을 헤매던 무리는 물속으로 곤두박질친다. 멸치 대가리는 나아갈 바를 모른 채 밑으로 툭툭 떨어지고, 머리 잃은 몸뚱이는 포물선을 그리며 떠돌다 뱃전에 쌓인다. 비늘과 살은 으깨지거나 부서져 사방으로 흩어진다. 색색 비닐 옷을 입은 어부들이 이불 털듯 경쾌하게 그물을 후려친다. 여덟 명의 한쪽 팔이 동시에 올라가더니 노랫소리에 맞춰 아래로 내리치기를 반복한다. 호흡까지 옆 사람과 맞추어 누구도 대열에서 튀지 않고 동작마저 똑같다. 절도 있게 춤추는 아이돌 그룹의 칼군무처럼 보인다. 햇살은 따스하게 내리쬐는데 푸른 바다 위에서 땀과 전쟁을 하고 있다. 코끝에 닿은 바람결마저 비릿하다.

산과 들에 봄꽃들이 앞다투어 피기 시작하면 그에 뒤질세라 바다에서도 봄기운을 머금는다. 봄은 바다도 깨어나게 하는 마법을 가졌다. 기름지고 살이 통통하게 오른 멸치들이 알까지 품어 봄을 부른다. 어부는 재빠르게 찬바람을 헤치고 바다로 나가 멸치를 잡아올린다. 알을 가득 품고 쑥쑥 살집을 키우던 멸치 떼는 난데없이 조여오는 그물에 갇히고 만다. 파도가 일렁일 때마다 멸치무리가 이리저리 떠밀린다. 꼬리를 힘껏 휘저어보지만 미처 빠져나가지 못한 머리는 그물에 가 콕콕 박힌다. 그물코에 꽂혀 주렁주렁 물 밖으로 끌려나오는 멸치들의 아우성이 바람을 불러오는지 바지선에 묶어둔 배들이 심하게 출렁인다.

여느 고기에 비해 크기가 작은 멸치는 식탁에 오르기까지 품이 많이 드는 생선이다. 멸치는 잡을 때보다 바다에서 돌아온 후 그물을 털 때가 진정한 멸치잡이라고 선장이 귀띔해준다. 어떤 일이기에 그런 말을 할까 의문이 들었으나 눈앞에서 펼쳐지는 광경을 보는 순간 저절로 고개가 끄덕여졌다. 언젠가 TV에서 달인으로 유명한 연예인이 어부를 따라 멸치를 잡고 항구로 들어와 털이작업을 하는 도중에 그 프로그램 사상 처음으로 포기를 선언하는 장면을 보았었다. 눈물까지 흘리며 도저히 못하겠다는 말이 그의 진심으로 느껴졌다. 뭐든지 도전해 척척 해내어 달인이라는 칭호를 얻은 그가 손을 들 정도로 쉽지 않은 일이 멸치털이 작업이다.

한 팀은 여덟에서 아홉 명으로 이루어진다. 노련한 어부가 배 위를 다니며 긴 그물이 엉키지 않도록 풀어주고, 좌우 끝은 비교적 나이든 이나 어린 사람이 당겨준다. 그 사이에 선원들이 열 지어 하나 둘 장단을 맞추며 그물을 턴다. 한 명이라도 박자가 맞지 않으면 전체가 흐트러지기에 경험 많은 어부가 선창을 한다. 소리를 안 하면 각자의 손들이 제멋대로 올라가는 까닭에 호흡을 맞추는 최고의 방법이다. '어야 디야'라고 신호하는 배도 있고, 어떤 배는 '에라 차야'라고도 들린다. '에라이 죽겠다'는 뜻이라며 농을 치는 어부의 웃음에 오죽했으면 구령 소리가 그럴까 싶다. 몇 시간씩 그물을 털다보면 팔과 어깨는 돌덩이처럼 무거워지고 욱신거리는 근육통이 훈장처럼 매달린다. 혼자서는 절대로 할 수 없는 일이 멸치털이다. 서로에게 의지해 조금씩 조금씩 당기다보면 끝이 보이지 않을 것 같은 그물도 드디어 백기를 든다.

어떤 이는 내게 겨울에는 따스하고 여름에는 선선한 사무실에 앉아 찾아오는 사람 맞이하는 일이니 수월하지 않느냐고 말한다. 한편으론 맞는 말이기도 해서 맞장구쳐주지만, 마주 앉은 이의 고민의 더께가 두터울수록 상담하는 목소리에 힘을 싣게 되고 해결 방법을 찾으려면 내가 가진 모든 지혜를 모아야 한다. 혼신을 다해 끝내고 나면 허기지고 눈꺼풀이 내려앉는다. 때론 손끝조차 움직이기 힘들 정도로 지치지만 누구에게나 일이라는 것은 괴롭고 어렵지 않겠나 싶어 견딘다. 그러다가 몸을 써서 일하는 이들을 마주칠 때면 내가 엄살을 부리고 있진 않는지 반성한다. 그들이 땀 흘리는 모습을 보면 숭고한 노동의 가치와 함께 존경스러운 마음이 일어난다. 고된 멸치털이 작업을 해내는 그들의 정신력이 경이롭다.

멸치 비늘이 몸에 붙으면 잘 떨어지지 않는다. 한 시간 이상 물에 불려야 씻어낼 수 있다. 그물이 휘둘러 갈겨질 때마다 화가의 몽당 붓끝이 도화지를 두드리고 긁어내리듯 멸치 몸체의 조각들이 날아와 어부를 사정없이 훑는다. 어부는 죽을힘을 다해 반격하는 멸치의 몸짓을 이해하는 양 자신을 향해 오는 파편들을 고스란히 맞아들인다. 덕분에 온몸에 멸치 비늘과 살점이 내려앉으며 샘솟는 땀과 뒤섞인다. 어느 배우가 그토록 두꺼운 분장을 할 수 있을지. 멸치의 야멸찬 화장化粧을 기꺼이 받으면서도 물에 젖은 수건으로 겨우 눈 주위만 닦아낼 뿐이다. 육신이 바스러질 것 같은 통증을 견디며 한 생명이 살고자 또 다른 생명을 장사 지내는 엄숙한 자리를 묵묵히 지킨다. 멸치는 여인들의 손에서 수의 같은 하얀 소금을 덮어쓴 채 깊고 둥근 통을 관 삼아 영면에 든다. 인간은 그나마 멸치에 대한 마지막 예의를 그렇게라도 지키는 모양새다.

노동은 흔적을 남긴다. 목수 곁에는 휘어진 못과 잘린 나무토막이 나뒹굴고, 환자를 돌보는 간호사 옷은 핏물이 무늬처럼 얼룩지고 알코올 냄새가 풍긴다. 기타리스트의 손가락은 보드라운 살갗이 벗겨지고 단단한 굳은살이 박혀 있다. 하루 종일 컴퓨터만 쳐다봐야 하는 직장인의 눈은 벌겋게 충혈되기 일쑤고, 영업사원의 자동차 미터기는 예사로 높은 숫자가 찍힌다. 어부의 몸을 치장한 은빛 화장은 멸치가 이 세상에 살았던 종적이면서 어부에겐 지독한 밥벌이 자국이다. 어망에 꽂힌 멸치를 떼어내면서 어부 또한 생계의 그물에서 벗어나려 애쓰는 중이리라. 형태가 없는 상담을 직업으로 하는 내가 수십 권의 상담 노트를 남겼듯이.

사람은 혼자 있으면 화장을 거의 하지 않는다. 누군가를 만날 때에야 비로소 거울 앞에서 시간을 보낸다. 살다보면 화장이 기꺼울 때도 있지만 어쩔 수 없이 분장을 해야 할 경우가 더 많다. 그래서일까. 화장을 할 때면 세포 하나하나가 긴장한 탓인지 입안이 바싹바싹 마른다. 세상과 맞장뜰 때, 화장은 에너지를 모으는 마력으로 몸을 지탱하게 한다. 모든 화장은 아름답다. 여인은 곱게 치장하면서 삶을 위로하고 어부의 은빛 화장은 힘겨운 노동 끝에 아름다운 뒷모습 하나 남기는 일이다.

선원들이 멸치털이를 마무리하고 제 집으로 돌아가면 남해 미조항에 뜨거운 여름 해가 다다른다. 하늘도 붉은 물로 단장 중이다.

계간현대수필

The 수필

● 작가는 미조항에 몇 번이나 갔을까. 얼마나 많은 시간 저리도 깊이 바라봤을까. 멸치털이 현장에서 어부의 옷에 남긴 은빛 비늘은 멸치의 화장이었다. 죽음에 이르는 멸치의 화장과 함께 치열하고 숭고한 노동의 속내를 본다. 생생한 묘사와 예리한 통찰력이 미덥다./ 노정숙

이청준 앓이

봉혜선 ajbongs60318@hanmail.net

대학 때 만난 이청준은 소극적이고 낭만적인 문학소녀를 전혀 다른 세계로 이끌었다. 선생님이 되라는 아버지의 기대와는 전혀 다르게 살아도 된다고 격려했고 나만의 나를 인식할 수 있게 해주었다.

혹시 교사로 태어나지 않았을까라는 의심을 할 만큼 철두철미하고 빈틈이라곤 없는 아버지가 이끄는 대로 상업 교사가 되기 위해 강요당한 학과에 집어넣어진 상태였다. 수학 교사이던 아버지를 연상하게 하는 '숫자'로만 이루어진 수업이란. 전공은 단 한번의 수업으로도 충분히 멀어졌다. 문학을 향한 열정을 알아주지 않은 아버지에 대한 순종은 못난 나를 향한 될 대로 되라는 식의 분노이기도 했다. 나의 편은 없다. 심지어 나도 내 편에 서보지 못했다.

하루 한두 시간이 고작인 전공 수업 후 도서관으로 향하는 학교에 정을 붙여갔다. 도서관에 사는 이청준을 만나러 다녔다고 해야 학창 시절을 설명할 수 있다. 글에 대해서 이청준에 대해서도 말을 걸 사람은 사서밖에 없었다는 고백을 해야겠다. "오늘도 이청준?" 폐가식 도서관 사서는 매번 한 작가의 작품을 빌리는 나에게 아는 척을 해주었다. 그렇지만 작가로서 늙어갈 수 없다니!

이청준의 글은 나의 말 못해하는 답답한 마음을 이해해주었다. 말을 소리로만 하지 않듯 말하는 표정, 이를테면 이마를 좁히거나 미간을 찡그리고 입술을 손가락으로 문지르다가 오므리는 온갖 행위를 이청준은 글로 나타냈다. 맞은편 상대가 고개를 왼쪽이나 오른쪽으로 갸웃하면 금세 다 이해한다는 표정으로 말을 바꾸는 현실의 모습을 글로 풀었다. 이야기를 들려주는 대상자가 바로 옆에 있는 듯, 이 경우가 아니면 저런 사정이 있다고 읊조리는 말 속에 있는 글자를 신봉하는 작가다운 작가의 글에서 헤어나기는 어려웠다.

대표작 「눈길」은 이중 의미를 품고 있는 동시에 내가 지향하고 싶은 예술로서의 문학의 길을 보여주는 소설이자 산문이다. 눈길[雪路]은 먼 길 떠나는 아들을 바라보는 어머니의 눈길[目道]을 뜻하기도 한다. 아들과 함께 걸어온 순백의 눈길이 이제 혼자 돌아가야 할 막막하고 미끄러워 위험해진 길이 된 것이다. 어머니는 유일하게 돈이 되는 집을 잡혀 집을 떠나는 아들의 노자에 보태고 돌아갈 곳 없는 자신의 뒷걱정은 하얗게 지웠다. 늙은 몸을 누일 곳이 없는 처연한 심정으로 주저앉으려는 몸과 목을 아들을 향해 늘였다. 어머니는 붙잡을 수 없고 더 이상 고향에 들일 수 없을 아들을 조금이라도 더 눈에 넣으려는 마음으로 바라보는 눈길에 슬픔을 얹었다.

「눈길」은 글자의 조합이 의미하는 차이를 보여줌과 동시에 같은 글자가 다른 의미를 갖고 있다고 한 이중 의미를 품고 있다. 이는 그간 '문학가란 이래야 한다'고 막연히 동경해오던 언어유희와 글자의 엄정성 면에서 나에게 나아가야 할 방향 지시등이었다. 문인이라면 문학을 표현하는 수단인 글자만큼은 자유자재로 구사할 수 있어야 한다고 생각해왔던 것이다. 엄한 아버지에게 한마디 하지 못하고 커온 그간의 마음을 글자로 표현할 수 있다면 얼마나 좋을까. 더구나 눈치채지 못하게 다른 뜻을 지닌 같은 글자로 가린다면 혼나지 않을 수도 있을 것 같았다.

이청준은 눈길에 두고 온 어머니의 눈길을 잊을 수 없었다고 했다. 자전소설이기도 한 글에서처럼 작가는 오랫동안 어머니를 보러갈 수 없었다. 어머니뿐 아니라 객지로 나온 자신이 돌아갈 집을 없앤 자괴감에 스스로를 풀어주지 않았다. 자식을 위해 온갖 오물을 자신 쪽으로 끌어당기는 이름이 어머니가 아니던가. 단 한번, 커피를 마시며 밤을 새우는 내 등짝을 치고 마음 아파 울던 엄마가 잠깐 뇌리에 나타났다 사라졌다. 학창 시절 중 엄마는 늘 그 자리에 있을 뿐 특별히 생각의 대상이 되지 않았다. 내 눈길이 머문 작품 「눈길」은 이제 막 여고생 티를 벗고 대학생이 된 나에게 흰 눈의 의미를 바꾸게도 했다. 생각은 날이 풀리며 갖은 더러움을 품고 스러지려는 눈[雪]의 속성에까지 닿았다.

닿지 못할 데라고 여긴 글자 생활의 뒤안길을 들여다보았으며 글이 탄생되는 현장에 함께하는 듯한 고통과 희열의 느낌은 아직도 유효하다. 문학이 미칠 수 있는 영향을 예상할 수 있게 되자 관심은 작가의 다른 작품으로 이어졌다.

글자에 천착한 이청준의 글을 샅샅이 훑었다. 「쓰여지지 않은 자서전」 「소문의 벽」 「매잡이」 「잃어버린 말을 찾아서」 작가의 말을 들어보자. "작품에 그려져 있는 것이 진짜 세상이고 현상의 세계는 마치 책 속의 세계의 어떤 그림 같은 것, 늘 변하는 가짜의 세계 같은 것으로 느껴져서 변하지 않는 진짜 세계를 책 속의 추상에서 찾는 버릇이 생겼어요."

작가와 같은 경험을 갖지 못한 나를 원망했다. 가난한 경험이 없던 어린 날들을 반납하고 싶었다. 작가의 글의 산실이자 주요 배경인 장흥에 가서 살고 싶었다. 이청준은 닿을 수 없는 거리에 있다고 여기던 '작가'가 될 수 있다고 나를 격려했다. 동감해주고 대변해줄 테니 독서를 더 이어가라고 했고 내게 있는 줄도 몰랐던 생각의 갈피들을 하나씩 뒤지듯 살피라고 했다. 전공으로서는 가까이할 수 없으나 현실의 아이러니함 속에서도 나를 찾을 수 있을 듯한 희망을 발견했다고나 할까. 무엇이라도 주도적으로 할 수 있다는 자신감이 생기고 있다고 여겼다. 어렴풋하게 이어오던 독서에 더 천착하게 된 계기가 되었다. 전공과 문학의 병치 또한 가능한 이중생활이 아닐까 하는 희망의 단서가 되었다.

전공을 물리고, 독서로 날밤을 새웠고, 영어 공부 서클에 들어가 밤늦은 모임을 갖느라 아버지가 정한 귀가 시간도 맘대로 어겼다. 결혼할 때 챙겨온 팸플릿만 200여 권이 넘는 연극 관람 역시 글자를 따라다니고자 한 행위다. 내게 '글자'는 끊임없이 추구해야 할 무엇이며 끝없이 갈증을 일으키는 대상이다. 이청준에 대한 독서는 내 고민의 주름을 펴주었다. 무엇이 가리키는 것을 여과 없이 받아들이는 맹목은 복종을 의미한다. 아버지와 선생님에 대한 맹목적인 복종은 다른 데를 향했다. 이청준은 글자라는 종교를 제시했고 단어가 가진 진정한 의미, 단어의 조합으로 만들어진 문학의 미美를 새삼 일깨워주었다. 그렇게 이청준이 내게 종교가 되었다.

'나의 이청준'이 필요했다. 도서관에 있는 모든 이청준을 대하며 책 뒤에 붙게 마련인 평론가의 글은 잠시 미루었다. 그의 글은 짜깁기 잘 된 트위드 천처럼 개성을 드러내면서도 조화를 이루었다. 어느 한 줄, 조사나 순서를 바꾸어보면 그는 숨었다. 마치 풀려난 실밥처럼. 그러나 자연스런 올 풀림은 필수였다. 내가 만든 이청준을 가졌다. 다시 연대별로 평설을 대했다. 그는 어느 것이 옳고 어느 것은 왜 그르냐에 대하여 편가르지 못하게 했다. '씨실과 날실의 조화로 이룬 소설'이라는 평론가의 평은 내가 틀리지 않았음을, 잘못 읽지 않았음을 증거해주었다.

독서의 끈을 이어가다가 20년 만에 덜컥 닿은 소설가 이승우는 이청준의 영향을 받아 종교학에서 국문학으로 선회했다고 했다. 아, 그럴 수도 있는 것임을 나는 놓쳤구나. 이승우는 이청준식 문투로 인간과 신에 대해 근원적인 질문을 던지고 있다. 소설가이자 불문학 교수 최윤은 이승우의 글을 프랑스를 비롯해 유럽 각국에 소개했다.

2008년 이청준이 지병으로 타계한 날 빈소를 찾았다면 그곳에 '남겨진' 이승우와 최윤, 그들을 붙잡고 함께 울 수 있었을까? 혼자 울다 지쳐 나는 나가지 못했다. 빈소를 찾은 이들은 황망해서 내달렸을 것이나, 신음하느라 못 달린 이에게도 절망이 노크하지 않기를. 그의 눈길이 닿아 있는 한 글 생활을 놓지 못하리라. 꽁꽁 언 땅 위에서 길을 잃고 헤맬지라도.

수필과비평

The 수필

● 「이청준 앓이」는 이청준의 문학을 품었던 청년기의 핵심적인 내용을 제시한 후 부연 설명하는 방식으로 진행한다. 매 단락의 첫 문장만으로도 소설가 이청준 앓이로 보낸 작가의 청춘이 그려진다. 작가는 이청준을 작품으로만 만난 것이 아니라, 그의 삶의 궤적에 함께한다. 자전적 요소가 강한 「눈길」에서 아들을 보낸 눈이 쌓인 길[雪路]과 아들을 바라보는 어머니의 시선을 일컫는 눈길[目道]에 천착하여, 의미는 다르지만 연관성을 가진 두 낱말의 다의성을 추적한다. 자의식의 혼란 속에 보낸 청년기에, 이청준과 함께한 시절이 차지하는 의미와 가치는 과거라는 시간에 정지된 것이 아니라 현재화된 과거로 작용한다./ 엄현옥

청산의 꿈

송혜영 hisong999@hanmail.net

1인칭 관찰자 시점으로 내가 나를 보고 있다.

두부처럼 허옇고 굵은 팔이 다 드러난 검정색 민소매 원피스를 입고 있다. 몸에 딱 붙는 디자인인지 사이즈가 작은 건지? 어쨌든 허리에 두른 두둑한 전대가 더욱 두드러져 보인다. 무릎 위로 쓱 올라간 스커트 라인도 천박스럽기 그지없다. 왜 저런 민망한 입성을 두르고 있단 말인가.

내가 서 있는 곳은 전시장이다. 홀 가운데에 길게 세팅된 테이블 위에는 과일과 쿠키를 담은 접시와 음료가 일정한 간격으로 죽 놓여 있다. 개인전 오픈 파티가 마련되어 있나본데…. 축하객들로 북적거려야 할 전시장에 나 외에 아무도 없다. 꽃다발도 화환도 물론 없다.

아니 저건 또 뭐야. 그림은 칙칙한 색감의 밑도 끝도 없는 비구상이다. 더 나쁜 건 액자도 없이 벽에 압핀으로 고정되어 있는 작품이다. 마치 내가 발가벗겨져 사지가 벽에 못 박혀 있는 것 같다. 내 작품만으로는 전시의 명목이 시원치 않은지 비단에 모란꽃을 화려하게 수놓은 중국풍의 자수가 고급스러운 치장을 하고 걸려 있다. 더욱이 내 작품은 사람들의 눈높이보다 훨씬 위에 걸려 있다. 그림을 제대로 감상하려면 뇌진탕을 감수해야 할 판이다.

이윽고 혀를 차며 바라보고 있던 나와 관찰의 대상이었던 내가 하나가 된다. 최대한 체적을 줄여보려고 아랫배에 힘을 주고 몸을 꼿꼿이 세운다.

한 무리의 젊은이들이 전시장으로 들어온다. 혹 대중에게는 좋은 평가를 얻을 수 있지 않을까. 은근히 몸이 단다. 구차한 기대는 곧 차갑게 외면당한다. 그들은 테이크아웃 커피를 손에 들고 잡담을 나누며 어딘가로 가기 위한 통로로 전시장을 이용할 뿐이다.

누구의 눈길도 끌지 못하는 작품이 부끄러워 얼굴이 확 달아오른다. 생각 같아선 실밥이 투두둑 터져나갈 것 같은 원피스를 벗어던지고 전시장을 뛰쳐나가고 싶다. 하지만 일주일은 채워야 된다는 사실을 떠올리곤 진저리를 친다. 이러지도 저러지도 못하고 식은땀을 삐질 삐질 흘리며 쩔쩔 매다 새벽 닭 우는 소리에 꿈에서 놓여났다.

집 수리를 앞두고 예사롭지 않다고 기록해두었던 꿈이 생각났다. 더불어 꿈의 배경과 관련된 물건들이 눈에 들어왔다. 옷걸이 노릇을 하며 방구석에 멀뚱히 서 있던 이젤을 쳐다보았다. 저도 나도 민망했다. 먼지가 뽀얗게 앉은 채 긴 세월 잊혀졌던 화구들을 들여다보았다. 말라비틀어져 뚜껑과 한 몸이 된 물감과 마당 빗자루처럼 뻣뻣해진 붓, 물감을 덕지덕지 바른 캔버스. 오래 전 마음을 접으면서 왜 그대로 두었을까. 그건 혹시라도 다시 붓을 잡을 여건이 될 때 그들이 몸을 추스르며 자리를 마련해주길 바라서인가. 비싼 물감 팍팍 쓰던 한때의 영화를 추억하는 도구였나. 어쨌든 구석구석 숨죽이고 있던 이것들이 악몽의 모티브였나보다.

배경은 그림을 그리던 시절이지만 꿈의 핵심은 그동안 저질러온 창조행위 전반을 관통하는 '인정'에 대한 조바심과 그 결과물에 대한 부끄러움이다. 그리고 앞으로 절대 입을 수 없는 44 사이즈 원피스로 기차는 벌써 떠났다는 사실을 처절하게 웅변했다. 오래 묵혀두었던 꿈은 이제야 미련 청산의 계시로 다가왔다.

집 수리와 더불어 불가능한 열망과 미욱한 미련에 덜미가 잡혀 쌓아두었던 물건부터 다 정리하기로 했다. 대용량 쓰레기봉투에 각각 다른 성격의 미련덩어리를 꾹꾹 눌러 담았다. 옷걸이 대용 목재 이젤은 원래의 용도에 관심을 보인 목수의 트럭에 실려갔다. 오래 전에 망한 구시대의 명품 재킷과 어깨 넓은 코트도 허리가 안 채워지는 꽃무늬 스커트도 다 쓰레기로 전락시켰다. 수많은 나무를 희생시킨 잡다한 책은 고물로 처리했다. 긴 세월 벽에 기대어 서 있던 죄 많은 캔버스를 마당으로 질질 끌고 나갔다. 잣나무 가지를 밑에 깔고 화장을 시킬 때는 좀 비장한 심정이었다. 불꽃에 녹아내리는 아사 캔버스와 물감 가격을 생각하니 눈물이 찔끔 나왔다.

이제 집안에 불필요한 물건은 없다. 장식도 치장도 없이 인간으로 살아갈 수 있는 최소한의 기능만 가동하고 살기로 했다. 새로운 필요가 생기지 않도록 자제하는 일이 최대 과제다.

기왕 과거를 청산하는 김에 방마다 꽉꽉 차 냄새를 피우는 머릿속 오물도, 끊어질 듯 위태로운 창조 의지도 다 버리고 싶었는데…. 원치 않아도 서서히 비워져가는 징조가 보이는 걸 굳이 미리 방을 뺄 일은 아니다싶어 그 생각은 접었다.

계간현대수필

The 수필

● 1인칭 시점으로 자신을 희화화했지만 웃음이 나오기는커녕 목울대가 뻐근해진다. 한때의 영화를 간직한 도구들이 쇠락했다. 미련이 남은 열망의 흔적들을 정리한다. 작가의 꿈 - 청산을 새로운 창작을 위한 예열로 읽는다. 다시 뜨거워질 일만 남았다./ 노정숙

통증 언어학

신재기 chaekish@hanmail.net

올 연초에 왼쪽 다리를 다쳐 달포 가량 심하게 고생했다.

하천을 가로지르는 인조석 징검다리를 건너다가 헛디디고 말았다. 다리 높이는 50㎝가 넘었다. 왼발이 빠지면서 균형을 잃고 앞으로 넘어졌다. 왼쪽 무릎 주위에 타박상을 입었다. 금방 내 힘으로 일어서긴 했다. 일어나는 순간 아프다는 느낌보다 창피하다는 생각이 먼저 들었다. 잘 다듬은 인조석으로 반듯하게 놓인 징검다리는 어린아이도 안전하게 건널 수 있는데, 멀쩡한 어른이 대낮에 넘어져 물에 빠지고 말았으니 이런 낭패가 어디 있으랴. 다치고 물에 빠진 다리는 아랑곳하지 않고 누가 나를 쳐다보지는 않는지 주위를 살피면서 앞서가던 아내를 멍하니 바라보았다. 아내는 택시를 타고 병원에 가자고 몇 번이나 권했다. 괜찮다며 이를 극구 거부하고 5㎞가 넘는 거리를 한 시간 이상 걸어서 집에 돌아왔다.

집에 도착하니 다친 다리의 통증이 강하게 느껴졌다. 저녁때이기도 하고, 한편으로는 하룻밤 자고 나면 괜찮아질 수도 있다는 헛된 희망을 핑계로 병원은 다음날에 가기로 작정했다. 이튿날 다친 부위가 붓고 걷기도 매우 불편했다. 서둘러 동네 정형외과를 찾았다. 엑스레이를 찍어보니 뼈에는 이상이 없었다. 의사는 온열 찜질을 자주 하라며 일주일분의 진통제를 처방해주었다. 뼈에 손상이 없어 깁스를 하지 않는 것만도 다행이라고 생각하며 다소간 평정심을 회복했다. 이러한 평정과 안심은 오래가지 못했다. 시간이 지날수록 통증이 강도를 더해갔다. 진통제도 효과가 없었다. 오히려 진통제 복용으로 속까지 쓰려 고통이 가중되었다. 통증이 내 모든 의식을 불러 모아놓고 일장 훈계를 하는 듯했다. 일상은 뒤죽박죽이 되고 말았다.

일주일이 지났으나 통증은 한층 더 심술을 부렸다. 통증이란 놈이 마침내 얼굴을 분명히 드러내고 내 몸을 점령하겠다는 선전포고를 해온 것이다. 마치 그간 내 몸 어디엔가 잠복해 있다가 호기를 만나 총공세를 퍼붓는 것 같았다. 왼쪽 다리 곳곳에 거무죽죽한 멍이 선명하게 드러났다. 폐허의 전장 같은 멍은 한곳에 머물지 않고 이곳저곳을 옮겨 다니며 게릴라전을 펼쳤다. 우선 내 잠을 앗아가버렸다. 진통제를 복용하거나 찜질로 그 도발에 대항해 보았으나 한 시간의 잠도 얻어내지 못했다. 그놈은 금방 방어선을 뚫고 사정없이 공격해왔다. 순간의 얕은 잠마저 용납하지 않고 살을 도려내고 뼈마디를 부서뜨리는 듯한 아픔의 도가니에 나를 사정없이 몰아넣었다. 앉거나 눕거나 서거나 엎드리는 등 어떤 자세를 취해도 소용없었다. 수면 부족으로 온몸은 녹초가 되고 정신마저 혼미해져 갔다. 모든 욕망이 사그라지고 신경질만 가시처럼 돋아나는 나날을 보냈다.

강도가 더해 갈수록 이 통증에 관한 일상의 언어들이 얼마나 무용한

지를 알게 되었다. 의사나 가족이나 가까운 지인이 어떻게 아프냐고 물었을 때, 내 통증을 표현할 마땅한 언어를 찾기가 어려웠다. '아프다, 쑤신다, 통증이 심하다'고 말하거나 이런 단어 앞에 '너무(너무너무), 아주, 엄청, 정말' 등의 정도부사를 끌어오는 것, 끝에 가서는 '죽겠다, 잠을 한숨도 못 잤다'로 맺는 것이 고작이었다. 만난 의사들은 내 말을 몇 마디만 듣고 귀를 막았다. 그들에게서 환자 개인의 아픔에 대한 이해나 공감은 멀리 있었다. 축적된 일반적 경험치를 기준으로 진료하면 그만이다. 의사의 치료는 환자와의 소통이 아니라 하나의 알고리즘에 불과했다. 나를 걱정해주는 주위 사람들도 마찬가지다. 그들은 내가 통증으로 얼마나 고생하고 있는지에 관해서 별 관심이 없었다. 대부분 엑스레이를 찍어봤느냐, 뼈에는 이상이 없느냐는 질문으로 다가왔다. 그리고는 자기 경험을 앞세워 각양각색의 처방전을 쏟아놓거나 지침을 하달했다. 그들 앞에서 나의 통증은 소외되었다.

잠을 이루지 못하는 내 모습을 지켜보는 아내도 힘들기는 마찬가지였다. 처음에는 도움을 받기 위해 옆에 있어주기를 바랐다. 밤잠을 설치면서 가까이 있는 아내를 보는 것은 또 다른 고통이었다. 마침내 아내를 다른 공간으로 밀어내었다. 아내가 나의 통증과 관련해서 해줄 수 있는 말이나 행동에는 한계가 뚜렷했다. 좀 차도가 있느냐며 걱정스러운 표정을 짓는 것 이상을 넘어서기 어려웠다. 드물게 오는 안부전화에서 자식들이 뱉는 언어도 마찬가지였다. 좀 낫느냐, 병원에는 갔다왔느냐의 수준에 머물렀다. 어떤 지인은 나를 두고 너무 예민하다고 했다. 내가 어른답게 진득하지 못하고 통증을 과장하는 것으로 이해하는 듯했다. 나의 아픔을 다른 사람에게 알릴 수 없고, 다른 사람 또한 내 아픔을 이해하는 데 인색하다는 점을 절실히 깨달았다. 무엇보다도 아픔을 공유하고 소통하는 언어가 얼마나 빈곤하며, 상대를 위로하는 언어 운용이 너무나 서툴다는 점을 통감했다. 아무리 애써도 내 통증의 언어는 전혀 힘을 발휘하지 못한다는 점을 알게 되면서 나는 나의 아픔에 관해 입을 다물었다. 아서 프랭크는 『아픈 몸을 살다』에서 "통증 '속에서' 산다는 것이 어떤 의미인가를 표현하는 용어는 없다. 통증을 표현할 수 없기에 아픈 사람은 자신에게 할 말이 없다고 믿게 된다. 입을 다물게 되면서 아픈 사람은 통증 속에 고립되며, 고립은 통증을 악화시킨다"라고 하였다. 나도 그랬다.

고통이 견디기 어려운 단계에 이르렀을 때는 그것을 조금이라도 덜 수 있다면 통증을 신으로 모시고 그 앞에 무릎을 꿇고 내 과오를 용서해달라고 빌고 싶었다. 그날 낮술을 한잔했다는 점, 징검다리를 건너면서 앞을 살피지 않고 먼 산을 보았다는 점, 곧장 병원에 가지 않고 한 시간 이상이나 걸었다는 점, 큰 병원에 가서 정밀검사를 받고 치료에 온 힘을 쏟지 않았다는 점 등이 통증의 노여움을 불러왔다고 자책해보기도 했다. 하지만 통증의 실체와 얼굴을 인정할수록 고통은 더해지기만 했다. 어느 순간이었다. 이 통증은 내 몸 안에서 일어나는 것이니 나와 다른 실체가 아니라 내 몸의 한 부분이라는 생각이 들었다. 통증과 맞서 싸우겠다는 마음자세를 고쳐먹었다. 조금씩 일상을 공유하는 존재로 가까이 두면서 다독여갔다. 한방치료도 받고 가능한 민간요법도 마다하지 않았다. 누구로부터 내 고통에 관해 위로나 도움을 받겠다는 생각을 포기하고 오롯이 내 몸의 일로만 여기며 통증을 끌어안았다. 이렇게 달포 동안 맞서거니 어르거니 하면서 곁에 두었던 통증이 어느 순간

성질을 죽이면서 퇴각하고, 나는 겨우 일상을 회복했다.

하지만 그 통증은 완전히 사라지지 않았다. 얼굴을 감추기는 했으나 마음으로 전이되어 내 의식 한구석에 공포와 외로움으로 잠복하고 있다. 기회만 있으면 이 우울한 통증은 수시로 고개를 쳐들고 나를 괴롭힐 것이다. 여기다가 내 존재를 지워버리는 마지막 통증도 남아 있지 않은가. 머잖아 찾아오리라. 누구나 자신의 통증과 그 고통을 제대로 표현할 수 없고 누구와 나눌 수도 없다. 통증의 언어는 전적으로 내 안에서만 서식하기 때문이다. 내 몸의 통증은 오롯이 나 자신의 몫이다. 이처럼 언어의 기본을 위반하는 것이 통증 언어학인가보다. 그런데도 나는 또 징검다리에서 넘어지고 내 상처보다 다른 사람의 이목을 살피는 어리석음을 떨쳐버리지 못할 것 같다.

계간수필

The 수필

● 많은 날을 통증환자로 살아온 탓에 완전 공감이다. 요즘은 전문의조차 통증을 수치로 묻는다. 가령, 분만 시 최고의 산통을 10 정도로 생각한다면, 지금 느끼는 건 몇에 해당하는지? 산통을 겪은 것이 언제 일인데 그 기억을 되살려 수치로 비교하란다. 산통을 겪지도 않은 남자 의사들조차 그리 묻는다. 수시로 스멀스멀 살아나는 '통증'이란 과제, 생명체들이 겪어야 할 무슨 뜻이 있을까? 언어학으로는 풀 수 없는 다른 의미! 혹시 누군가 아시거든 듣고 싶어진다./ 문혜영

살아 있는 집

심선경 sksim64@naver.com

비 온 뒤 개망초가 마당을 죄다 점령했다. 오래 전부터 깨져 있은 듯한 유리창은 세월의 먼지 옷을 입어 이제 더는 투명하지 않다. 모서리가 뜯겨나가고 한쪽 다리가 내려앉은 거무튀튀한 평상 위로 눈 찌푸린 햇살 한 조각 깜빡 졸다 미끄러진다. 장독대 위엔 빈 옹기 몇 개 엎어져 나뒹굴고, 죽은 감나무 마른 가지 사이로 거미들이 촘촘한 그물을 쳐놓았다. 쩍쩍 금이 간 작은방 황토벽 위로 담쟁이덩굴이 가늘고 긴 팔을 뻗어나가는데, 문짝이 떨어져 나간 안방까지 가닿으려면 또 하세월 지나야겠다.

부드러운 바람의 숨이 드나들었을 들창문은 이제 문살만 앙상하게 남아 있다. 한낮에도 어두운 부엌은 이 집의 내력을 알고도 함구하려는 듯 모르쇠로 일관한다. 툇마루는 오래된 관절이 삐걱거리듯 한 발 내디딜 때마다 기이한 소리를 내고 먼지 땟국물이 끼어 쇠락한 기운으로나마 끈적하게 발목을 잡는다. 햇빛이 들지 않는 곳엔 퀴퀴한 곰팡이 냄새가 코끝으로 훅 풍겨온다.

마치 공포영화 촬영지처럼 누군가가 일부러 만들어놓은 세트장 같다. 최대한 궁핍하게 보이려고 낡은 가구들과 너절한 옷가지들을 작위적으로 널어놓은 듯해 보인다. 이런 곳에 사람이 살았다니, 아무리 집을 잘 고치는 사람이 와도 이 집은 회복 불능으로 판정할 것 같다.

이 집 주인은 무엇이 그리 급해서 가재도구며 가방이며 구두까지 다 버려두고 여길 떠났을까. 다시 돌아올 생각이 조금이라도 있긴 했을까. 살림은 그대로 있고 사람만 증발해버린 듯한 이 집은 시간이 부풀 때마다 형체가 조금씩 허물어가는 듯하다.

동네에는 폐가가 여럿 보인다. 퇴직하면 꼭 한번이라도 전원생활을 해보고 싶어서 시골 빈집을 구하러 여러 군데 발품을 팔았었다. 마당까지 차량 진입도 가능하고 집 방향도 남동향으로 좋은 편이라 찾아왔건만 아래채는 당장 철거해야 할 듯하고 본채는 어디부터 손을 써야 할지 막막하다. 서서히 조금씩 허물어지는 이 집은 허기에 지친 야생 고양이들이 배회하다 굽은 등으로 누워 잠들 수 있는 은신처다.

석면 슬레이트 지붕 아래, 서까래든 문창살이든 사람의 온기가 떠난 집의 모든 것들은 서서히 흙으로 돌아가기 위해 몸을 푼다. 빈집에 붙은 골격들은 그 오랜 시간 동안 간신히 몸을 지탱하고 있다가 한꺼번에, 일시에 폭삭 주저앉으려는지 언젠가는 도달할 붕괴의 순간을 고대하고 있는 듯하다.

굳이 문 열고 들여다보지 않아도 저 속의 삶을 속속들이 알 것만 같은 집. 먼저 살던 주인도 희망이 없어버리고 간 집에 새 주인이 될지도 모를 내가 들어와 그 이력을 더듬어본다. 누군가의 할아버지의 할아버지가 살 때부터 터진 벽을 바르고 마당에 모기를 쫓으려 말린 쑥대를 가져다 태웠을 이곳, 한때는 초록의 꿈이 성성했었을 이 집이 이제는 여기 살던 사람들의 기억 저편으로 물러서 있다.

이미 묵은 것들, 속절없이 흘러간 시간은 누군가에겐 꽃이 되었다가 바람이 되기도 하고 상처의 흔적으로 이 집에 들러붙기도 하였으리라. 이 집에서 살다간 사람들이 오후의 적요 속에서 툇마루에 단잠을 청하면, 세속의 모든 욕망도 덧없이 사그라들며 고요히 정화되지 않았을까. 고즈넉한 풍경을 안고 기다리는 사람도 없이 홀로 늙어가는 저 외딴집은 이제 더 이상 외롭지 않다. 날 저무는 이 낡은 집 마당에 소란스럽지 않게 피고 지는 작은 꽃들의 그윽한 향내를 맡으며 삼라만상의 소멸과 생성을 깨닫는다. 허물어져가는 담장과 삭아가는 기와지붕 틈 사이에서도 어김없이 새 생명이 움이 트는 기적을 나는 이곳에서 가만히 지켜보고 있다.

늘 새롭고 좋은 집들만 들여다보던 내가 안목이 조금 넓어진 걸까. 요즘은 낡고 오래된 것들에게 더 애착이 간다. 새롭고 화려한 것들에 대한 거부감이라기보다는 사라져가는 것들에 대한 연민의 정이 남아서라는 게 옳을 것이다. 재개발이라는 미명 아래 우리에게 친숙하고 소중한 것들이 하나둘 사라져간다. 어쩌면 우리는 탄생과 멸절, 새것과 낡은 것의 경계에 서 있는 것인지도 모른다. 시간의 출발점은 어디부터였을까. 과거는 '이미 없는 것'이며 미래는 '아직 없는 것'이다. '이미 없는 것'과 '아직 없는 것'의 접점에 현재는 일종의 통과점으로서 존재하는 것인가. 시간 속을 동시에 걸어가는 그것들이 어찌 우월과 열등으로 따져지며 심지어 선악과 미추로 구분될까. 한때는 그 모두가 최선이었다.

재개발구역에 들어 이름 있는 아파트가 들어선다는 아랫마을에도 으리으리한 저택부터 고만고만한 주택들이 많았는데 시공사에서 보상이 끝났는지 사람들이 하나둘 마을을 떠나기 시작했다. 몇 달 전만 해도 사람들이 목욕바구니를 들고 오래된 공중목욕탕에 드나들었고 마을 입구 평상에 할머니 여럿이 나와 앉아 세상 사는 이야기들로 왁자지껄했었다.

얼마 전, 대문에 빨간 페인트로 숫자가 표시된 집부터 용역업체 사람들이 철거를 시작했다. 마당의 석류나무, 목련나무는 미리 다 파내어 옮겨갔고 문짝 뜯어내고 세간 들어내니 멀쩡했던 집들도 정신을 놓은 말기암 환자의 몰골처럼 초라하기 짝이 없다. 집에도 생이란 게 있다면 맨 처음 주춧돌을 놓았을 때를 탄생이라 하고, 철거대상 낙인이 찍혀 지붕이며 기둥까지 불도저로 밀어버려 처참하게 무너지는 시점을 죽음으로 보아야 할까. 집의 죽음을 사람의 장례식처럼 경건하고 숙연하게 바라보는데 인적이 끊긴 폐가는 이제 인간의 반경에서 벗어나버렸다. 추녀 밑 빗물이 만든 둥근 발자국들과 바람이 불어와 잠시 앉았던 자리는 이미 이승의 영역이 아니다. 폐가에 방치된 것들은 삶의 덧없음을 민낯으로 보여준다. 폐가가 무너지면 집터만 남을 것이다. 어쩌면 집터마저 잡초에 묻혀 사라질 것이다.

깊어진 생각만큼 가슴에 품을 것이 더 많아진 이곳, 나는 종일 안팎이 허물어지지만 여전히 작은 생명들이 숨을 쉬고 바삐 움직이는 폐가에서 아직 오지 않은 것들을 기다리고 서 있다.

수필과비평

● 전원생활의 꿈을 이루고자 시골집 순례에 발품을 팔던 작가는 누군가의 따뜻한 입김이 서렸을 집이지만, 서까래는 물론 지붕, 문창살 등은 서서히 흙으로 돌아가는 집을 만난다. 작가가 바라보는 물상의 희로애락에 공감하는 시선이 담지되지 않은 경우, 건조한 기록이 되거나 공허한 메아리에 머물게 된다. 「살아 있는 집」 속의 집은 현재 주거지로서의 기능과 온기를 잃은 허물어진 빈집이다. 그러나 그곳에 살았던 이들의 삶에 공감하는 연민이 담겨 있는 한 살아 있는 집이다. 대상에 대한 외경, 인간에 대한 공감이야말로 문학의 근원이며 출발점이기 때문이다./ 엄현옥

나비가 되려나봐

안춘윤 d-vora@hanmail.net

유리문 밖에 누군가 서 있었다. 늦가을 아침 속옷 차림에 슬리퍼를 신은 할아버지가 마치 낯선 세상을 바라보듯 안을 보고 있었다. 헝클어진 백발과 끝을 알 수 없는 텅 빈 눈빛에 가슴이 철렁 내려앉았다. 언제나 자신만만하고 빈틈없어 오만하기까지 했던 단골손님이었다. 자수성가한 어르신으로 타인은 물론 자신의 부족함도 용서하기 힘들다고 하셨던 분이었다.

문 안에서 나는 그분 시선의 끝을 붙들었다. 그러나 그분에게는 이미 세상의 길도 그 길 위에 있던 모든 인연도 지워지고 있었다. 뒤따라온 아들의 손에 끌려가면서 어르신은 자꾸 뒤돌아보았다. 눈이 마주치는 순간 어눌하게 입술이 움직였다. 나는 미소를 지으려했지만 얼굴이 굳어버렸다. 그분의 마지막 모습이었다.

궁금했다. 흐려지는 의식 속에서도 찾아온 곳, 어떤 잔상으로 그분의 기억 속에 남아 있었을까. 그분이 늘 자랑하던 가족도 집도 어깨 힘주며 휩쓸었다는 거리도 아닌, 누구도 손을 잡아줄 수 없는 그만의 세계에서 찾아온 마지막 세상이었다. 아들은 아버지가 택시 기사에게 약국 이름만 수없이 반복했다 하더라고 전했다. 아마도 할아버지는 의식의 한 귀퉁이 실오라기처럼 남았던 흔적을 따라 찾아오신 것 같았다.

한 곳에서 오래 약국을 운영하다보면 가족 같은 손님들이 있다. 십여 년 인연인 여자 손님도 그랬다. 3개월에 한번씩 정기적으로 방문하는 분이었다. 백발의 숏커트 머리와 검지에 낀 커다란 보석 반지가 인상적이었다. 나이를 잊게 만드는 묘한 매력을 지닌 그분이 오랜만에 약국에 방문했다. 하지만 나도 그분도 한동안 말없이 앉아 있었다

"살아온 세월이 잠시 소풍 갔다온 것처럼 생각되네. 가끔 내가 누구인지 어디에 서 있는지, 집이 어디인지 머릿속이 하얘져. 그렇게 어딘가로 훨훨 날아가다 깨어나지."

그러면서 '나는 죽으면 나비가 되려나보다'고 낮은 소리로 웃었다. 곁을 지키던 딸은 말없이 유리문 밖을 보았다. 유리문 밖 하늘은 구름 한 점 없이 투명했다. 끝을 알 수 없는 투명한 푸름이 너무 눈부셔서 지금 이 상황이 비현실적으로 느껴졌다. 어떤 말도 무의미해 보였지만 무슨 말이라도 해보려고 애를 썼다. 나도 그분도.

한 사람의 생이 차곡차곡 미로와 같은 뇌에 저장되다가 치매는 가장 가까운 기억부터 지우기 시작한다. 지우개로 지우듯 사라져가는 것을 지켜보는 것은 당사자에게는 두려움이고 바라보는 이에게는 상처가 된다. 그녀의 말이 중간중간 끊어지며 길을 잃어버릴 때, 오늘 같은 내일이 그나마 남아 있을까 나는 불안해하면서 그저 또 하루의 일상을 듣는 척 덤덤한 표정을 지었다.

그러나 허리를 꼿꼿이 세우고 손수건을 꼬옥 움켜쥔 채 때로 나의 대

답을 기다리는 듯 말갛게 바라보는 시선에 나는 허둥거리곤 했다. 무슨 말을 해야 할지, 무엇을 할 수 있는지 알 수 없는 내가 자괴감에 시달리는 순간이었다.

살아온 흔적은 물론 자신의 존재감마저도 사라져가는 치매가 절박한 이유는 기억뿐만 아니라 인간의 존엄성이 같이 사라져가기 때문이다. 그 막막한 절벽 앞에서 너무도 무력하여 눈물도 흘릴 수 없을 만큼 텅 비어버린 어둠만이 남겨졌을 때 인간은 무엇으로 자신의 자존감을 지키고 살아 있음을 증명할 수가 있을까.

〈죽은 시인의 사회〉에서 '키팅 선생'이었던 '로빈 윌리암스'의 죽음에 관한 기사를 보고 나는 묘한 배신감을 느꼈었다. 많은 작품 속에서 그는 늘 넉넉한 웃음으로 세상을 안아주는 사람이었다. 따뜻하고 푸근한 그의 미소와 유머 앞에 닫혔던 마음이 열리고 고단한 삶도 위로받았다. 어떠한 생명도, 누구의 삶도 가치가 있으며 얼마나 소중한지 생각하게 하는 사람이었다. 그런 그가 생을 스스로 포기했다는 사실이 믿기지 않았다. 그가 보여주었던 진정성은 결국 잘 포장된 연기에 불과했는지도 모른다.

하지만 그가 루이소체 치매라는 퇴행성 뇌질환을 앓고 있었다는 사실은 충격이었다. 이 치매는 진단도 치료도 어렵고 운동기능 저하와 인지기능 저하를 함께 겪는다고 한다. 인지능력의 상실은 물론 움직이는 것도 걷는 것도 힘들어지고 정신적인 공황도 심하게 온다.

그는 병이 진행되어 정상적인 생활이 어려울 지경에도 온 힘을 다해 대사를 외우고 연기를 했다. 아무에게도 알리지 못하고 홀로 두려움과 불안, 공포에 떨면서 움직이는 것 자체도 힘들었을 순간에도 그는 배우였다. 한 발자국, 한마디의 대사도 하기 어려웠던 마지막까지 그는 위대한 연기자였다. 주변 스태프가 알아채고, 가족이 알게 되고 인간의 의지로 더 이상 버틸 수 없게 되었을 때 그는 생을 내려놓았다.

생각하지도 못했던 질병은 우리를 좌절시킨다. 특히 의지와 상관없이 지각과 인지가 서서히 소멸해가는 질병 앞에 서면 인간으로서 어떻게 살아야 하는지 망연자실하게 된다. 그저 또 하나의 과정처럼 받아들이며 순응하는 것이 옳은 것인지, 미약한 의지라도 남았을 때 생사를 스스로 결정하는 것이 옳은지 혼란스럽다.

파킨슨병 환자인 의사 김혜남을 생각했다. 정신과의사로 파킨슨병을 앓으며 서서히 굳어가는 육신과 신경세포의 사멸로 오는 변화를 겪으면서도 글을 썼던 작가. "태어났으니까 사는 거"라며 "한 발짝씩 떼다 보면 어느새 목적지"라고 고통이 정지되는 틈새 순간에도 희망을 놓지 않았던 그녀. 생에 불어온 거친 바람을 고스란히 맞으며 살아가는 작은 거인, 이제는 사지가 마비되고 어눌해진 발음과 꺼져가는 인지력으로 버티면서도 한걸음 움직임도 고마워 삶을 놓을 수 없는 그녀. 그녀는 온몸으로 생의 불꽃을 지키는 투사였다. 그 모습은 삶이 얼마나 소중한 것인지 엄숙하면서도 처절하게 보여주었다.

그러하기에 마지막까지 명연기를 펼치며 최선을 다했던 로빈 윌리암스의 마지막 선택이 나를 더욱 울렸다. 배우로서 모든 것을 쏟아내고 고통으로 뒤틀렸던 육신을 내려놓은 그는 얼마나 가벼웠을까. 세상의 허물을 벗고 나비처럼 자유로이 떠나간 그는 영원한 나의 배우다.

나에게 그런 순간들이 다가올 때 나는 어떤 선택을 할 수 있을까. 옳고 그름도 아니고, 어느 것이 더 나은 선택인지 감히 말하기는 어렵다. 다만 주어진 삶에 얼마큼 최선을 다했는지, 자신의 삶을 얼마나 사랑했는지가 스스로에게 중요한 지표가 아닐까.

기억을 가진 자만이 미래를 상상할 수 있다고 한다. 해서 내일을 꿈꿀 수 없는 오늘만 있는 사람들. 매 순간 징검다리로 건너는 이들의 떨리는 손을 잡고 시간의 징검다리를 함께 건네주고 지켜보는 것이 내가 지금 이 자리에서 할 수 있는 최선인 것 같다.

문득 말없이 앉아 있던 그녀가 해맑은 미소를 지었다. 나를 바라보았지만 나를 넘어 더 먼 곳을 향하고 있는 텅 빈 눈이었다. 나도 모르게 가슴이 내려앉았다. 그녀의 딸이 고개를 끄덕거렸다.

"괜찮아요. 잠시 기다려주세요."

들락날락 사람들로 어수선한 공간 한 귀퉁이에서 마치 전혀 다른 세상이 존재하는 것 같은 착각이 들었다. '그녀가 나비가 되려나보다!' 나도 모르게 그녀 말이 생각났다. 그런 엄마를 아기 돌보듯 머리카락을 귀 뒤로 넘겨주며 손을 다독거리는 딸의 모습이 애틋했다.

얼마 후 아무 일도 없었던 것처럼 우아하게 나가는 모녀에게 나는 무심한 척 말했다.

"그냥 생각나면 언제든 오세요. 늘 이 자리에 있으니까요."

에세이문학

The 수필

● 나비는 두 개의 상징성을 갖는다. 가벼움과 비정형성이다. 한없이 가벼우면서 불규칙한 비행. 이 두 가지는 '자유'와 같은 맥락이다. 치매라는 병이 어쩌면 나비와도 같은 것인지 모른다. 기억이 점점 사라져 가벼워지고 사고思考의 향방을 예측하기 힘들다는 점이 그렇다. 자신의 약국을 찾아온 오래된 두 단골손님의 치매기 어린 행동을 보면서 병마로 무력화된 육신을 끝까지 지탱하며 살 것인지, 버리고 자유로이 떠날 것인지, 어느 것이 인간의 존엄을 지키는 길인지 딜레마에 빠진 작가의 사유가 진술하다./ 이혜연

비멍

윤기정 yykj5001@hanmail.net

'밤새 비'라는 일기예보에 새벽같이 일어나 창문을 열었다. 빗소리가 세상 가득하다. '비멍'을 해보자며 작정하고 작년 가을부터 기다린 비였다. 넋 놓고 물 구경, 불 구경하다보면 멍한 상태가 되는데 그것이 '물멍' '불멍'이라니 '비멍'이 없으란 법 없지 않은가? 그런 행위를 한 묶음으로 '멍때리기'라고 한단다. 젊은이들이 만든 이 말이 지금은 세대를 가리지 않고 두루 쓰인다. 어린 시절 비 내리는 어느 날 빠져들었던 몽환적 분위기가 '비멍'일 것이라 생각하며, 다시 한번 그 상태를 느끼고 싶다는 생각이 언제부터인지 마음에 자리했다. 긴 가뭄에 생각은 기다림이 되었다. 반가움에 처마 밑에 나가 서서 비를 바라본다.

'멍때리기'라는 말은 비교적 최근에 유행어가 되었지만 '멍'은 그렇지 않다. 많이 들어서 익숙한 말이다. 지금도 어떤 생각에 빠지면 딴 세상을 헤매지만 어렸을 적에는 누가 어깨를 흔들어야 알 정도로 깊이 빠지기 일쑤였다. 거울 속에 실재하는 다른 세상이 있을 것 같아서 하염없이 들여다보기도 하고, 대얏물에 잠긴 달을 보며 또 다른 세상을 만나려 밤하늘에 상상의 나래를 펴기도 했다. 그때마다 엄마에게 "뭔 생각하느라고 그렇게 멍청하니 앉아 있냐?"는 소리를 들었다. 멍과 멍청이 동의어였다.

초등학교 2,3학년 즈음의 여름방학 때였을 것이다. 안방의 국방색 고무 튜브 위에서 낮잠을 깬 적이 있다. 튜브가 왜 방에 있었는지는 기억나지 않지만 거기서 자겠다고 동생들과 다투곤 했던 생각이 난다. 열린 방문을 채울 만큼 커다란 태양이 나를 지켜보고 있었다. 실핏줄 비친 달걀 노른자처럼 검붉은 줄이 간 태양이었다. 집안은 고요했다. 혼자였다. 울음이 터졌다. 어디선가 엄마가 놀라서 나타났다. "왜? 꿈꿨어? 무서운 꿈꿨나보구나." 엄마 품으로 기어들며 울음 섞인 목소리로 중얼거렸다. "엄마 죽지 마. 엄마 죽으면 안 돼." 입안으로 짠물이 흘러들었다. 동생들에게 빼앗겼던 엄마 품이 낯설고 포근했다. 오래 그러고 있었다. 엄마는 말없이 내 등만 토닥였다. 그날 죽음의 두려움과 울음의 정화 기능을 알아버렸는지 모르겠다.

이런 상태 또는 감정들이 '멍'이라면 어려서부터 싫지만은 않은 감정이었다. 그런데 이런 상태는 '멍'보다는 공상, 상상에 가깝지 않은가? 생각이 아주 사라져버린 것 같은 기억도 있기는 하다. 비 오는 날이었다. 마루 끝에 턱을 괴고 엎드려서 빗줄기를 바라보고 있었다. 기와를 적시는 빗소리, 홈통을 흐르는 물소리, 작게 패인 웅덩이에 떨어지는 물소리와 무수히 생겼다 사라지는 동그라미에 정신을 팔다보면 졸음이 안개처럼 감겨왔다. 소리들이 멀어져가는 기적처럼 가늘어지면 생각은 날개를 접고 희부연 공간에 혼자 남겨진 기분이었다. 나이 들면서도 비 오는 날이면 그때의 적요寂寥가 때때로 그리웠다.

아들 해외 출장 중에 며느리 육아부담 덜어주려 두 손주를 양평 집에 데려왔다. 금요일부터 주말과 이어진 삼일절까지 5박 6일이었다. 손주들의 추억놀이로 거실에 텐트를 치고 잤다. 그 안에 아내까지 넷이 누웠다. 곧 세 돌을 맞는 손녀는 말문이 터져서 못하는 말이 없다. "난 할아버지가 엄청 좋아요." 채희의 고백이 당당하다. 손자가 질 수 없다. "할아버지, 나 어른 될 때까지 죽으면 안 돼." "그럼. 주영이 장가갈 때까지 안 죽을 거야." 그걸로 아쉬운지 골똘하더니 이내 폭탄을 터뜨렸다. "할아버지 나 죽을 때까지 죽으면 안 돼." 이를 어쩌나? "어이구, 내 새끼야." 꼬옥 안을 수밖에. 손자는 내년에 초등학교 입학이다.

손주들에게 날아간 생각으로 비도 멍도 잊었다. '학교 가려면 코로나가 끝나야 할 텐데, 아들이 출장 간 프랑스의 코로나 상황은 어떤지? 손주들이 양평을 좋아하니 귀촌 잘했네. 조것들 사는 세상은 전쟁 없이 평화로워야 할 텐데, 아내와 나, 많이 아프지 않다가 가야 할 텐데, 늦게 새끼 둔 아들이 아이들이 클 때까지 건강하게 직장을 잘 다녀야 할 텐데….' 염려에 걱정이 가지를 친다. "약 드쇼." 식전 약을 먹으라는 아내의 목소리에 "어따 정신 팔고 있냐?"던 어머니의 음성이 겹친다. 아내의 부름에 끊겼던 생각이 이어진다.

'멍하니 있을 때 생각하는 힘이 커진다.' 어느 책에서 본 구절이다. '커지는 것'과 '많아지는 것'은 통하는 개념 아닌가? '멍'은 생각이 없는 상태가 아니라, 생각이 많아지는 상태가 아닐까? '멍때리기'가 생각한다는 사실까지 잊는 것이라면 그것은 '도道이지' 평범한 사람이 다다를 수 있는 경지는 아닐 성싶다. '멍때리기'는 잘 모르겠으나 '멍'이든 '멍청'이든 마음의 주름을 얼마간 펴준다는 점에서는 비슷하지 않을까 짐작해본다. 또 생각이 많아지려고 한다. 헛기침하며 안으로 향하는 등 뒤에서 바람이 젖은 공기를 흔들고 지나간다. 가뭄 끝에 단비가 반갑다.

에세이문학

The 수필

● 요즘 '멍때리기'가 유행이다. 생각의 울타리를 벗어나 무중력 같은 편안한 정신 상태에 머물고 싶어하는, 복잡한 현대사회로부터의 일탈 같은 것이리라. 하지만 생각을 벗어나기란 여간 힘든 일이 아니다. 성장하고 사회화가 되면서 생각할 것들이 너무 많아진 때문이다. 어린 시절 어느 비 오는 날 맛봤던 몽환 같은 적요를 소환하고 싶어 비멍을 해보았으나 손자들 생각에 빠져버린 화자는 '멍'은 생각이 없는 상태가 아니라 생각이 많아지는 것이라는 결론에 이른다. 평범한 사람의 명쾌한 결론에 미소가 지어진다./ 이혜연

우리는 섬이 아니다

이조경 jklee1031@naver.com

전화벨이 울린다. 요즘은 전화벨 소리가 바로 음악이다. 대기 중이었던 것처럼 날렵하게 수화기를 든다. 누굴까. 기대감에 찬 귀가 쫑긋해진다.

"저 선생님 여기 미국 미네소타에요. 선생님 잘 지내시나 싶어서요."

반세기도 더 전 고등학교 재직 때의 제자로 근래에 이르도록 연락하고 지내온다.

"여긴 모두 난리예요. 선생님은 정말 괜찮으신 거죠? 건강하시죠?" 꼭 확인해야겠다는 듯이 다그쳐 묻는다. 올 봄에 한국 나오면 선생님도 뵙거니 하고 부풀어 있다가 여행을 취소할 수밖에 없어 맥이 풀린다고 한다. 무어라 희망적인 말을 못하고 안타까움만 나눈다.

며칠 전에는 구순이 가까운 선배 언니가 전화를 하셨다. 잘 있겠거니 생각하다가 불쑥 목소리가 듣고 싶더라고. 내가 먼저 전화를 드렸어야 되는데. 예전에 어머니 전화를 받으면 가슴이 뜨끔해지던 게 생각난다. 아무리 내리사랑이라지만, 내 전화를 기다리시게 한 죄스러움이 컸다.

말로 천 냥 빚 갚는 심정이 되어 감사함을 흠뻑 드러낸다. 전화 한 통으로 서로의 정이 더 깊어지고 끈끈한 유대감에 젖는다.

나도 마음을 내고 표현을 하리라 싶어서 아예 아침에 메모를 해놓는다. 오늘은 누구누구에게 안부 전화를, 문자를 보내리라. 전에는 무슨 모임이나 행사가 있으면 저절로 만나지니 굳이 따로 연락할 일은 드물었다. 만날 수가 없는 요즈음은 그렇게 두루두루 가까운 사이이던 사람들 중에서도 아무래도 좀 더 마음 가는 사람들과는 전화나, 문자로라도 만나고 싶다. 사람 간의 관계가 더 압축되어 드러나는 중이라 할까.

바깥은 봄이다. 꽃들은 연달아 흐드러지게 피어난다. 얼마 전만 해도 연두 빛깔이던 앞동산이 어느새 초록으로 탈바꿈을 하는가 싶더니, 어느 날엔 창밖을 보는데 그새 몸집을 불린 산이 온통 내 앞으로 달려든다. 나무들은 부쩍부쩍 제 몸을 키워내는 동안 내가 해놓은 건 아무것도 없다는 생각에 갑자기 초라해진다. 순간 벌떡 일어나서 운동화를 신는다. 누가 가두지도 않았는데 유리창 안에 들어앉아서 그 광경을 바라만 보다니. 산으로 가서 저 생기와 손을 잡으리라.

오월의 숲속은 초록이 내뿜는 생명력으로 가득하다. 숲속 가득한 싱그럽고도 은은한 이 기운은 활기의 향내인가보다. 새들은 신바람이 나는지 멜로디가 소프라노이다. 저 악보에는 쉼표도 없나, 쉴 새 없이 도돌이표가 있나. '뻐꾹, 뻐꾹' 제 철 맞은 뻐꾸기가 추임새를 넣는다. 온 산이 거칠 것 없이 저희들 차지다. 근심이나 불안 따위는 어디에도 없다. 마스크를 턱에 걸친 나는, 남의 잔치에 들어선 이방인이다. 햇빛을 받아 나뭇잎들이 만드는 그림자가 오솔길에 레이스를 깔아놓았다. 무늬 틈새로 반짝이는 밝음이 출렁인다. 마치 그 밝음은 어두운 세상살이 틈새로 들려오는 반가운 이들의 목소리 같다. 그렇구나, 하늘도 햇빛도 대지도 그 사람도 그대로 내 곁에 있구나. 자연은 아무것도 바꾸어놓질 않았다.

저만치서 누가 오고 있다. 움찔, 긴장이 되는 순간, 마스크부터 단단히 제대로 여미어 쓴다. 사람이 사람을 경계하는 이 슬픈 세상을 어쩌나. 전 같으면 모르는 사람에게도 반갑게 먼저 말을 잘 붙이곤 했다. "안녕하세요, 이 산, 너무 좋죠?" 그러면 상대도 역시 산행의 즐거움에 겨운 어조로 명랑하게 화답을 해왔다. 지금은 저 사람도 나를 보더니 경계심에 가득 찬 몸짓으로 획 재빨리 지나친다. 나는 인사는커녕 숨마저 참고 최대한 비켜서준다. 몇 걸음이 지나고 나서야, 아차, 목례라도 보낼걸. 그건 해도 되는데. 내가 멍청한 건지 내 마음이 야박해졌는지 둘 다 한심스럽다.

세상살이가 코로나로 요동을 치고 있다. 갈피를 잡으려고 바깥의 뉴스를 좇기도 하다가 안으로 시선을 돌리기도 한다. 이 어둠의 시절, 마음이 아픈데 어떻게 주눅들지 않고 살아낼까. 봄의 기운을 마음놓고 즐기기에는 안타까운 사람들이 너무 많다. 보고 싶어도, 마주보고 얘기하고 싶어도 참아야 한다. 그게 서로에 대한 배려라니! 거슬리는 것도 많던 그 옛날이 그리도 귀한 세상이었다. 앞날에 대한 예측이 어려운 지금에 와서야 분명하게 떠오르는 것은, 너와 내가 서로 연결되어 있다는 믿음의 소중함이다.

믿음! 문득 영화의 한 장면이 떠오른다. 제임스 카메론 감독의 영화 〈타이타닉〉에서 침몰하는 배로부터 바다에 빠진 사랑하는 남녀. 그 절명의 순간 그들의 대화는 똑같은 한마디의 반복이다. '난 널 믿어I trust you.' 죽음이 시시각각 다가오는데 이 말을 수십 번도 더 주고받으며 절망의 순간을 이겨낸다. 너와 나는 사랑하고 있음을, 한 운명으로 연결되어 있음을, 내 곁에는 언제나 네가 있음을 믿자는 것이다. 내 가슴 깊은 곳에 각인되었던 그 절절한 외침을, 지금 나는 내가 사랑하는 사람들에게, 그리고 나 스스로에게 보낸다. 저 하늘과 햇빛과 대지와 바람, 그리고 당신은 변함없이 내 곁에 있다고, 섬들은 바닷물 속에서 어깨동무하고 있다고.

인간과문학

The수필

● 세상이 어떤 식으로 변한들 "자연은 아무것도 바꾸어놓질 않는다." 소통의 부재도 외로움의 발광도 자연 앞에서는 무의미하다. 순리대로 흐를 뿐. 마스크를 쓰고부터 '나' 외 다른 모두는 경계의 대상이 되어버렸지만 소중한 인연 앞에서 화자가 느끼는 인간애는 특별하다. 결국 각각 떠 있는 섬도 물속에서는 손 맞잡고 있다는 것을 알게 된다. 그곳에서 우리 모두는 서로 연결된 하나의 산山이었다./ 한복용

좌표 (0.0)에서

정성화 jsh9517@hanmail.net

새로운 글을 구상하고 있을 때 나의 문학적 좌표는 늘 (0.0)이다. 동서남북을 가늠할 수 없는 허허벌판에 서 있는 기분이다. 성실하게 글을 써온 것은 아니지만, 수필을 붙들고 있었던 세월이 적지 않은데 왜 이럴까. 어느 작가는 글쓰기를 '지도 없이 떠나는 새로운 여행'이라고 했다. 그렇다면 얼마쯤의 설렘이 있어야 하는데 나는 그렇지 않다.

글을 쓰고 싶은 마음이 가득 차오를 때 쓰는 게 아니라, 지정된 날짜까지 글을 써서 보내야 할 때 책상에 앉기 때문일 것이다. 어디 송금을 해야 하는데 통장의 잔액이 부족할 때와 비슷한 심정이다. 힘들면 도망가고 싶고 그만두고 싶어진다. 그런데도 왜 나는 여전히 수필판에 머물러 있는 걸까.

'호모로쿠엔스', 언어를 사용하는 인간이라는 의미다. 자신의 감정을 표현하고 싶은 욕망이 인간으로 하여금 언어를 사용하도록 만들었다고 짐작한다. 내가 글을 쓰게 된 것도 그런 연유에서다. 하고 싶은 말들을 누군가의 방해 없이 자유롭게 표현하고 싶어서였다. 그렇다면 말하듯이 자연스러운 글쓰기가 되어야 하는데 그것도 안 되고 있다. 글이란 일상적인 수다가 아니고 문학이기 때문이다. 글은 숙련된 기술에서 오는 게 아니라 직관과 감성에서 오기 때문이다.

삶의 에너지는 세 가지 경우에 가장 많이 생긴다고 한다. 자율의 상태일 때, 스스로 유능하다고 느낄 때, 그리고 좋은 인간관계를 맺고 있을 때가 그것이다. 힘들어하면서도 글을 놓지 못하는 내가 어떻게 하면 즐겁게 글을 쓸 수 있을까. 글쓰기를 '좋아하는 놀이'로 받아들이면서, 한 달에 몇 편 정도의 글을 쓰겠다고 정해놓고 꾸준히 실천해나가면 달라질까. 꾸준히 글을 쓰는 문우들과 자주 만나서 그들의 작품활동에 대한 얘기를 듣는 것도 좋은 방법이 될 것 같다.

옷이나 가방을 샀을 때도 기쁘지만 글 한 편을 완성한 뒤에 오는 느낌은 더 근사하다. 나 아니면 누가 이걸 소재로 글을 써줄까라고 생각하면서 글을 쓰면 글쓰기가 한결 순조롭다. 되도록 나와 글 사이에 다른 기운이 끼어들지 않도록 노력한다. 이런 마음가짐도 글쓰기에 꼭 필요하지 않을까 싶다.

내가 지향하는 수필은 '회화적인 수필'이다. 읽는 동안 어떤 정경이 그대로 떠오르는 수필, 표현이 섬세하면서도 서정적인 분위기를 지닌 수필을 갈망한다. 슬픔이란 말을 쓰지 않고도 무엇이 나를 슬프게 하는지 절실하게 표현할 수 있어야 한다고 생각한다.

작가의 이름은 기억나지 않지만 내 기억 속에 선명히 남아 있는 수필이 더러 있다. 그 작품을 떠올릴 때마다 영화의 한 장면 같은 영상이 머릿속에 펼쳐진다. 그만큼 선명한 이미지로 남아 있다는 얘기다. 이런 작품은 대개 문체가 유려하고 어휘를 끌어다쓰는 감각이 탁월하면서 구성도 참신하다. 시간이 흘러도 독자의 마음속에 돋을새김으로 남을 수필, 우리도 그런 수필을 써야 하지 않을까.

글쓰기는 나만의 방식으로 운영해가는 '일인가게'다. 손님이 뜸한 날은 글을 구상할 시간이 많아서, 자유로워서 좋다. 손님이 붐비는 날은 그동안 쓴 글을 평가받거나 조언을 들을 기회다. 그러니 옆집의 옷가게나 화장품가게와 경쟁할 필요가 없다. 가게 문에 기대어 "여기 한번 들러보세요"라고 소리칠 필요도 없다. 가게마다 단골손님은 따로 있는 법이니까.

자신의 글에 대한 평판을 너무 의식하는 것은 글쓰기에 독이 된다. 그러나 객관적인 비평과 지적은 흔쾌히 받아들일 줄 알아야 한다. 자신의 글에 절대적 확신을 가진 채 어떤 조언도 거부하는 사람을 본다. '우물 안의 개구리'로 끝날 사람이다. 글에 대한 칭찬이 쏟아져내릴 때가 더 위험하다. 자만에 빠지기 쉽기 때문이다. 칭찬이란 것도 곧 '어제 내린 눈'이 된다. 다른 이의 호평과 찬사는 대소쿠리에 한꺼번에 담아 선반에 올려두었다가 '글기운'이 많이 떨어졌다 싶을 때 한번씩 내려봐야 한다.

성형외과를 소개할 때 나오는 사진 'before'와 'after'. 수술을 받으면 이렇게 달라진다는 걸 사진 두 장이 말해준다. 나에게도 차이나는 'after'가 있다. 수필을 쓰게 되면서 내 삶과 다른 사람의 삶을 비교하지 않게 되었고, 비틀거렸던 내가 바로 걷게 되었다. 그러면서 삶을 바라보는 시선도 많이 부드러워졌다.

문학의 순기능은 인생을 새롭게 이해하고 해석하게 만듦으로서 인생의 참값을 다시 매겨보는 것이다. 그 중에서 수필이 맡은 영역이라면 사람의 마음을 읽어내고 어루만지고 위로하는 일이 아닐까. 그러므로 수필을 쓸 때는 자신을 위해서나 독자를 위해서나 '약을 짓는 마음'이 되어야 한다고 생각한다.

수필오딧세이

The 수필

● 정성화 작가의 글쓰기에 관한 글이다. 그는 영화의 한 장면 같이 펼쳐지는 영상, 즉 '회화적인 수필'을 지향한다. 시간이 지나면 아무리 좋은 영화라도 감동은 휘발되고 아득한 이미지만 남는다. 글도 그렇고 인생도 그렇다. 끝내는 '여운'만 남는 수필, 나도 거기에 찬표를 던진다./ 맹난자

나부끼는 생의 무늬

정태헌 lovy-123@hanmail.net

***손수건**

저게 무엇일까. 야트막한 산길을 걷는 중인데, 저편에서 눈길을 붙드는 게 있다. 나뭇가지에 걸린 무언가가 바람에 나부끼고 있다. 가까이 다가가보니 바이올렛빛 꽃무늬 손수건이다. 누군가 길바닥에 흘리고 간 걸 갈참나무 가지에 걸쳐놓은 모양인데, 주인이 되찾아가도록 배려한 듯싶다.

누구든 소소하지만 잃어버린 후 애석해하는 물건이 있다. 내겐 손수건이 그 중 하나다. 사계절 바지 뒷주머니엔 손수건이 늘 들어 있다. 손수건이 없으면 이젠 왠지 허전하기까지 하다. 그런 손수건은 세월을 두고 잃기도 닳기고 사기고 받기도 주기도 하며 많은 애환과 인연을 맺어왔다.

손수건의 용도야 사람에 따라서 여러 가지일 테다. 실용적인 데서부터 장식적인 면에 이르기까지 실로 다양하다. 손이나 안경을 닦고, 눈물이나 땀을 훔치며 간단한 먹거리를 싸기도 한다. 검은 양복 윗주머니에 꽂혀 신사의 기품을 돋울 수도 있고, 중년 여인의 핸드백 속에 들어 있다 꽃무늬를 띄우며 우아함을 펼칠 수도 있다. 젊은 여인들에겐 짧은 치마를 입고 자리에 앉을 때 속살을 가려주는 무릎덮개용으로 쓰이기도 한다.

직사각형 수건이 산문적이라면 네모난 작은 손수건은 시적이다. 투박한 수건은 뙤약볕에 그을린 노동자의 얼굴이라면, 꽃무늬 손수건은 섬세하고 수줍은 여인의 마음자락이다. 살포시 손수건을 말아쥔 여인의 손은 애틋함을 불러오고, 이마의 땀을 훔치는 이의 투박한 수건은 노동의 건강함을 느끼게 한다.

손수건은 호주머니 안의 쓸쓸한 동반자, 일상의 퀴퀴한 냄새 한 줌, 땀이나 콧물 한 방울이 스미어 있다. 향기가 밴 조그마한 헝겊조각, 그 사람의 감정 역사, 뒤돌아서 남 몰래 흘리는 눈물받이, 별리의 소도구나 징표가 되기도 한다. 하여 손수건엔 그 사람의 호흡과 생의 무늬가 오롯이 담겨 있다.

바람에 나부껴도 손수건은 깃대에 올라 깃발이 되진 못한다. 그저 낮은 곳에서 우리 곁에 머물러 실용과 심미와 이별의 옷을 입고 있을 따름이다. 손수건에 담긴 삶의 자잘한 흔적들이 밟히지 않도록 나뭇가지에 걸쳐놓은 그 사람의 마음자리가 참 사랑옵다.

***빨래**

허물들이 빨랫줄에서 한들거린다. 일상의 더께를 빨아 햇볕에 말린 옷들이다. 단독주택의 옥상 와이어 줄이나 아파트의 베란다 건조대보다 흙마당의 가장자리를 가로지르는 빨랫줄. 바람에 옷들이 만국기처럼 나부끼며 삶의 자락들을 들춰낸다.

골목길 담장 너머 풍경, 바람에 일상이 펄럭인다. 맥없이 흐늘거리는 낡은 러닝셔츠, 흰 뼈로 걸린 와이셔츠, 세월 따라 목이 늘어진 목폴라, 곤고함이 묻어 있는 남방셔츠, 일상의 무게가 느껴지는 감청색 점퍼, 주름이 뭉개진 후줄근한 바지, 보푸라기가 일어나고 해진 양말, 남루한 생을 가렸을 회색 외투가 운명처럼 걸려 있다. 빨랫줄 끝자락엔 젖살이 빠져나간 빛바랜 브래지어, 욕정과 배설을 가리고 다스렸을 회색 팬티가 바람에 날리고 있다. 빨랫줄에서 색색의 옷들은 바람에 팔을 흔들고 다리를 절며 잘도 말려지고 있다. 민망하고 스스럽다. 아니, 삶 옆에 또 다른 색깔의 애환이 널려 있다. 외려 그 생의 무늬들이 성스럽다.

옷은 인간이 만들어낸 형식이며 날개다, 아담과 이브 때부터 내려온 부끄러움의 역사다. 벗어 벽에 걸어놓은 흉터 같은 옷은 우리를 성찰하게 한다. 하여 더러워진 옷을 빠는 일은 일종의 속죄의식이다. 빨래집게에 물린 젖은 삶의 흔적들과 지난했을 삶의 이력들, 욕됨과 고단함, 어둠과 죄까지도 헹궈진 침묵들이다. 까뒤집혀 펄럭이는 저 껍질 같은 깃발들을 빨래집게는 이를 악물고 종일 물고 있을 테다. 집게에 매달려 생의 고단함이 발려지고 휘발돼 가벼워질 때까지 오래된 슬픔처럼 서로 손잡고 나부끼며 흔들릴 테다.

그래도 빨아 입을 수 있다는 게 얼마나 다행스러운 일인가. 옷을 벗으면 원숭이가 되고, 옷을 입으면 입을수록 당나귀와 비슷해지는 일상의 허접함을 조금은 가릴 수가 있을 테니까. 새 옷이 생겼다 하여 헌 옷을 어찌 쉬 버리랴. 그건 살아온 흔적들에 대한 예의가 아닐 거다. 집게에 물린 저 유정한 것들이 세상을 건너는 바람에 하염없이 흔들리고 있다. 목울대가 얼얼하고 눈시울이 더워온다.

계간수필

The 수필

● 같은 주제 밑에 '손수건'과 '빨래'라는 두 개의 제목을 달아, 옴니버스 구성으로 완성했다. 비유한 사유의 전개가 신선하고, '손수건과 빨래엔 그 사람의 호흡과 생의 무늬가 오롯이 담겼다'는 메시지가 선명하다. 두 물건을 통해 세상을 보는 삶의 눈길도 따뜻하고 긍정적이다. 글을 읽는 일은 문장을 읽는 일이다. 단어가 놓인 자리가 안정되고, 문맥이 자연스럽고, 빼어난 표현과 적절한 비유가 돋보여 몇 번을 거푸 읽었다. '모든 것은 조화롭게 배열되었을 때 아름답다'는 크세노폰의 말이 떠올랐다./ 조헌

입이 거들다

최미옥 cmr0514@hanmail.net

노인을 만난 건 동네 목욕탕에서였다. 물소리와 아이들 소리에 아낙네들의 수다까지 뒤섞인 소음 사이로 묘한 소리가 귀를 당겼다. 나지막이 부는 휘파람 혹은 문풍지를 스치는 삭풍 비슷한 소리가 그쳤나 싶으면 다시 이어졌다. 서둘러 머리를 헹군 후 소리의 진원지를 찾아보았다. 건너편에 앉은 왜소한 노인이 몸을 씻으면서 입으로 연신 휘이, 쉐에 소리를 내고 있었다.

순간 외할머니가 생각났다. 묘한 소리에 긴장하듯 끌린 것은 무의식 속의 할머니 때문이었을까. 나도 모르게 다가갔다. 마침 등을 씻으려고 애쓰는 어른의 때수건을 빼앗다시피 받아들었다. 왜 그런 소리를 낼까, 궁금했다.

"힘등께 그라지라. 하도 힘들게 살았응께 나도 모르게 얄궂은 소리가 배어버렸능갑소. 나는 잘 모르는디 우리 아그들도 우습다고 해싸아."

하도 힘들게 살아서 얄궂은 소리가 몸에 배었다는 말은, 열탕과 냉탕을 오갈 때처럼 온몸에 소름을 돋구었다. 소리를 내면 덜 힘들까, 내친

김에 또 여쭈었다.

"입이 거들어줄께."

성가시다는 듯 짧은 대답이 돌아왔다. '니들이 게 맛을 아느냐'는 광고처럼 네가 힘듦의 의미를 아느냐고 나무라는 것 같았다. 호기심에 다가갔다가 무안해진 나는 입 다물고 노인의 등을 공손하게 밀기 시작했다. 나뭇가지 같은 척추뼈 주위로 탄력 잃은 피부가 이리저리 쏠렸다. 한때 탄탄하게 척추를 싸안고 있던 근육과 지방은 어디로 가고 얇은 피부만 바람 빠진 풍선처럼 허술하게 노인의 몸을 싸고 있었다. 앙상한 등을 조심스레 헹구어드린 후 내 자리로 돌아왔다. 입이 거들어준다는, 함축된 시구 같은 말이 물음표를 만들며 따라왔다.

외할머니도 그랬을까. 몸을 움직일 때마다 휘이, 쉐에, 소리가 나던 할머니. 마치 새 한 마리를 품고 있는 듯했다. 어린 나는 그저 신기했을 뿐 이유를 여쭈어보지 못한 채 돌아가셨는데 노인의 대답은 세월을 휘돌아온 외할머니의 목소리 같았다.

할일이 태산이라 마음은 급한데 힘에 부쳤으리라. 할머니는 황무지를 개간해서 끝이 보이지 않는 밭을 일구어낸 여장부셨다. 어둑발과 함께 들어오시어 머릿수건을 벗어 옷을 털 때면 새도 기진한 듯 낮게 울었다. 휘이 쉐에.

유약한 성품인 어머니와는 정반대였다. 어머니의 꾸지람은 딱히 떠오르지 않는데 할머니의 꾸중은 매서웠다. 내가 혼이 날 땐, 현장에 있지도 않은 어머니까지 불려나와 야단맞아야 했다. 아버지가 일찍 돌아가시는 바람에 할머니의 걱정이 컸기 때문이리라. 억척스레 살아도 마음이 놓이지 않을 텐데 어머니는, 할머니 표현에 의하면 '물러터지기만'

했다.

어머니에게서 느낄 수 없던 강한 에너지에 끌렸을까. 아무도 기다리지 않은 외가에 가고 싶어 방학을 손꼽아 기다렸다. 열두어 살 무렵이었지 싶다. 어느 날 할머니가 들에 나가면서 밥을 해놓으라고 하셨다. 할 줄 모른다고 당당하게 말했을 때도 엄마와 나는 함께 묶여 혼쭐이 났다. '다 큰 딸년을 저래 포시랍게 키워서 우짤라카노. 나이가 몇인데 밥도 할 줄 모르노.' 할머니는 간단명료하게 밥 짓는 법을 일러준 후 바가지에 쌀을 담아 부뚜막에 놓고 나가셨다. 휘이 쉐에 추임새 넣던 새도 바쁘게 따라갔다.

가마솥에 불을 때서 밥을 짓는데 밥물이 부글부글 끓어넘쳤다. 할머니 말로는 조금 끓다가 그친다고 했는데 자꾸 넘치는 바람에 시쳇말로 멘붕이 왔다. 밥은 질다 못해 죽이 되었지만 할머니는 개의치 않고 '사람은 사대육신 멀쩡하믄 지 밥값은 해야 하는 벱'이라며 칭찬하셨다. 난생처음 내 밥값을 한 뿌듯함은 각인되었을까. 초등생도 밥값을 해야 하는 사람으로 격상시킨 살벌한 정의가 지금도 생생하다.

들에 가실 때면 새참을 들리고 앞장세우기도 했다. 할머니가 예닐곱 이랑을 차지하고 앉아서 밭을 맬 때, 나는 한 이랑을 꿰고 앉았다. 내키는 대로 호미질하다 싫증이 나면 산비탈 그늘에 주저앉았다. 여름 한낮이라 사람도 없었다. 끝없는 녹색 물결 위로 머리에 수건을 쓴 할머니 혼자 동동 떠다녔다. 망망대해에 아슬하게 뜬 작은 쪽배 같던 할머니. 멀어졌다 가까워졌다, 소리도 쉼 없이 따라다녔다. 휘이, 쉐에.

입이 거들어주는 소리였을까. 혼자 감당해야 했기에 더 고달팠을 세월, 할머니의 땀과 눈물은 밥이 되고 도회지에서 공부하던 외삼촌의 학비가 되었겠다. 스스로 거름이 되었지만 누구의 위로도 받지 못했다. 보다 못한 당신의 입이 거들고 나섰으리라.

휘이, 쉐에.

목욕탕에서 만난 노인이나 외할머니가 내던 '얄궂은 소리'는 고단한 시절의 상흔이었을까. 스스로를 위로하던 중얼거림은 시나브로 새가 되었고 새는 가슴속에 둥지 틀고 이윽고 텃새가 되었으리라. 어디선가 할머니의 새소리가 들리는 듯한 밤이다.

에세이문학

The 수필

● 아플 때 앓는 소리를 내면 아픔이 조금 덜해지는 느낌을 받곤 한다. 구음 같은 노동요도 힘듦을 덜어주는 효과를 갖는다. 화자가 목욕탕에서 만난 안노인의 입에서 나던 '휘이' '훼이' 소리도 마찬가지다. 그를 '입이 거들어준다'라 표현한 안노인의 말을 들으며 화자는 어린 시절 외할머니를 상기한다. '망망대해에 아슬하게 뜬 쪽배'처럼 긴 밭고랑 위를 동동 떠다니던 외할머니의 수건 쓴 머리와 그를 따라다니던 휘이 쉐에 소리. 그 얄궂은 소리가 고달픔을 잊고 자식들을 키워내게 한 입의 거듦이었음을 깨닫고, 그 소리를 가슴속에 둥지를 튼 새소리로 승화시킨 결미 부분이 감동을 준다./ 이혜연

타조를 잡는 방법

최진석 choijin@sogang.ac.kr

타조 아시죠? 펭귄과 더불어서 날지 못하는 대표적인 조류. 날지 않고 의연함을 유지하는 새. 뇌의 크기가 눈의 크기보다 작은 새. 이런 타조는 어떻게 잡을까요? 저도 타조 사냥을 직접 해본 적은 없지만, 어디서 읽은 기억이 있어서 말씀드립니다. 물론 지금은 제가 말하는 사냥 방식이 아닐 가능성이 더 많을지도 모르지만요. 우화로 전해 내려오는 이야기인지도 모르겠습니다. 근데 우리의 대화에 유용한 것 같아서 사실로 알고 이야기를 해볼게요.

타조를 발견하면, 일단 타조를 쫓기 시작합니다. 근데 쫓는 방법이 있다고 해요. 일정한 간격을 유지하면서 계속 쫓아간다고 합니다. 타조 이 녀석이 지겨울 정도로 말이죠. 그렇게 계속해서 쫓다보면 어느 순간에 타조가 자기를 쫓아오는 사냥꾼과 자기 사이에 지속적으로 유지되는 긴장을 감당하지 못하고 그대로 땅에다가 자기 머리를 처박는답니다. 그러면 머리를 처박고 있는 타조를 그냥 주워오면 되는 거예요. 먼저 돌도끼로 몇 대 치고 잡는지도 모를 일입니다. 이게 타조 사냥이에요.

저는 타조 사냥 이야기를 들으면서 타조뿐 아니라 바로 우리 스스로가 사냥되는 이야기라고 느꼈습니다. 우리 자신들이 살아가는 이야기라고 생각한 거죠. 뒤에서 쫓아가는 사냥꾼은 세계라는 역할을 합니다. 내 밖에 존재하는 유무형의 모든 것이 세계죠. 세계는 항상 지속적으로 우리에게 대답을 요구합니다. 무엇인가 반응하라는 것이죠. 그래서 세계와 나 사이에는 항상 일정한 긴장이 있을 수밖에 없어요. 사실 궁극적으로는 세계와 나 사이에 존재하는 이 긴장을 어떻게 관리하는가가 자기 삶의 실질적인 모습일 것입니다. 그 긴장에 어떤 태도를 취하고 또 어떤 형식으로 반응하는가가 삶의 내용이 된다는 얘깁니다.

그런데 일상에서의 보통의 삶이라는 것은 대개 이 어찌해볼 수 없게 느껴지는 긴장에 굴복하죠. 그래서 낯섦을 스스로 조장하기보다는 익숙함에 굴복하지요. 이념을 돌파하기보다는 이념을 옹위합니다. 파격을 시도하기보다는 질서에 순응하는 쪽을 택합니다. 자신을 표현하기보다는 스스로 '우리'라는 울타리 속으로 걸어들어갑니다. 그래서 타조처럼 이 세계의 진실을 차라리 외면해버리죠. 차라리 사냥꾼을 보지 않음으로써 자신은 안전하다고 스스로 규정해버리는 것입니다. 세계의 진실을 대면하다가 스스로 마주하게 될 그 낯선 풍경이 두려운 거예요.

그런데요, 아주 엉뚱한 타조가 있기도 할 겁니다. 돌연변이로 태어난 이 녀석은 '무모한 심장'을 타고난 타조일 가능성이 매우 크죠. 할아버지 타조도 사냥꾼에 쫓기다 머리를 처박았고, 삼촌 타조도 처박았고, 자기 동네 타조들이 죄다 그렇게 머리를 처박고 최후를 맞았는데, 어느 날 '무모한 심장'을 가진 어떤 타조가 "젠장! 도대체 뭔지 알고나 죽자" 하면서 사냥꾼 무리를 "홱!" 하고 돌아봅니다. 자신을 질기게 추적해오는 그 가공할 풍경을 처음으로 마주하는 타조의 표정을 상상해봅시다. 얼마나 놀랍겠어요? 그 전에는 상상이나 해봤겠어요? 이것은 '무모한 심장'의 타조에게는 예상치 못했던 정말 낯선 사건입니다. '경이驚異!' 바로 경이 그 자체이지요.

이제 이 '무모한 심장'을 가진 타조는 그 이전과 전혀 다른 시각과 깊이를 갖게 될 것입니다. 철학이 갑자기 시작된 것이죠. 철학 교과서들의 시작 부분에 "철학은 경이로부터 시작된다"는 말이 들어 있는 이유를 아시겠지요?

그렇습니다. 돌아봐야 합니다. 익숙했던 것을 낯설게 만들어서 마주한다는 것, 힘든 일이죠. 그것이 엄청 어렵고 고통스럽지만 해내야 합니다. 그래야 '경이'를 만날 수 있습니다. 근데 저는 여기서 다른 말 하나를 더 붙이고 싶어요. '용기'라는 말입니다. 철학이 경이로움으로부터 출발한다고 하지만, 그 경이로움을 생산하는 창조적 계기는 바로 다른 것이 아닙니다. 모든 불안을 이겨내고, 돌아보려고 용을 쓰던 바로 그 힘이죠. 그 힘이 바로 용기가 아닐까요? 저는 그래서 우리가 인문적 사고를 하는 길로 들어서는 일도 용기와 관련된다고 생각합니다. 결국은 힘의 문제예요. 이 돌아보는 힘이 없는 사람은 인문적 통찰에 가까이 갈 수 없습니다.

좋은수필

The수필

● 사냥꾼에게 쫓기는 타조는 긴장을 못이겨 땅에다 머리를 처박고 스스로 잡히고 만다. 그러나 우리는 타조가 아니다. 과감히 세계의 진실과 마주해야 한다. 그래야 예상치 못한 경이와 만나고, 인문적人文的 통찰에 다가갈 수 있다는 작가의 권고가 우리의 타성을 일깨운다./ 맹난자

구름을 파는 가게

홍성순 hong6443@hanmail.net

새벽을 밀며 사내 두 명이 들어온다. 허름한 복장에 모자를 눌러쓴 중년 남자들이다. 이윽고 탁자 위에 놓인 컵라면에서 모락모락 김이 오른다. 낯이 익지 않은 걸 보니 타지에서 일을 찾아 이곳으로 들어온 모양이다. 밤새 조용하던 가게가 서서히 온기를 더하며 하루의 시작을 알린다.

5년 전, 편의점을 열었다. 주변 사람들이 힘들다며 말렸지만 가장이었기에 주저함 없이 선택했다. 대형 조선소가 위치해 있는 이 지역은 대부분 근로자들이 거주하는 곳이다. 바닷가 도로를 따라 상가들이 해안선처럼 쭉 늘어서 있고 편의점은 골목 안에 살짝 들어와 앉아 있다. 원룸이 많아 목이 좋아서인지 손님들의 왕래가 잦다. 무엇보다 다양한 사람을 만날 수 있어서 종일 심심하지 않다.

청년이 삼각김밥과 우유로 간단하게 아침을 해결하고 나간다. 급하게 들어온 아가씨는 소보로빵 하나를 집는다. 그 뒤를 모닝커피와 담배를 사는 직장인들이 밀어닥친다. 계산하랴, 상품 위치 설명하랴 눈코

뜰 새가 없다. 잠시 숨을 돌렸는가 싶으면 학생들이 떼로 몰려든다. 가게 안은 한층 더 활기를 띤다. 이때가 하루 중 가장 분주한 시간이다.

편의점은 실생활에 필요한 제품을 소량으로 포장하여 판매하는 가게이다. 바쁜 현대사회가 요구하는 소비형태를 가장 적절하게 충족시켜주는 이곳에선 대부분 일회용을 취급한다. 도시락, 김밥을 비롯한 인스턴트식품과 과자 및 음료, 간단한 생활용품, 상비약 등이 주를 이룬다. 최소화되고 간편화된 상품을 취급하는 편의점은 다양성과 편리성, 즉시성 때문에 현대인의 생활에 필수적인 장소로 자리를 잡았다.

어릴 적, 백여 가구가 모여 사는 시골 동네엔 구멍가게가 하나밖에 없었다. 아이들은 늘 가게 앞에서 만나고 헤어졌다. 유리창 너머로 진열된 상품들은 치명적인 유혹이었다. 캐러멜과 쫀드기, 풍선껌, 또뽑기는 단연 인기가 있었다. 하지만 대개는 알록달록 포장된 과자와 장난감을 보며 빈 호주머니만 만지작거렸다. 그때부터였을 것이다. 먼 도회로 가서 구멍가게 주인이 되는 꿈을 가지게 된 것이.

매장의 상품들은 끊임없이 바뀐다. 새로운 물건이 연일 쏟아져나오는 탓에 대부분 오래 진열대를 차지하기가 어렵다. 그나마 새우깡이나 바나나우유처럼 소비자의 입맛을 사로잡는 제품은 예외이다. 어떤 것은 일주일 자리를 보존하다 폐기처분되기도 한다. 어쩌면 그것들은 부나비 떼처럼 도시로 흘러와 정착하지 못하는 단순 노무자들과 닮은 운명이다.

고객 중에는 다양한 사연을 가지고 있는 사람이 많다. 첫 직장으로 부푼 희망을 안고온 젊은이가 있는가 하면, 대기업에서 일찍 명퇴한 가장은 가족의 생계가 걱정되어 이곳에 왔다. 매일 라면으로 끼니를 때우던 알뜰한 청년은 돈을 모아 맥줏집 사장이 되었고 횟집을 이십 년간 운영하던 사장은 하루아침에 일용직으로 전락했다. 그들은 모두 도시라는 거대한 물질문명에 소비되고 마는 상품들이었다.

학생들이 썰물처럼 빠져나간 뒤부터는 좀 한가한 시간이다. 이후론 간간이 주부들이 들른다. 이웃에 사는 훈이, 현이 엄마는 거의 매일이다시피 찾아오는 고객이다. 집안일을 마치고 커피를 마시며 살아가는 이야기를 나눈다. 회사 성과급 얘기며, 아이 성적, 어려워진 경제상황 등에 대하여 서로의 생각을 나눈다. 때로 훈훈한 내용도 있는 반면 걱정도 많이 섞인다.

어스름이 밀려오자 원룸에 하나둘 불이 켜진다. 조용하던 동네에 다시 활력이 넘친다. 한가하던 가게도 붐비기 시작한다. 매장 앞 벤치에는 한 무리 사람들이 맥주 한 잔으로 피로를 푸느라 왁자하다. 퇴근 발걸음이 빨라지고 하루를 마감한 얼굴엔 순한 웃음들이 묻어난다. 저녁 짓는 냄새가 시장기를 돋우는 이때는 원룸들의 모서리가 잠시 둥글어지는 시간이기도 하다.

가끔 외국인이 가게를 찾는다. 금발의 아가씨는 물건을 찾지 못해 가게 안을 빙빙 돈다. 손짓으로 겨우 소통하다 원하는 물건을 발견하고는 활짝 웃는다. 그녀는 러시아인이었다. 더듬더듬 우리말로 이야기하는 것을 들어보니 한국에 처음 와서 고생을 많이 했던 모양이다. 지금은 어느 정도 적응을 해서 생필품 정도는 무난하게 사는 편이라고 한다. 그녀를 볼 때면 외국에 나가 취업하고 있는 큰아이가 생각난다. 딸아이도 낯선 이국에서 저렇게 불편할지 모르겠다는 생각에 괜히 뭘 하나라도 더 챙겨주고 싶어진다.

요즈음, 조선 경기불황으로 회사 일감이 많이 줄었다. 그 영향으로 명퇴자가 생기고 근로자들이 하나둘 떠났다. 원룸엔 '빈방 있음'이라는 딱지가 덕지덕지 붙고 거리는 한산해졌다. 매출이 하향곡선을 그었다. 이웃 식당 주인은 장사를 접고 떠났으며 다른 가게들도 근심으로 가득 찼다. 직장인 고객이 많았던 편의점도 크게 타격을 입었다. 마음이 초조하고 불안했지만 오랫동안 찾아오는 단골고객들 때문에 그만둘 수는 없었다.

늦은 밤에는 손님이 드문드문 온다. 주로 취객이나 올빼미족이다. 밤마다 오는 젊은이는 떡볶이를 만든다. 대기업에 취업이 되었다며 자랑까지 늘어놓는다. 술 취한 중년 남성은 컵라면을 끓여달라고 트집을 잡다가 탁자에 엎드린 채 잠이 들었다. 편의점은 다양한 계층의 사람들이 드나든다. 어디에도 기댈 곳 없는 도시의 유민流民들은 여남은 평 가게에서 뭉게뭉게 구름 같은 희망을 구입하고 그것을 가슴에 품는다.

어두워질수록 편의점 불빛은 더 환하게 빛난다. 가족의 생계를 짊어진 사람, 입시 경쟁에 내몰린 학생들, 이방인이 되어 생활하는 이들, 원룸에 누워 내일을 꿈꾸는 사람들을 위하여 24시간 365일 매장을 닫지 못한다. 망망대해의 등대 같은 편의점이 없다면 저들은 어디에서 고달픈 삶을 위로받을 수 있을까?

바람이 분다. 캔이 또르르 소리를 내며 굴러간다. 잠시 생각 속에 잠긴다. 진열대 상품이 바뀌는 것처럼 많은 사람이 이곳을 스쳐 떠났다. 가끔 그들의 안부가 궁금하다. 지금은 어디에서 자신의 꿈을 이루고 있을까? 내가 꾸었던 꿈을 다른 사람에게 전하기 위해 내가 할 수 있는 것은, 어쩌면 이 편의점을 오래 지키는 일일지도 모른다.

자정이 가까워지자 손님 발걸음이 뜸해진다. 처마를 맞대고 다닥다닥 붙어 있는 원룸마다 하나둘 불이 꺼진다. 새로 출시된 과자며, 음료, 생필품을 정리한다. 형형색색의 포장지들이 불빛을 받아 반짝인다. 내일이면 이것들은 또 누군가에게 안겨 외로운 가슴을 따뜻하게 위로해 줄 것이다. 진열대 위로 작고 앙증맞은 구름들이 피어난다.

에세이문학

The 수필

● 편의점은 24시간 고달픈 인생들을 지켜주는, 등대 같은 곳이다. 조선소 근처에 자리한 화자의 편의점은 손님층이 주로 부나비 떼처럼 정착하지 못하는, 도시의 유민流民 같은 존재들이다. 그들은 연일 쏟아지는 새 상품들 속에서 채 일주일을 버티지 못하고 폐기처분되는 진열대 상품들을 닮았다. 하지만 소비자의 입맛을 사로잡아 장수하는 운 좋은 상품 같은 존재가 되기를 꿈꾸며 그들은 오늘도 편의점에서 허기를 채운다. 에드워드 호퍼의 그림을 보는 듯 도시인의 고독이 엿보이는 작품이다./ 이혜연

2023 빛나는 수필가 **60**

The 수필

선정위원장	맹난자
선정위원	문혜영, 엄현옥, 이혜연, 조　헌, 노정숙, 정진희, 한복용
발행인	조현석
디자인	푸른영토

—

발행일	2023년 01월 01일
발행처	도서출판 북인
주소	04002 서울 마포구 동교로19길 21, 501호(서교동 460-34)
전화	02-323-7767
팩스	02-323-7845
E메일	chlsuk123@hanmail.net

—

ISBN	979-11-6512-064-1　03810
값	15,000원